BAJO CERO

BAJO CERO

DAVID KOEPP

HarperCollins *Español*

Los libros de HarperCollins Español pueden ser adquiridos para propósitos educa-tivos, de negocio o promocionales. Para información escriba un correo electrónico a SPsales@harpercollins.com.

Publicado originalmente como *Cold Storage* en Nueve York en 2019 por Harper-Collins.

PRIMERA EDICIÓN

Jefe de edición: Edward Benitez
Traducción: Victoria Horillo

Se han solicitado los registros de catalogación en publicación de la Biblioteca del Congreso.

ISBN 978-0-06-294299-9

19 20 21 22 23   LSC   10 9 8 7 6 5 4 3 2 1

Para Melissa, que dijo: «¡Sí, claro!»

PRÓLOGO

El organismo vivo más grande del mundo es *Armillaria solidipes*, más conocido como hongo de miel. Tiene unos ocho mil años de antigüedad y cubre una superficie de unas novecientas sesenta hectáreas en las Blue Mountains de Oregón. A lo largo de ocho milenios, se ha extendido formando una red subterránea de la que brotan, asomando de la tierra, cuerpos carnosos semejantes a champiñones. El hongo de miel es relativamente inofensivo, a menos que seas un árbol herbáceo, un arbusto o una planta. En ese caso, es un genocida: mata invadiendo gradualmente el sistema de raíces de la planta y ascendiendo por su tallo hasta impedir por completo el paso del agua y los nutrientes.

Armillaria solidipes se extiende por el paisaje a un ritmo de noventa centímetros al año y tarda entre treinta y cincuenta años en matar un árbol de tamaño medio. Si pudiera moverse mucho más deprisa, el noventa por ciento de la vegetación de la Tierra perecería, la atmósfera se saturaría de gases venenosos y la vida, tanto animal como humana, se acabaría. Pero es un hongo de progresión lenta.

Otros hongos son más rápidos.

Mucho más rápidos.

DICIEMBRE DE 1987

UNO

Tras quemar sus ropas, raparse la cabeza y restregarse la piel hasta hacerla sangrar, Roberto Díaz y Trini Romano obtuvieron permiso para volver a entrar en el país. Ni siquiera entonces se sintieron del todo limpios, pero habían hecho todo lo posible y lo demás dependía del destino.

Ahora iban en un coche propiedad del gobierno, traqueteando por la I-73, a escasos kilómetros del almacén de las minas de Atchison. Seguían de cerca al camión que iba delante, lo bastante pegados a él como para que ningún vehículo civil pudiera meterse en medio. Trini ocupaba el asiento del copiloto, con los pies apoyados en el salpicadero, una postura que sacaba de quicio a Roberto, que iba al volante.

—Porque deja huellas —le dijo por enésima vez.

—Es polvo —contestó Trini, también por enésima vez—. Se limpian en un santiamén, mira. —Hizo un intento desganado de limpiar las huellas del salpicadero.

—Sí, pero no las limpias, Trini. Nunca las limpias, las extiendes con la mano y me toca a mí limpiarlas cuando llevamos el coche al depósito. O se me olvida y lo dejo así, y tiene que limpiarlas otro. No me gusta dar trabajo a los demás.

Trini lo miró con sus ojos de párpados pesados, esos ojos que no se creían ni la mitad de lo que veían. Precisamente por esos ojos —y por lo que alcanzaban a ver— era teniente coronel a los cuarenta años. Si no había llegado más alto era, en cambio, por su incapacidad para

5

abstenerse de *comentar* lo que veía. Trini no tenía filtros, ni falta que le hacían.

Miró pensativa a Roberto unos segundos, dio una larga calada al Newport que sostenía entre los dedos y exhaló una nube de humo por la comisura de la boca.

—Acepto, Roberto.

Él la miró.

—¿Qué?

—Tus disculpas. Por lo de antes. Por eso me estás dando la lata. Te metes conmigo porque no sabes pedir perdón. Así que voy a ahorrarte la molestia. Acepto tus disculpas.

Tenía razón: Trini siempre tenía razón. Roberto se quedó callado un rato, con la vista fija en la carretera.

Por fin, cuando pudo hablar, masculló:

—Gracias.

Ella se encogió de hombros.

—¿Lo ves? No es para tanto.

—Reaccioné mal.

—Casi, casi. Pero no del todo. Ahora parece una chorrada.

Habían hablado hasta la saciedad de lo ocurrido durante aquellos cuatro días, desde que empezó todo, y ya no tenían nada más que decir. Habían revivido y examinado desde todas las perspectivas posibles cada instante, excepto ese. Sobre ese instante no habían dicho nada y, ahora que había salido el tema, Roberto no quería desperdiciar la oportunidad de aclararlo.

—No me refiero a ella, sino a cómo te hablé.

—Lo sé. —Trini le puso una mano en el hombro—. No te lo tomes tan a pecho.

Roberto asintió y siguió mirando adelante. A Roberto Díaz le costaba no tomarse las cosas tan a pecho. Rondaba los treinta y cinco años, pero sus logros personales y profesionales iban muy por delante de su edad cronológica precisamente porque nunca se tomaba las cosas a la ligera: él cumplía objetivos, tachaba casillas sistemáticamente. ¿Primero de su promoción en la Academia de la Fuerza Aérea? Hecho. ¿Comandante de la Fuerza Aérea de Estados Unidos a

6

los treinta años? Hecho. ¿Condición física y mental excelentes, sin defectos ni debilidades aparentes? Hecho. ¿Una esposa perfecta? Hecho. ¿Un hijo perfecto? Hecho. Ninguna de esas cosas podía conseguirse mediante la pasividad o la simple paciencia.

«¿Adónde voy? ¿Adónde voy? ¿Adónde voy?», se preguntaba Roberto constantemente. Solo pensaba en el futuro. Se obsesionaba, hacía planes. Su vida se movía deprisa, siempre conforme a los plazos previstos y en línea recta.

Bueno, casi siempre.

Pasaron un rato mirando el camión que iba delante de ellos. Por la abertura de la lona que cubría la portezuela de atrás, veían la parte de arriba de la gran caja metálica que habían traído en avión desde el otro lado del planeta. El camión pasó por un bache, la caja se desplazó hacia atrás unos treinta centímetros y ellos contuvieron el aliento involuntariamente. Pero la caja siguió en su sitio. Solo unos kilómetros más, hasta llegar a las cuevas, y todo aquello acabaría por fin. La caja quedaría sepultada a noventa metros bajo el suelo, hasta el fin de los tiempos.

La mina de caliza de las cuevas de Atchison databa de 1886: una enorme cantera de cuarenta y cinco metros de profundidad excavada bajo los barrancos del río Misuri. Al principio producía balasto y rocalla para los ferrocarriles cercanos. Después se continuaron las excavaciones hasta donde permitían Dios y la física, o hasta que los pilares de roca viva que sostenían la mina alcanzaron el límite máximo que cualquier ingeniero en su sano juicio habría dado por seguros. Durante la Segunda Guerra Mundial, la Oficina Nacional de Abastecimientos utilizó las cavernas vacías —treinta y dos hectáreas de espacio subterráneo con condiciones de temperatura y humedad reguladas de manera natural— para almacenar alimentos perecederos, y pasado un tiempo la empresa propietaria vendió la mina al Estado por 20 000 dólares. Tras las obras de acondicionamiento, que costaron un par de millones de dólares, las cuevas de Atchison se convirtieron en un almacén estatal de máxima seguridad para situaciones de emergencia, destinado a dar continuidad al gobierno y a albergar herramientas y maquinaria de factura impecable en perfecto estado de funcionamiento, listas para ser trasladadas a cualquier parte y en cualquier momento en caso de catástrofe. Así que más valía que hubiera una guerra nuclear cuanto antes, para amortizar el dineral que había costado todo aquello.

Hoy, al fin, valdría la pena tanto esfuerzo.

La misión había sido rara desde el principio. Técnicamente, Trini y Roberto pertenecían a la DNA, la Agencia de Defensa Nuclear. Más tarde esta pasaría a integrarse en la DTRA, el batiburrillo burocrático surgido de la reorganización del Departamento de Defensa en 1997. Pero en 1987 Trini y Roberto aún eran miembros de la DNA, y su labor era muy sencilla y muy clara: impedir que los demás consiguieran lo que tenemos nosotros. Si olfateas un programa nuclear, encuéntralo y acaba con él. Si das con la pista de un arma biológica horripilante, elimínala sin dejar rastro. No se escatimarían gastos, ni se harían preguntas. Se preferían los equipos de dos personas para evitar filtraciones, pero siempre había refuerzos disponibles si eran necesarios. Trini y Roberto rara vez los necesitaban. Habían estado en dieciséis puntos candentes del globo en siete años y se habían anotado otras tantas «muertes líquidas». Dichas muertes no eran literales: en la jerga de la agencia, se denominaba así a los programas armamentísticos neutralizados. Hubo bajas por el camino, sin embargo. Y nadie había hecho preguntas.

Dieciséis misiones, pero ninguna como esta. Ni de lejos.

El avión de transporte de la Fuerza Aérea ya estaba calentando motores en la base cuando subieron a toda prisa la escalerilla y embarcaron. Solo había una pasajera más, y Trini se sentó enfrente de ella. Roberto se acomodó al otro lado del pasillo, en un asiento del fondo, también de cara a la joven de ojos claros vestida con ropa de safari muy desgastada.

Trini le tendió la mano y la joven se la estrechó.

—Teniente coronel Trini Romero.

—Doctora Hero Martins.

Trini asintió en silencio y, metiéndose en la boca una pastilla de

Nicorette, la examinó con atención, sin miedo a sostenerle la mirada. Era desconcertante. Roberto se limitó a esbozar un saludo: nunca le había gustado entrar en ese juego, lanzar esas miradas que parecían decir «Te veo las intenciones, a mí no me la das».

—Comandante Roberto Díaz.

—Encantada de conocerle, comandante —dijo Hero.

—¿Qué clase de doctora es? —preguntó Roberto.

—Microbióloga. Universidad de Chicago. Especializada en vigilancia epidemiológica.

Trini seguía mirándola.

—¿Se llama así de verdad? ¿Hero[1]?

Hero suspiró disimuladamente. A sus treinta y cuatro años, estaba acostumbrada a esa pregunta.

—Sí, me llamo así de verdad.

—¿Hero como Supermán o Hero como el mito griego? —preguntó Roberto.

Ella le clavó la mirada. Esa pregunta no se la hacían tan a menudo.

—Lo segundo. Mi madre era profesora de lenguas clásicas. ¿Conoce el mito?

Roberto levantó la cabeza, entornó el ojo izquierdo y fijó la mirada en la lejanía, en un punto situado arriba a la derecha, como hacía siempre que trataba de extraer un dato confuso de las regiones más pantanosas de su cerebro. Por fin dio con él y lo extrajo trabajosamente del cenagal.

—¿Hero vivía en una torre, junto a un río?

Ella asintió.

—El Helesponto.

—Alguien se enamoraba de ella.

—Leandro. Cada noche, él cruzaba el río a nado hasta la torre para cortejarla. Hero encendía una lámpara en la torre para que le sirviera de guía hasta la orilla.

---

[1] Hero, «héroe» (N. del T.).

—Pero él se ahogó de todos modos, ¿no?

Trini se volvió y miró a Roberto con visible desagrado. Roberto era guapo hasta un punto que resultaba exasperante. Hijo de un mexicano y de una rubia californiana, irradiaba buena salud y lucía una mata de pelo eterna. Estaba, además, casado con una mujer inteligente y divertida llamada Annie a la que Trini encontraba tolerable, lo que no era poco decir en su caso. Sin embargo, no llevaba ni treinta segundos en aquel avión y ya estaba intentando ligar con aquella mujer. Trini nunca le había considerado un capullo y esperaba no tener que empezar a hacerlo ahora. Le miró fijamente, mascando chicle con saña.

Pero Hero ya había picado el anzuelo. Siguió hablando con Roberto como si ella no existiera.

—Una noche —continuó—, Afrodita, celosa de su amor, apagó la lámpara de Hero y Leandro se perdió. Al ver que se había ahogado, Hero se suicidó arrojándose desde lo alto de la torre.

Roberto se quedó pensando un momento.

—¿Cuál es la moraleja? ¿Intenta conocer a alguien que viva en tu orilla del río?

Hero se encogió de hombros con una sonrisa.

—No les toques las narices a los dioses, creo.

Trini, cansada de la conversación, miró a los pilotos y les hizo una seña girando el dedo en el aire. Los motores chillaron de inmediato y el avión enfiló la pista con una sacudida. Tema zanjado.

Hero miró a su alrededor, alarmada.

—Esperen, ¿ya nos vamos? ¿Y el resto de su equipo?

—Solo estamos nosotros —contestó Trini.

—¿Están…? ¿Están seguros? Porque quizá los tres solos no podamos con esto.

Roberto parecía tan seguro de sí mismo como Trini, pero se mostraba menos huraño.

—¿Por qué no nos cuenta de qué se trata —le dijo a Hero— y nosotros le decimos si podemos con ello o no?

—¿No les han dicho nada? —preguntó ella.

—Nos han dicho que vamos a Australia —respondió Trini—. Y que usted sabía el resto.

Hero se volvió y miró por la ventanilla mientras el avión despegaba. Ya no había vuelta atrás.

Sacudió la cabeza.

—Nunca entenderé al ejército.

—Yo tampoco —repuso Roberto—. Nosotros somos de la Fuerza Aérea. Destinados a la Agencia de Defensa Nuclear.

—Este no es un asunto nuclear.

Trini arrugó el ceño.

—Si la han mandado a usted, será porque sospechan que se trata de un arma biológica, imagino.

—No.

—¿Qué es, entonces?

Hero reflexionó un segundo.

—Buena pregunta.

Abrió el dosier que había sobre la mesa, delante de ella, y empezó a hablar.

Seis horas después, se detuvo.

Lo que sabía Roberto sobre el oeste de Australia habría cabido en un libro muy breve. O en un folleto, mejor dicho: de una sola página y con letra bien grande. Hero les informó de que se dirigían a un pueblecito remoto llamado Kiwirrkurra, en pleno desierto de Gibson, unos mil doscientos kilómetros al este de Port Headland. El pueblo había sido fundado apenas una década antes como colonia pintupi, dentro de los planes del gobierno australiano para alentar a los grupos aborígenes a regresar a sus tierras ancestrales después de décadas de maltrato y expulsión sistemática de aquellas regiones, sobre todo en los años sesenta, cuando se llevaron a cabo las pruebas de los misiles Blue Streak. No se puede vivir en unas tierras que van a saltar por los aires: no es sano.

Pero a mediados de la década de 1970 se acabaron las pruebas, cambió la sensibilidad política y los últimos pintupi fueron trasladados de vuelta a Kiwirrkurra, que ni siquiera estaba en medio de la nada, sino a unos cientos de kilómetros de sus últimos confines. Allí vivían, sin embargo, los veintiséis pintupi, tan feliz y apaciblemente como podía vivir un grupo humano en un desierto sofocante, sin electricidad, línea telefónica ni comunicación alguna con la sociedad moderna. Les gustaba, en realidad, estar aislados, y los ancianos se alegraban en especial de haber regresado a la tierra de sus antepasados.

Y entonces se les cayó el cielo encima.

No todo, explicó Hero. Solo un trozo.

—¿Qué era? —preguntó Roberto, que no había dejado de mirarla a los ojos mientras hablaba.

Sabía —no se engañaba al respecto— que Trini lo estaba observando. De hecho, su compañera le clavaba la mirada como si le ordenara físicamente que cortara el rollo de una vez.

—El Skylab.

Trini giró la cabeza y la miró.

—¿Fue en 1979?

—Sí.

—Creía que había caído en el océano Índico.

Hero asintió.

—En su mayor parte. Los pocos fragmentos que cayeron a tierra fueron a parar a las afueras de una localidad llamada Esperance, también en Australia Occidental.

—¿Cerca de Kiwirrkurra? —preguntó Roberto.

—Cerca de Kiwirrkurra no hay nada. Esperance está a unos dos mil kilómetros de allí y tiene diez mil habitantes. En comparación, es una gran urbe.

—¿Qué pasó con los trozos que cayeron en Esperance?

Hero pasó a la sección siguiente de sus anotaciones. Los fragmentos que cayeron en Esperance fueron recogidos por los lugareños que, por iniciativa propia, los trasladaron al museo local, un antiguo salón de baile que pronto se convirtió en el Museo Municipal y Observatorio de Esperance-Skylab. La entrada costaba cuatro dólares, a cambio de los cuales podía verse el mayor tanque de oxígeno del laboratorio orbital, el congelador donde se almacenaban la comida y otros suministros, algunas esferas de nitrógeno pertenecientes a los propulsores de control de inclinación y un fragmento de la escotilla por la que entraban los astronautas durante sus visitas. Se exhibían también unos cuantos deshechos irreconocibles, incluido un trozo de chapa que, curiosamente, tenía el nombre de Skylab estampado en el centro con pintura roja intacta.

—Durante años, la NASA dio por sentado que no se encontraría nada más, dado que el resto o bien se había calcinado al entrar en la atmósfera o bien estaba en el fondo del océano Índico —prosiguió Hero—. Pasados cinco o seis años, concluyeron que si hubiera caído algo más en tierra ya habría aparecido, o bien que había caído en algún sitio inhabitable.

—Como Kiwirrkurra —dijo Roberto.

Ella asintió con un gesto y pasó página.

—Hace tres días recibí una llamada de la Unidad de Exobiología de la NASA. Habían recibido un mensaje, transmitido a través de seis organismos estatales. Por lo visto, alguien había llamado desde Australia Occidental para avisar de que «una cosa había salido del tanque».

—¿De qué tanque?

—Del tanque de oxígeno supletorio. El que cayó en Kiwirrkurra.

Trini se echó hacia delante.

—¿Quién llamó desde Australia Occidental?

Hero miró sus notas.

—Se identificó como Enos Namatjira. Dijo que vivía en Kiwirrkurra y que su tío encontró el tanque enterrado hace cinco o seis años. Como había oído hablar de la nave espacial que cayó del cielo, se lo llevó y lo puso delante de su casa como un *souvenir*. Ahora, al parecer, ha pasado algo con el tanque y el hombre ha enfermado. Muy rápidamente.

Roberto arrugó el entrecejo, tratando de entender la situación.

—¿Cómo sabía ese tipo a qué número tenía que llamar?

—No lo sabía. Empezó por la Casa Blanca.

—¿Y llegó hasta la NASA? —preguntó Trini con incredulidad. Tanta eficacia era inaudita.

—Tuvo que hacer diecisiete llamadas y recorrer cincuenta kilómetros cada vez hasta el teléfono más cercano, pero sí, por fin consiguió hablar con la NASA.

—Parecía muy decidido —comentó Roberto.

—Sí, porque para entonces ya estaba muriendo gente. Por fin le pusieron en contacto conmigo hace un día y medio. A veces trabajo para la NASA, inspeccionando sus vehículos de reentrada para asegurarme de que están limpios de formas biológicas no terrestres, lo que sucede invariablemente.

—¿Y cree que esta vez llegó algo del exterior? —preguntó Trini.

—En absoluto. Aquí es donde la cosa se pone interesante.

Roberto se inclinó hacia delante.

—A mí ya me parece muy interesante.

Hero le sonrió. Trini intentó no poner cara de fastidio.

—El tanque estaba cerrado herméticamente —explicó Hero— y dudo mucho que pudiera traer del espacio exterior algo que no llevara consigo cuando lo pusieron en órbita. He revisado todos los archivos del Skylab y parece ser que ese tanque de oxígeno en concreto se envió en el último reaprovisionamiento, no para la circulación de oxígeno, sino únicamente para adosarlo a uno de los brazos exteriores del laboratorio orbital. Dentro había un organismo micótico, una especie de primo de *Ophiocordyceps unilateralis*, un hongo muy curioso que puede parasitar distintas especies, conocido por sobrevivir en condiciones extremas, un poco como las esporas de *Clostridium difficile*. ¿Les suena ese nombre?

Pusieron cara de que no. Conocer el *Clostridium difficile* no era un requisito imprescindible en su oficio.

—Pues es un bacilo muy dañino. Puede sobrevivir en cualquier parte: dentro de un volcán, en el fondo del mar o en el espacio exterior.

Trini y Roberto se limitaron a mirarla, dando por buena la información.

—El caso es —prosiguió ella— que la muestra del tanque formaba parte de un proyecto de investigación. El hongo tiene algunas propiedades de crecimiento muy peculiares y querían ver cómo le afectaban las condiciones del espacio exterior. Recuerden que estamos hablando de los años setenta. Las estaciones orbitales iban a ser la bomba, así que necesitaban desarrollar fármacos antimicóticos para los millones de personas que iban a vivir allá arriba. Solo que no tuvieron oportunidad de hacerlo.

—Porque el Skylab se desplomó.

—Exacto. Así que, cuando llevaba cinco o seis años a la intemperie delante de la casa del tío de Enos Namatjira, el tanque empezó a oxidarse. El hombre quería arreglarlo un poco, sacarle brillo y dejarlo como nuevo, pensando que a lo mejor así la gente pagaría por verlo. Intentó quitar el óxido, pero estaba muy incrustado. Según Enos, probó con distintos limpiadores y por fin optó por una solución casera: cortó una patata por la mitad, la embadurnó con lavavajillas y restregó con ella la carcasa del tanque.

—¿Funcionó?

—Sí. El óxido salió fácilmente y el cacharro quedó brillante. Unos días después, el tío enfermó. Empezó a comportarse de manera extraña, a desvariar. Se subió al tejado de la casa y se negó a bajar, y luego comenzó a hincharse incontrolablemente.

—¿Qué narices le pasó? —preguntó Trini.

—Todo lo que diga a partir de este momento es una simple hipótesis.

Hero hizo una pausa. Ellos esperaron. Aunque no fuera consciente de ello, la doctora Martins sabía cómo contar una historia: estaban embobados.

—Creo que la combinación química que utilizó el tío de Enos se introdujo por las microfisuras del recubrimiento del tanque y llegó al interior, rehidratando el *Cordyceps* en estado latente.

—¿Lo de la patata? —preguntó Roberto, incrédulo. No parecía muy hidratante.

Ella asintió.

—Una patata corriente es agua en un setenta y ocho por ciento. Pero el hongo no solo se rehidrató. Además recibió un aporte de pectina, celulosa, proteína y grasa. Tenía, por otro lado, un sitio muy agradable en el que crecer. La temperatura media en el desierto de Australia Occidental en esta época del año supera con creces los treinta y ocho grados centígrados. Dentro del tanque seguramente alcanzaba los cincuenta y cuatro. Letal para nosotros, pero perfecta para el hongo.

Trini quería ir al grano.

—Entonces, ¿está diciendo que esa cosa volvió a la vida?

—No exactamente. Repito que solo son especulaciones, pero creo que es posible que los polisacáridos presentes en la patata se combinaran con el palmitato sódico del lavavajillas para producir un medio favorable a su crecimiento. Normalmente son moléculas grandes, inertes y aburridas, pero, si las juntas, puede armarse una buena. La culpa no es del tío. El pobre hombre no *intentaba* producir una reacción química.

Iba animándose a medida que hablaba. El ejercicio intelectual hacía que le brillaran los ojos, y Roberto se sentía incapaz de apartar la mirada de ella: no podía evitarlo.

—Pero ¿produjo esa reacción química?

—¡Joder, ya lo creo!

Santo Dios, si hasta decía tacos. Roberto sonrió.

—Pero no creo que los polisacáridos o el palmitato de sodio fueran el reactivo de base. —Se inclinó hacia delante, como si se dispusiera a rematar un chiste que a todo el mundo iba a encantarle—. Fue el óxido. $Fe_2O_3.nH_2O$.

Trini tiró su chicle en un pañuelo de papel y se metió otra pastilla en la boca.

—¿Cree usted, doctora Martins, que podrá encontrar en algún rinconcito de su ser la capacidad de resumir?

Hero la miró, adoptando de nuevo una actitud objetiva.

—Claro. Enviamos al espacio un extremófilo hiperagresivo resistente al calor intenso y al vacío, pero sensible a las bajas temperaturas. En ese medio el organismo entró en un estado de latencia, pero siguió siendo hiperreceptivo. En algún momento del camino debió de coger a un autoestopista, digamos. Puede que estuviera expuesto a la radiación solar. O puede que una espora penetrara por las microfisuras del tanque en el momento de la reentrada en la atmósfera. En todo caso, cuando el hongo regresó a la Tierra, salió de su estado de latencia y se encontró en un entorno cálido, seguro, rico en proteínas y favorable a su crecimiento. Y *algo* hizo que su compleja estructura genética cambiara.

—¿Para convertirse en qué? —preguntó Roberto.

Hero los miró a ambos como una maestra miraría a un par de alumnos un poco zoquetes que no acabaran de entender lo obvio.

—Creo que hemos creado una nueva especie —concluyó. Se hizo un silencio. Dado que la teoría era suya, Hero se arrogó el derecho de poner nombre a la nueva especie—: *Cordyceps novus.*

Trini se limitó a mirarla.

—¿Qué le dijo al señor Namatjira?

—Que tenía que hacer unas comprobaciones y que volvería a llamarme seis horas después. No me llamó.

—¿Qué hizo entonces?

—Llamar al Departamento de Defensa.

—¿Y qué hicieron ellos? —preguntó Roberto.

Ella les señaló.

—Mandarlos a ustedes.

DOS

Las siguientes seis horas de vuelo transcurrieron en relativo silencio. Mientras sobrevolaban la costa oeste de África y anochecía, Trini hizo lo que solía hacer cuando iba camino de una misión: aprovechar para dormir cuando aún había tiempo. Tampoco pasaba nunca junto a un cuarto de baño sin usarlo. Eran esas pequeñas cosas las que importaban cuando uno tenía que limitar al máximo sus necesidades. Hero se cansó de mirar las botas de Trini, que esta había apoyado en el asiento de al lado, y, cuando el avión estuvo casi a oscuras, se levantó, pasó por encima de sus piernas y cruzó el pasillo.

—¿Te importa? —susurró señalando el asiento vacío que había junto a Roberto.

A él no le importó. Ni lo más mínimo. Movió las piernas para dejarla pasar y ella se acomodó lo mejor que pudo en el asiento. El motivo aparente de su cambio de sitio era que allí podía poner las piernas en alto. Pero eso también podría haberlo hecho en el otro asiento, se dijo Roberto. Tal vez la verdadera razón fueran las miradas furtivas que se lanzaban de vez en cuando desde que ella había acabado su informe, pero a él le convenía —psicológicamente al menos— dar por sentado que se trataba de lo más obvio, sabiendo al mismo tiempo que no era así en absoluto.

Las cosas que uno se cuenta…

La verdad pura y dura era que Roberto distaba mucho de ser inocente en aquel caso. Había sentido una atracción inmediata por la doctora Hero Martins y, aunque jamás haría nada al respecto,

18

necesitaba saber que conservaba su antiguo encanto y que aún podía recurrir a él. Llevaba unos tres años casado con Annie y el comienzo de su matrimonio no había sido fácil. Pasaron el primer año agobiados por el trabajo; luego, Annie se quedó embarazada mucho antes de lo previsto, el embarazo se complicó y tuvo que guardar cama los últimos cuatro o cinco meses, lo que habría sido duro para cualquiera, pero especialmente para ella, que era como una máquina de movimiento perpetuo. Estaba acostumbrada, por su trabajo de periodista, a andar siempre de un lado a otro, y estar encerrada en casa le parecía un suplicio. Después nació el bebé y, en fin, ya se sabe lo que es eso: un bebé.

Y así se acabaron los presuntos años dulces. ¿Qué había sido del estar tú y yo solos, de esa primera época de dicha matrimonial en la que disfrutamos de la juventud, la belleza y la libertad, y el uno del otro? Y, ya puestos a preguntar, ¿qué había sido del sexo, por amor de Dios? Roberto odiaba convertirse en un cliché, en el típico tío casado que se lamenta de la sequía de sexo posterior al nacimiento de un bebé, pero aun así era un hombre en la flor de la vida. Y ahora mismo no se veía envejeciendo con Annie. A este paso no, desde luego.

Pero la quería. Y no quería engañarla.

Por eso coqueteaba. En realidad nunca se le había dado bien ligar cuando la cosa iba en serio, pero todo resultaba más sencillo cuando no había intención de que las cosas llegaran a ninguna parte. Todavía le sorprendía la desenvoltura con la que era capaz de hablar con mujeres atractivas en este momento de su vida, y lo positiva que era siempre su respuesta. Un hombre de treinta y tantos años, formal e inalcanzable, era muy distinto a un chaval de veinticuatro con la lengua hecha un lío y una erección perpetua.

Esa imagen cuadraba a la perfección con las preferencias y predilecciones de Hero. Desde el fin de su larga y tortuosa relación con Max, un estudiante de doctorado más o menos de su edad y algo inmaduro, le interesaban los hombres casados. No es que tuviera debilidad por ellos, lo que habría sugerido cierta propensión amoral: el deseo de hacer algo por el hecho de que fuera malo y no a pesar de que lo fuera. Nada de eso. Tenía, sin embargo, preferencia por los hombres casados, una regla o directriz personal basada en sus ventajas obvias, que un día, durante una clase extraordinariamente aburrida de micromaquinado por láser, se había puesto a enumerar en un cuaderno. Esas ventajas eran, por orden de importancia:

1. Su conducta tendía a ser, por lo general, más adulta, dado que habían asumido los cambios propios de la vida mostrándose dispuestos a casarse y a compartir —al menos hasta cierto punto— su vida con otra persona, lo que implicaba por definición capacidad de compromiso y preocupación por el otro.

2. Solían ser mejores en la cama, no solo por volumen de experiencia, sino por experiencia repetida con la *misma* mujer, lo que inevitablemente conducía a una mayor intuición de cómo dar placer además de recibirlo, a no ser que fueran unos completos narcisistas, lo que era improbable teniendo en cuenta el punto 1.

3. Eran educados y agradecidos y no te dejaban el suelo hecho un asco, dado que al fin y al cabo habían pasado como mínimo un par de años siendo adiestrados en el uso del baño por una mujer adulta que no era su madre.

4. Tenían adónde ir, normalmente dentro de un margen de tiempo razonable después de practicar el sexo, lo que a ella le dejaba las noches libres para dedicarse a su trabajo.

5. Eran, por definición, incapaces de entregarse a una relación en exclusiva, cosa que a ella le permitía hacer lo que le apeteciera en el caso improbable de que se presentara algo mejor.

Hero era consciente de que había numerosos argumentos en contra que restaban méritos al amante casado, y que había resumido limpiamente en una sola premisa en la primera página de su diario:

1. Son infieles.

Pero ella también lo era, y lo sabía. Y no porque los engañara a ellos. Nunca tenía múltiples amantes: con un solo lío amoroso cada vez tenía suficiente. Tampoco engañaba —según sus cálculos— a

20

sus desdichadas esposas, puesto que no las conocía y nunca les había prometido nada. En realidad, solo se era infiel a sí misma al pasar el rato con una serie de personas que, al parecer, dada la naturaleza intrínseca de su relación, no sabían cómo amar.

Aun así, allí estaba, y allí estaba Roberto. Allí estaban ambos, posiblemente rumbo a la muerte (¿se le estaba yendo la mano buscando excusas?), y sin duda no había nada de malo en mantener una conversación agradable y vital con un militar guapo de unos treinta y cinco años al que claramente le había hecho tilín. El hecho de que llevara anillo de casado era pura coincidencia.

Mientras Trini dormía, Roberto y Hero estiraron las piernas apoyándolas en el asiento de enfrente, se reclinaron todo lo que pudieron y hablaron en susurros. No estaban cansados —la energía que vibraba en el aire era demasiado estimulante—, así que hablaron de la vida de él, dejando a un lado a su familia, y de la vida de ella, omitiendo su historial romántico con tipos como él. Hablaron de sus respectivos trabajos, de los peligros que había afrontado Roberto y de los lugares exóticos y temibles que había visitado ella en busca de nuevos microorganismos. Y mientras conversaban se fueron hundiendo cada vez más en los asientos y juntando poco a poco las cabezas y, cuando empezó a notarse algo de frío en la cabina mientras sobrevolaban Kenia, Roberto se levantó, sacó un par de mantas de lana áspera de un armario cercano y se acurrucaron debajo.

Entonces ella se rascó la nariz.

Y cuando volvió a bajar la mano, la apoyó en el asiento, entre los dos, rozando con el dedo meñique el muslo derecho de él. Roberto lo notó, y ella no apartó la mano. Pasaron otros veinte minutos, veinte minutos de charla relajada, entre susurros, sin una sola insinuación fuera de lugar. Luego, fue él quien hizo el siguiente movimiento: cambió de postura, teóricamente para estirar las piernas agarrotadas, pero cuando volvió a posarlas en el asiento de delante apretó la pierna contra la de ella, y ella correspondió casi de inmediato a su gesto. No hablaron de ello; ninguno de los dos se dio por enterado. Si se escuchaba su conversación, podía darse por sentado que eran dos compañeros de trabajo pertenecientes a campos ligeramente distintos que habían coincidido en un encuentro profesional y estaban teniendo la conversación más inocente, respetable y aburrida del mundo.

Pero ni ella apartó la mano, ni ninguno de los dos aflojó la presión de la pierna. Lo sabían ambos. Solo que no lo decían.

Pasado un rato, Hero se estiró y se puso en pie.

—El aseo.

Él señaló al fondo. Ella le dio las gracias con una sonrisa, pasó entre los asientos y se dirigió al fondo del avión.

Roberto la miró alejarse. Por dentro estaba aterrorizado desde hacía varias horas. Apenas podía creerse lo que estaba pasando. Ninguno de sus flirteos relativamente inocentes había llegado tan lejos, y tenía la sensación de estar deslizándose por un agujero embarrado del que no podía salir. Con cada movimiento que hacía se hundía más en el hoyo, y cuando no se movía era aún peor, porque la gravedad por sí sola tiraba de él hacia abajo.

Y además le gustaba. Estaba enfadado, enfadado por no tener lo que quería —o lo que merecía— en casa, y ¿por qué no obtenerlo de aquella mujer brillante y preciosa que le pedía tan poco, que le encontraba tan fascinante y a la que, evidentemente, le interesaba? ¿Por qué no hacerlo, aparte de porque era un completo error? O quizá no estuviera sucediendo. Quizá hubiera un motivo inocente para explicar el roce de su mano y de su pierna —seguramente ella ni siquiera lo había notado, por amor de Dios—, y él estaba dejando que su impulso sexual hiperactivo se adueñara, como siempre, de su mente racional.

O quizá sí estaba sucediendo, y quizá él quería que sucediera. Podía ser que se levantara, que se dirigiera al fondo del avión, que hablara con ella un poco más y que, si por causalidad le miraba a los ojos unos segundos más de lo necesario, la besara. Quizá sí. Quizá se levantara y lo hiciera *ahora mismo*.

Hizo acopio de todo el resentimiento que pudo encontrar, de toda la indignación acumulada a lo largo de tres años largos de frustrante matrimonio, y se levantó.

Notó entonces que una mano se posaba en su brazo.

Se volvió. Trini estaba despierta y lo miraba con fijeza mientras le agarraba fuertemente el antebrazo izquierdo con la mano derecha.

Roberto la miró, cubriendo su cara con una chapucera máscara de inocencia. La mirada penetrante de Trini, fija en él, brillaba incluso a la luz tenue de la cabina.

—Siéntate, Roberto —dijo.

Él abrió la boca, pero no le salieron las palabras. No se le daba bien mentir, y menos aún improvisar excusas, de modo que en lugar de balbucir alguna estupidez optó por cerrar la boca y encogerse de hombros como diciendo «No sé de qué me hablas».

—Siéntate.

Roberto se sentó. Ella se inclinó hacia delante y le puso la mano en la nuca.

—Tú no eres así, chaval.

Roberto sintió que se le encendían las mejillas: la rabia, la vergüenza y el deseo frustrado hicieron que toda la sangre sobrante se le agolpase en la cara.

—No te metas.

—Eso mismo digo yo —repuso Trini sin dejar de mirarle.

Él desvió los ojos. Se sentía humillado y quería que ella se sintiera igual.

—¿Celosa? —preguntó mirándola.

Quería arremeter contra ella y lo hizo; quería zaherirla y lo consiguió. Trini torció el gesto ligeramente, decepcionada, más que dolida.

Hacía ya diez años que su primer y único matrimonio se había ido a pique, y el hecho de que se hubiera casado era ya notable de por sí. Su matrimonio se deshizo no por los viajes y el secretismo que entrañaba su trabajo, sino por el desagrado innato que le inspiraban otros seres humanos. La gente estaba bien, solo que a ella no le gustaba verla ni escucharla. Llevaba sola una década y estaba muy a gusto así.

Siempre había tenido la convicción íntima de que la atracción que sentía de cuando en cuando por Roberto no era más que una simple reacción química a su físico arrollador. Le caía bastante bien, le gustaba trabajar con él, admiraba profundamente su profesionalidad y el hecho de que no sintiera la necesidad compulsiva de charlar de cualquier cosa, pero nunca había sentido por él el más mínimo interés amoroso. Era su compañero de trabajo. Un compañero de trabajo increíblemente guapo, eso sí. A veces hasta la gente que no es golosa se embelesa ante un trozo de tarta de chocolate. De eso se trata, para esto está: para entrarte por los ojos. Igual que él. Y normalmente así era. En todo caso, no pasaba nada: Trini se lo callaba y ya está.

Pero en 1983 tuvo un accidente de *jeep* y se fracturó dos vértebras lumbares, una lesión muy dolorosa que acabó por hacerla adicta a los analgésicos que el médico de la base le recetaba a mansalva. Cuando más le gustaban era a la hora de dormir: se tomaba una pastilla una hora antes de acostarse, se sumía en el dulce sopor del opio y sentía no solo que no le dolía nada, sino que nada volvería a dolerle nunca más. ¿Y dónde, en qué otra situación de la vida se tenía esa certeza?

La adicción se afianzó y fue creciendo. Durante casi seis meses nadie reparó en ella, salvo Roberto, que habló sin tapujos con su amiga y después dedicó gran cantidad de tiempo, energía y afecto a ayudarla a desengancharse. Trini se empeñó en hacerlo sin ayuda exterior y Roberto accedió a intentarlo. Al principio, durante una de sus peores noches en vela, entre tiritonas y sudores, tuvo un ataque de ansiedad y Roberto se metió en la cama con ella y la abrazó, tratando de ayudarla a pasar el mal rato. En cierto momento, ella le miró, le dijo que estaba enamorada de él y que siempre lo había estado e hizo intento de besarle. Roberto se escabulló, le dijo que se callara y se durmiera, y ella obedeció.

Durmieron así toda la noche, sin que pasara nada. Roberto nunca se lo contó a Annie, y tampoco volvieron a hablar del tema entre ellos.

Hasta ahora, cuando Roberto había querido hacerle daño.

Y lo había conseguido.

Al otro lado del avión, la puerta del aseo se cerró con un suave chasquido. Hero reapareció y se dirigió a su asiento.

Trini se dio la vuelta y se acomodó para volver a dormir.

Roberto se volvió hacia la ventana, empujó una almohada contra el cristal, se tapó con la manta hasta la barbilla y, cuando volvió Hero, fingió estar profundamente dormido.

Así llegaron los tres a Australia, acarreando mucho más equipaje del que llevaban al despegar.

TRES

Los trajes NBQ eran la mar de incómodos y lo peor, en opinión de Trini, era que no había dónde guardar la pistola. Blandió su Sig Sauer P320 en el aire, junto a la cadera, moviendo los labios sordamente tras el cristal de la escafandra.

Hero la miró, desconcertada todavía por aquellos militares y su inexperiencia a la hora de enfrentarse al tipo de problema que les habían mandado a investigar. Tocó los botones laterales del casco y su voz restalló en los auriculares de Trini.

—Use la radio, por favor.

Trini toqueteó el lateral del casco hasta que dio con el botón adecuado y lo pulsó.

—¿No tiene bolsillos este chisme?

Se habían puesto los trajes NBQ a las afueras de Kiwirrkurra: monos herméticos provistos de un sistema de respiración autónomo, botas con puntera de acero y espinillera exterior, y guantes resistentes a la corrosión química. Y no, no tenían bolsillos. De eso se trataba precisamente: de que no hubiera recovecos ni hendiduras en los que pudiera acumularse cualquier cosa que uno pudiera llevarse de vuelta a casa.

Hero decidió que un simple «No» bastaba para contestar a la pregunta malhumorada de la teniente coronel, que se había fumado tres cigarrillos, uno detrás de otro, nada más aterrizar —había aguantado todo el vuelo a base de Nicorette y de un nuevo parche de nicotina— y estaba más tensa que el interior de una pelota de golf. Convenía no acercarse mucho a ella, resolvió Hero.

Roberto se volvió y miró tras ellos, hacia la inmensa extensión de desierto que acababan de cruzar. Su todoterreno había levantado una enorme polvareda y el viento soplaba en su dirección, lo que significaba que los sedimentos arrojados al aire a lo largo de varios centenares de kilómetros se dirigían hacia ellos formando un torbellino.

—Más vale que empecemos mientras todavía se ve algo —dijo.

Dieron media vuelta y emprendieron el camino hacia el pueblo. Habían aparcado a unos ochocientos metros de distancia y los trajes les impedían avanzar a buen ritmo, pero desde allí alcanzaban a ver varios edificios dispersos a lo lejos. Kiwirrkurra estaba formado por una serie de edificaciones de una sola planta, doce como máximo. Las casas no estaban pintadas, pero la madera de deshecho y los retales de aglomerado que la comisión de realojo había entregado a los residentes formaban una abigarrada panoplia de colores. Para ser una colonia de nueva creación, no mostraba mucha planificación urbanística: una calle central, edificios a ambos lados y unos cuantos cobertizos levantados con posterioridad, posiblemente por recién llegados que preferían dejar un poco de espacio entre sus vecinos y ellos.

La primera cosa extraña que vieron, a unos cincuenta metros del pueblo, fue una maleta. Estaba en medio de la carretera, llena y cerrada como si aguardara pacientemente a que alguien la llevara al aeropuerto. Pero no se veía a nadie por allí.

Se miraron entre sí y se acercaron a la maleta. La rodearon y se quedaron mirándola como si esperaran que les revelara su historia y sus intenciones. Cosa que no hizo.

Trini siguió avanzando con la pistola en alto.

Llegaron al primer edificio y, al rodearlo, vieron que tenía solo tres paredes, no cuatro. Estaba construido así a propósito para aprovechar al máximo las corrientes de aire en aquel entorno de aridez extrema. Se detuvieron y miraron dentro como si miraran una casa de muñecas. Había zonas diferenciadas: una cocina, un dormitorio, un cuarto de baño (con puerta) y otra habitación minúscula al fondo.

En la mesa de la cocina había comida, envuelta en una nube de moscas. Pero allí tampoco había nadie.

Roberto miró alrededor.

—¿Dónde se han metido todos?

Sí, esa era la cuestión.

Trini retrocedió de nuevo hacia la calle y giró en semicírculos, cautelosamente, observando el lugar.

—Los coches siguen aquí.

Siguieron su mirada. Había varios vehículos, en efecto. Casi uno por vivienda: un todoterreno o una moto, una camioneta o un turismo destartalado. Fuera donde fuese adonde habían ido los vecinos, habían dejado allí sus coches.

Continuaron avanzando. Pasaron frente a lo que parecía ser un parque infantil, más o menos en el centro del pueblo. Un viejo columpio metálico chirriaba, empujado por el viento que ahora barría la arena y el polvo del desierto hacia el interior del pueblo. Roberto se volvió y miró las nubes que se acercaban. La arena golpeaba el cristal del casco, y era difícil no parpadear a pesar de que no hacía falta.

Treinta metros más allá llegaron al otro extremo del pueblo. La puerta delantera del edificio más grande estaba entornada y Trini la abrió del todo empujándola con el cañón de la Sig Sauer. Roberto indicó a Hero que esperara en el porche y Trini y él entraron en la casa, uno después del otro, siguiendo el protocolo.

Hero esperó delante, observando sus movimientos a través de la puerta abierta y la ventana sucia. Registraron la casa habitación por habitación, Trini siempre delante, con la pistola en la mano. Roberto era el más minucioso y quizá el más precavido de los dos. Avanzaba con cautela, a ritmo regular, sin mirar nunca demasiado tiempo en una misma dirección. Hero admiraba la agilidad y la soltura con que se movía, incluso llevando encima el aparatoso traje. Sabía, sin embargo, que no había nada que temer allí. Todo lo que habían visto hasta el momento indicaba que Kiwirrkurra era una ciudad fantasma, y Hero estaba segura de cuál sería el resultado de sus pesquisas antes de que, unos minutos después, Trini saliera de la casa y anunciara:

—Catorce casas, doce vehículos, ningún residente.

Roberto puso los brazos en jarras, relajándose momentáneamente.

—¿Qué cojones ha pasado aquí?

Fue entonces cuando Hero vio lo que habían ido a buscar. Allí, en la punta del pueblo, delante de una casa tan humilde como las otras pero mejor conservada, había un depósito metálico de color plateado cuya chapa recién bruñida centelleaba al sol.

—No creo que eso sea de aquí —dijo.

Se aproximaron al tanque con cautela. El viento arreciaba y el polvo que arrastraba el aire se agolpaba en torno a las casas, elevándose en columnas delante de ellos antes de caer de nuevo al suelo en remolinos y seguir adelante. Cada vez costaba más ver.

—Alto.

Hero levantó la mano cuando aún estaban a tres metros del tanque. Examinó el suelo en torno a ellos lo mejor que pudo en medio de los torbellinos de arena y luego siguió adelante, inspeccionando la tierra con atención antes de dar un paso.

—Pisad sobre mis huellas.

La siguieron en fila india, con cuidado de plantar el pie en las pisadas de sus botas.

Al llegar junto al tanque, Hero se puso en cuclillas. Vio el hongo de inmediato, pero únicamente porque tenía el ojo bien adiestrado. Un observador corriente no habría visto más que una mancha verdosa en la superficie redondeada del depósito, semejante al cobre oxidado. El tanque no estaba intacto, de todos modos: había vuelto a entrar en la atmósfera terrestre incontroladamente y tenía, como era de esperar, unas cuantas abolladuras. Pero para Hero aquella anodina mancha verde era como un semáforo en rojo.

Trini miró en derredor, todavía con la pistola preparada, solo por si acaso. Dio unos pasos hacia la casa, mirando dónde pisaba. Se detuvo y examinó el edificio, que no era muy distinto a los demás. Hubo algo que llamó su atención, sin embargo: el coche. Un viejo Dodge Dart, aparcado en un ángulo extraño junto a la casa, con el capó casi pegado a una de las columnas del porche. El tejado de uralita del porche tenía cierta inclinación y desde donde estaba aparcado el coche era muy fácil encaramarse a él impulsándose desde el capó. Trini miró hacia arriba, pensativa.

Junto al depósito plateado, Hero se agachó y colocó delante de sí su maletín de muestras. Lo abrió, sacó una lupa de veinte aumentos y encendió las luces LED que rodeaban el borde del cristal biselado. Observó el hongo a través de la lente. Estaba vivito y coleando, no había duda: bullía visiblemente incluso a través de una lupa de tan poco aumento. Hero se acercó hasta donde se atrevió, buscando algún signo de fragmentación activa. Distinguió movimiento, y deseó con todas sus fuerzas tener una lupa más potente, pero en el maletín de campo solo llevaba una de veinte aumentos, lo que significaba que tendría que acercarse más aún.

Miró hacia atrás, a Roberto.

—Mete la mano por la trabilla del traje, entre mis omóplatos.

Roberto miró y vio que había una tira de tela cosida en vertical a la espalda del traje: una especie de asa lo bastante ancha para que metiera los dedos por ella. Hizo lo que le pedía Hero.

—Agárrame fuerte —ordenó ella—. Voy a tirar, pero no me sueltes. Si ves que me caigo, da un tirón hacia atrás. Sin cortarte. No dejes que lo toque.

—Entendido.

Roberto la sujetó con fuerza. Ella plantó firmemente los pies a unos treinta centímetros del tanque y se inclinó hacia delante, acercando todo lo que pudo la lupa y el cristal de su escafandra a la superficie, en su parte central. Roberto no esperaba que tuviera tanta confianza en él como al parecer tenía, y se tambaleó un poco cuando Hero se dejó caer hacia delante. Pero era fuerte y se recobró enseguida, recolocó los pies y la sostuvo con firmeza.

La máscara del casco de Hero se detuvo a unos siete centímetros de la superficie del tanque. Cambió la lente a su máximo aumento, centró el objetivo y encendió a tope las luces LED.

Ahogó un grito de sorpresa. A través de la lente, y a pesar de su escaso aumento, veía claramente los esporocarpos que brotaban del micelio: tallos rematados por una cápsula henchida de esporas listas para diseminarse. El crecimiento del micelio era tan rápido que se distinguía a simple vista.

—Dios mío.

Roberto no veía nada más allá del voluminoso traje de Hero y se moría de curiosidad.

—¿Qué es?

Hero no podía apartar los ojos.

—No lo sé, pero es enorme y rápido. Y heterotrófico: tiene que estar extrayendo carbono y energía de todo lo que toca; si no, sería imposible que… —Se interrumpió, con la vista fija en algo.

—Sería imposible ¿que qué?

Ella no contestó. Observaba fascinada uno de los esporocarpos. Su cápsula iba hinchándose bajo la lente y despegándose de la superficie del tanque.

—Es la tasa de esporificación más agresiva que he…

Con un fuerte chasquido, el esporocarpo reventó, salpicando la lente con gotas microscópicas de una sustancia pegajosa. Hero soltó un gritó y se echó involuntariamente hacia atrás. Estaba sorprendida, más que asustada, pero se tambaleó un instante y movió la pierna derecha hacia un lado para recuperar el equilibrio. Pisó algo blando junto al tanque, resbaló y comenzó a caer sobre lo que acababa de pisar. Vio aproximarse el suelo a cámara lenta.

Y entonces, de pronto, comenzó a elevarse otra vez. Tirando con fuerza de la trabilla del traje, Roberto la puso de nuevo en pie.

Ella le miró agradecida.

Roberto sonrió.

—Cuidado —dijo.

—Eh —dijo una voz allí cerca.

Se volvieron. Trini estaba de pie en el tejado de la casa, a unos tres metros por encima de ellos.

—He encontrado al tío.

No les costó mucho subir, a pesar de los trajes. Se encaramaron primero al capó del coche; subieron luego al tejado del porche de una sola zancada y por último, de un salto, llegaron arriba. Roberto, que iba el último por si tenía que aupar a Hero al tejado, estaba tan preocupado por evitar que se cayera que no se fijó en la suela de su bota ni siquiera cuando pasó a menos de medio metro de su cara. De todos modos, para ver lo que llevaba pegado en la suela debería haber tenido vista de águila, porque era muy poco lo que había. Pero ahí estaba.

Cerca del tacón, entre el tercer y el cuarto surco de la suela de goma de la bota derecha, había una mancha verdosa que se había adherido a la suela cuando había resbalado junto al tanque.

Hero trepó al borde del tejado, Roberto se impulsó hacia arriba apoyándose en los brazos y juntos recorrieron los escasos pasos que los separaban de Trini, que estaba de pie, mirando hacia abajo. El viento y la polvareda habían aumentado considerablemente y tapaban en parte su vista, pero aun así Trini reconocía un cadáver humano cuando lo veía. Este se hallaba en muy mal estado. Aunque el hombre no podía llevar mucho tiempo muerto, su cuerpo había sufrido graves daños con posterioridad al momento de la muerte. Pero no habían sido los animales carroñeros, ni la intemperie quienes se habían ensañado con su carne.

—Ha reventado —dijo Hero.

De eso no había duda: lo que anteriormente había sido el tío era ahora una piltrafa dada la vuelta, con todo lo de dentro fuera. Su caja torácica había estallado limpiamente desde el esternón y yacía abierta a los lados, como una chaqueta de traje tendida en el suelo sin nadie dentro. Los brazos y piernas habían perdido su recubrimiento carnoso, los huesos estaban salpicados de marcas que parecían de minúsculas explosiones internas y las placas óseas del cráneo estaban separadas como si el pegamento que mantenía unidas sus ocho junturas hubiera dejado de funcionar de repente y en todas a la vez.

Roberto, que había visto muchas cosas horrendas, nunca había visto nada parecido. Se volvió y, al hacerlo, se levantó el viento, el polvo se disipó momentáneamente y de pronto pudo ver con claridad el panorama que habían dejado atrás. Todos los edificios del pueblo eran más o menos de la misma altura, y desde lo alto de la casa del tío alcanzaba a ver los tejados de todas las casas.

—Dios mío.

Trini y Hero se volvieron y vieron lo mismo que él.

Los tejados estaban cubiertos de cadáveres, todos ellos reventados igual que el del tío.

Roberto no tuvo que contarlos para saber que eran veintiséis.

Mientras se hallaban de pie en el tejado tratando de comprender lo que les había ocurrido a los vecinos de aquel pueblo maldito, el hongo seguía mutando afanosamente entre los surcos de la suela de goma de la bota derecha de la doctora Hero Martins. El *Cordyceps novus* había alcanzado una barrera —la lámina de goma dura entre la bota y el pie— y si había algo que odiaba era una barrera. Pero todo buen villano tiene un esbirro a su servicio.

En su nueva mutación, el hongo albergaba un endosimbionte: un organismo que vivía en su interior, en relación simbiótica. Lo que el hongo no era capaz de hacer, lo hacía el endosimbionte: en este caso, catalizar la síntesis de sustancias químicas aleatorias para crear una estructura nueva, a fin de traspasar los obstáculos que se interponían en su camino. Era como tener tu propio laboratorio químico.

El endosimbionte, que habitaba en la superficie del hongo en forma de una ligera pátina tornasolada, quedaba expuesto a la atmósfera cada vez que Hero daba un paso. Absorbía tanto oxígeno como podía, lo combinaba con el carbono extraído del polvo y las partículas de suciedad adheridas al engrudo y formaba una tupida red de dobles enlaces de carbono-oxígeno. Estos grupos carbonílicos, convertidos en cetonas activas, se abrían paso hacia arriba hasta alcanzar la suela, cuyo material rígido y duro detenía su avance.

Y entonces volvían a hibridarse. La nueva cetona tomaba muestras de los elementos disponibles de la goma, la suciedad y el polvo y se recombinaba rápidamente en diversos esqueletos de carbono. Mutó en oxalacetato, genial para metabolizar azúcar pero inútil para perforar la suela de una bota. Impávida, mutó de nuevo en ciclohexanona, ideal para fabricar nailon, y después en tetraciclina, estupenda para combatir la neumonía. Por último, se recompuso malignamente como H_2FSbF_6: ácido fluoroantimónico.

El potente corrosivo industrial comenzó a carcomer la suela de goma de la bota de Hero.

El proceso de mutación había durado en total menos de noventa segundos.

Hero, naturalmente, ignoraba lo que estaba pasando. Mientras bajaban del tejado y volvían a toda prisa al tanque, se distrajo tratando de explicar lo que acababan de ver. El hongo, se dijo, estaba imitando la pauta reproductiva del *Ophiocordyceps unilateralis*, un género compuesto por unas ciento cuarenta especies, cada una de las cuales se reproducía colonizando a un insecto distinto.

—¿Y eso cómo se hace? —preguntó Trini, que había sacado otra vez la pistola y movía la cabeza de un lado a otro mientras bajaban al capó del coche.

—Pongamos que la especie que le interesa es una hormiga —explicó Hero—. La hormiga va andando por el suelo del bosque y pasa por encima de una espora microscópica del hongo. La espora se adhiere a ella, perfora su exoesqueleto y anida en su interior. Se desplaza por el cuerpo de la hormiga todo lo rápido que puede, abriéndose paso hasta el cerebro, cuyos ricos nutrientes aceleran exponencialmente su crecimiento, lo que le permite reproducirse diez veces más deprisa que en cualquier otra parte del organismo del insecto. El hongo se extiende por todo el cerebro hasta que controla el movimiento, los reflejos, los impulsos y el pensamiento, hasta donde una hormiga es capaz de pensar. Aunque la hormiga está técnicamente viva, el invasor la mantiene secuestrada para suplir sus necesidades. —Hero bajó al suelo de un salto—. Y lo único que quiere un hongo es producir más hongos.

Roberto miró a su alrededor: ahora entendía mejor lo que le había ocurrido al pueblo. O a sus habitantes, mejor dicho. Cielo santo, sus habitantes… Todos ellos.

Hero se acercó rápidamente al tanque, se arrodilló a su lado y volvió a abrir su maletín de muestras.

—La hormiga deja de actuar por sí misma —continuó—. Lo único que sabe es que tiene que moverse. Hacia arriba. Se sube a la brizna de hierba más cercana, clava las mandíbulas todo lo fuerte que puede y espera.

—¿A qué? —preguntó Trini.

—A que el hongo ocupe por completo la cavidad corporal y la haga estallar.

Roberto miró los tejados de las casas y se estremeció.

—Por eso se subieron a los tejados. Para esparcir el hongo lo más lejos posible.

Hero asintió.

—Esto es un desierto sin árboles. El tejado era el lugar más alto que podían encontrar. Y hay que apañarse con lo que haya a mano —añadió mientras rebuscaba cuidadosamente, con las manos enguantadas, entre los afilados útiles de acero de su maletín.

Escogió un instrumento de hoja plana con un asa en forma de anilla, metió el dedo índice derecho por la anilla y abrió un tubo de muestras con la mano izquierda. Raspó con cuidado el hongo e introdujo todo lo que pudo en el tubo.

—Presenta un crecimiento parasitario extremadamente agresivo, pero es lo único que sabemos hasta que pueda aislar las proteínas con cromatografía líquida y secuenciar su ADN.

Roberto la observó mientras cerraba el tubo con ademán experto.

—¿Te lo vas a llevar?

Ella lo miró sin comprender.

—¿Y qué voy a hacer si no?

—Dejarlo aquí. Tenemos que quemar este sitio.

—Pues adelante —contestó ella—. Pero hay que llevarse una muestra.

Trini miró a Roberto.

—Tiene razón. Ya lo sabes. ¿Qué te pasa?

Roberto no solía asustarse, pero de pronto estaba pensando en su hijo y en la posibilidad de no volver a verlo nunca más. Había oído decir que tener un hijo surtía ese efecto: que te hacía dudar, tomar conciencia de que servías a un propósito más trascendental. «Al diablo con el resto del mundo, ahora fabrico a *mi* gente y tengo que protegerla». Todo lo demás carecía de importancia.

Y luego estaba Annie. «Tengo una esposa, una mujer a la que quiero muchísimo y a la que he estado en un tris de traicionar, y me encantaría volver con ella y empezar a compensarla por lo que he estado a punto de hacer, y seguir compensándola el resto de nuestras vidas».

Eso era lo que le pasaba, eso era lo que estaba pensando. Pero no lo dijo en voz alta.

—Por amor de Dios, Trini —dijo—, tiene un índice R1 de 1:1. Todos los que han entrado en contacto con esa cosa están muertos, absolutamente todos. La tasa de ataque secundario es del cien por cien, el tiempo de generación es inmediato y el periodo de incubación… No sabemos cuál es, pero en todo caso es inferior a veinticuatro horas, eso seguro. ¿Quieres llevarte *eso* a la civilización? Nunca hemos visto un arma biológica tan letal, ni de lejos.

—Precisamente por eso hay que aislarlo y estudiarlo. Venga, hombre, ya lo sabes. Lo que ha pasado aquí no va a permanecer en secreto y, si no nos lo llevamos nosotros, vendrán otros a llevárselo. Y quizá trabajen para el enemigo.

Era un debate legítimo, pero, mientras hablaban, el agente corrosivo seguía actuando tenazmente dentro del tacón de la bota de Hero. El ácido fluoroantimónico había demostrado su eficacia para corroer la suela de goma dura, no abriendo un agujero en ella, sino cambiando su composición química conforme avanzaba. Se sucedían las mutaciones a menor escala, casi con espíritu experimental, a medida que variaba la resistencia de los enlaces químicos del material. La sustancia, que poseía una capacidad de adaptación asombrosa, pasó por casi todo el grupo del benceno hasta que encontró el compuesto exacto que estaba buscando. Por fin, perforó la suela y evolucionó sobre la superficie de la plantilla interior, justo debajo del empeine del pie derecho de Hero. El Benceno-X —se había hibridado tantas veces que escapaba a la clasificación de los compuestos químicos conocidos— le había abierto una puerta al hongo, cuyo tamaño molecular era mucho mayor, para que se colara dentro del traje de Hero.

Y allí el *Cordyceps novus* halló su nirvana. La bota, como el resto del traje NBQ, era muy amplia: estaba diseñada para favorecer la circulación del aire e impedir que su portador sufriera un calor excesivo. El sistema de respiración incluía un pequeño ventilador para la recirculación del oxígeno, por lo que había siempre una provisión de O2 fresco moviéndose dentro del traje. El hongo, agradecido, se dividió en filamentos y susurrantes zarcillos que, echándose al aire, se elevaron sobre una cálida columna ascendente de CO2 y fueron a posarse sobre la piel desnuda de la pierna derecha de Hero.

Ajena todavía a la invasión enemiga que estaba efectuándose dentro de su traje, Hero cerró el tapón del tubo de muestras, rompió el sello lateral y el tubo emitió un suave siseo cuando una bolita de nitrógeno lo congeló instantáneamente, hasta que pudiera volver a abrirse en un laboratorio y conservarse de forma permanente en nitrógeno líquido. Volvió a colocar el tubo en el hueco acolchado del maletín, cerró este y se levantó.

—Hecho.

El debate acerca de qué debían hacer se había resuelto como solía. Es decir, se impuso el criterio de Trini, que escuchó a su compañero, dejó que Roberto llevara sus argumentos un poco más allá de lo que le parecía necesario teniendo en cuenta sus respectivos rangos y luego le miró fijamente, bajó la voz uno o dos tonos y pronunció una sola palabra:

—Comandante.

La conversación se había terminado. Trini era la oficial al mando y tenía de su parte a la asesora científica de la misión. El resultado nunca había estado en duda, pero aun así Roberto había sentido el impulso de oponerse por razones humanitarias. ¿Y si, solo por esta vez, hacían lo que evidentemente era preferible, aunque fuera en contra del procedimiento? ¿Qué pasaría en ese caso?

Nunca lo averiguarían. Al final, Roberto se conformó con una solución de compromiso: se llevarían una sola muestra cuidadosamente sellada en un tubo de seguridad y no abandonarían Australia Occidental hasta que los dos gobiernos implicados acordaran lanzar un cargamento de bombas incendiarias que bastara para arrasar por completo el lugar de los hechos. Cualquier cosa serviría, incluso viejas bombas M69 o M47 con fósforo blanco. De todos modos, allí no quedaba nada que salvar.

Salieron del pueblo y regresaron al todoterreno.

CUATRO

Dentro del traje de Hero, el *Cordyceps novus* encontró lo que andaba buscando: un pequeño arañazo en el gemelo. Hasta un poro más abierto de lo normal hubiera bastado para que se introdujera en el torrente sanguíneo, pero el arañazo, que atravesaba dos capas de la piel, le abrió todo un mundo de posibilidades.

Hero ni siquiera sabía que tenía una herida abierta. Se había rascado sin darse cuenta, al notar un picor producido por un detergente: el hotel donde le habían lavado los vaqueros la semana anterior usaba un abrillantador óptico barato con una concentración de lejía mayor a la que estaba acostumbrada. Tuvo picores. Se rascó. Y el hongo penetró en su circulación sanguínea.

—¿Qué es ese olor? —preguntó cuando estaban a cincuenta metros del coche.

Roberto la miró.

—¿Qué olor?

Ella olfateó de nuevo.

—Como a tostada quemada.

Trini se encogió de hombros.

—Yo no huelo nada. —Miró hacia atrás, contenta de alejarse del pueblo—. Antes de que acabe el día todo esto olerá a quemado.

Pero Roberto seguía mirando a Hero, extrañado.

—¿Es dentro de tu traje?

Hero levantó el brazo y se lo miró como si quisiera recordarse que llevaba puesto un traje herméticamente cerrado.

—No tiene sentido, ¿no?

De hecho, lo tenía, y mucho. El *Cordyceps novus* ya se estaba calentando y había elevado la temperatura de los almidones y las proteínas presentes en su epidermis. La reacción química subsiguiente producía, además de calor, acrilamida, cuyo olor era muy semejante al de una tostada quemada. El súbito aumento de la temperatura de su piel pronto empezaría a molestar a Hero. Pero el hongo, atento a esa posibilidad, se desplazaba rápidamente por su torrente sanguíneo, ansioso por llegar a su cerebro, donde interceptaría los mensajes de los receptores del dolor. Como truco no era gran cosa en realidad. La garrapata utiliza esa misma estrategia: libera un anestésico superficial en cuanto perfora la piel de su víctima para que su succión pase desapercibida todo el tiempo que sea posible. Pero el hongo tenía un largo camino por recorrer y un montón de receptores que bloquear. El latido cardiaco de Hero se aceleró, lo que hizo que su sangre circulara más deprisa, ayudando así inadvertidamente a su asesino en potencia.

Hero se detuvo.

—No puede haber un olor dentro de mi traje, está sellado y presurizado. Aquí dentro solo hay oxígeno y CO_2 limpio. ¿Por qué huele así dentro de mi traje?

Empezaba a asaltarle el pánico. Trini trató de quitar hierro al asunto.

—Seguramente podría hacer un montón de chistes al respecto… —dijo.

—No tiene gracia, joder —le espetó Hero.

—No, Trini, cállate de una vez. Se le ha metido algo en el traje.

—Eso no es posible —dijo Hero, tratando de convencerse a sí misma.

—Sigue andando —le aconsejó Trini—. Nos quitaremos los trajes en el todoterreno. De todos modos no podemos sacarlos de aquí, hay que quemarlos. Revisaremos el tuyo por si tiene alguna grieta. —Miró a Hero, muy seria—. ¿Notas algo raro?

Hero se lo pensó un momento.

—No.

Roberto insistió.

—Espera un momento. Concéntrate en cada parte de tu cuerpo. ¿Notas alguna diferencia?

Hero respiró con calma y, concentrándose, hizo repaso de su anatomía desde las plantas de los pies hasta la coronilla.

—No, nada.

Dentro de su organismo, sin embargo, algo estaba cambiando. El hongo había penetrado en su cerebro y se reproducía a velocidad vertiginosa, buscando sus nocireptores y bloqueándolos igual que un ejército invasor clausura redes informáticas y cadenas de televisión. Dentro de su encéfalo resonaba una alerta roja, ondeaban banderas, tañían campanas de alarma, pero las terminaciones de sus axones neuronales estaban colonizadas por el hongo, que les impedía responder a estímulos dañinos. Ya no podían enviar mensajes a su tálamo y a su estructura subcortical avisando de posibles amenazas. Clamaban en el desierto.

Hero Martins se estaba muriendo, pero el mensaje neuronal que recibía de su cerebro era: «Todo va perfectamente, tú no te preocupes por nada».

—Estoy bien.

—¿Segura? —preguntó Roberto.

Ella asintió.

—Vámonos de aquí —dijo.

Echaron a andar otra vez. Se encontraban ya a cuarenta metros del todoterreno. Hero barajó mentalmente posibles motivos por los que podía haber un olor extraño dentro de su traje. No se le ocurrió ninguno plausible. Decidió no destruir el traje. Lo sellaría y se lo llevaría consigo. Quería analizarlo centímetro a centímetro, por si tenía alguna raja o se había contaminado con alguna sustancia externa, en cuyo caso alguien del departamento de control de equipamiento iba a llevarse un buena bronca.

El todoterreno estaba ya a treinta metros. Hero se sintió algo mareada y cayó en la cuenta de que hacía nueve o diez horas que no comía nada. Claro que ver el cadáver mutilado del tío no le abriría el apetito a nadie, de modo que era lógico que no tuviera hambre.

Hizo de nuevo inventario físico, pero, aparte de la aceleración del latido cardiaco y la respiración, no notaba ningún cambio. Levantó los ojos hacia el sol entornando los párpados y, al hacerlo, una idea cruzó su mente.

«Solo que aquí no hay línea telefónica».

Pues no, no la había. Pero ¿qué importaba? Miró el maletín que llevaba en la mano, pensando en lo que llevaba dentro del tubo. La gente iba a flipar con aquello. Se preguntaba si el CDC, el Centro de Control de Enfermedades, aceptaría siquiera aquel regalito.

«O sea que no hay postes de teléfono».

Sacudió la cabeza para despejarse y retomó el hilo de sus pensamientos. Solo había un puñado de laboratorios en Occidente que pudieran almacenar patógenos de nivel 4 de bioseguridad, y Atlanta y Galveston lo rechazarían de plano, clasificándolo incorrectamente como extraterrestre porque había traspasado la atmósfera.

«Una torreta eléctrica, quizá».

El Ejército de Estados Unidos haría todo lo posible por quedarse con el hongo, de eso no había duda, pero Fort Detrick había sido objeto de una infiltración hacía un año y medio y nadie estaba dispuesto a…

«Electricidad sí tendrán ¿no? ¿No tienen electricidad?».

Volvió bruscamente la cabeza. «Venga, concéntrate». Estaban a diez metros del coche. De pronto, lo vio borroso y su imagen se dividió en dieciséis rectángulos idénticos, dieciséis todoterrenos perfectamente separados e idénticos. Sintió que se le enfriaba de golpe la piel, porque aquello no era algo fácil de ignorar o que cupiera achacar al hambre o al cansancio. «Claro que, cuando era pequeña solía desmayarme, a veces en las asambleas del colegio», se dijo, «y ¿no era esta misma sensación?». ¿No notaba un picor en el cuero cabelludo y luego empezaba a ver raro, y veía doble justo antes de caerse redonda al suelo? Seguro que se debía a una bajada de azúcar en sangre o…

«Una torre de telecomunicaciones a cincuenta kilómetros de aquí, ¿no vi algo así? ¿Era una torre de telecomunicaciones?».

La imagen surcó su mente con toda claridad: habían pasado

junto a una torre de telecomunicaciones en pleno desierto. Estaba justo al lado de la carretera, tenía unos cien metros de altura y un cajetín negro en la base.

—Eso era, justamente.

Lo había dicho en voz alta, y Roberto y Trini se volvieron a mirarla.

—¿Qué? —preguntó Roberto.

Ella le miró.

—¿Eh?

—¿Eso era justamente qué?

Hero no tenía ni idea de qué estaba hablando. ¿Era posible que el hongo hubiera infectado a Roberto de alguna manera, que fuera su traje el que estaba dañado y que hubiera empezado a perder la cabeza? Confiaba sinceramente en que no, porque era un tipo muy simpático, aunque fuera un ligón. En serio, tenía que empezar a pasar de los hombres casados, nunca más, se prometió, a partir de ese momento o se buscaba a alguien que le conviniera o se contentaba con…

«No será tan difícil de escalar».

Ay, mierda. Tenía que pensarlo mejor.

«Trepar. Por la torre de telecomunicaciones. Tenía travesaños laterales cada metro veinte o metro cincuenta, pero seguramente habría una escalerilla de servicio dentro del armazón, ¿cómo si no iban a repararla si se rompía algo cerca de la punta? Por ahí podría subir».

Por última vez, las neuronas sanas y en funcionamiento que aún quedaban en su encéfalo se impusieron a las que habían sido colonizadas, destruidas o bloqueadas por el *Cordyceps novus*. Su córtex prefrontal, que se encargaba del razonamiento lógico y de las habilidades de pensamiento intrapersonal más sofisticadas, se afianzó y, en un arrebato de lucidez, le dijo claramente que basándose en: a) la distorsión de sus procesos mentales; b) el olor a tostada quemada del interior de su traje, que indicaba la presencia de un contaminante externo; c) la expresión de las caras de Trini y Roberto, que evidentemente pensaban que le pasaba algo raro y d) su súbita e irracional obsesión por escalar una puta torre de telecomunicaciones, era más que probable que el hongo la hubiera infectado y que estuviera a escasos segundos de caer bajo el dominio de un organismo de reproducción acelerada que podía provocar la extinción de toda la especie humana.

Sin dejar de caminar, miró a su derecha y vio que Trini llevaba la pistola en la mano, junto al costado, mientras Roberto y ella la miraban y se miraban entre sí, tratando de comunicarse su preocupación sin recurrir a la radio, a través de la cual ella podría oírles.

«Coge el coche y vete a la torre».

Apretó el paso, dirigiéndose hacia el todoterreno. Los otros dos dejaron que se adelantara, contentos de quedarse atrás para poder vigilarla.

«Trepa a la torre».

Al acercarse al coche, vio la llave metida en el contacto, brillando al sol. Se sintió impulsada hacia ella.

«Trepa a la torre».

Sus lóbulos frontales luchaban en vano, encarnizadamente, por ganar la batalla. Constituían un tercio del volumen total de su cerebro, pero estaban dominados por una exuberante colonia de *Cordyceps novus*. La bandera de su independencia intelectual cayó, abatida. Aun así, su pensamiento consciente no se rindió: solo emprendió la huida, cruzó como una exhalación el yermo de su lóbulo temporal, ya conquistado, y fue a refugiarse en la última zona de su aparato mental que seguía libre: el lóbulo parietal. Allí conservaba aún, a duras penas, el dominio de su caudal intelectual drásticamente reducido.

«Haz cuentas, cuentas y análisis, donde X = probabilidad de regeneración del tejido neuronal sano es cero-X, la tasa de recuperación en caso de incumplimiento...».

Estaba recordando una clase de Economía de primero de facultad, pero era el único retazo de conocimiento útil que seguía pataleando dentro de su cabeza, la única vía de razonamiento que aún seguía abierta, y tendría que conformarse con ella. «Así que probemos a hacer el cálculo, ¿de acuerdo?». La ecuación debía responder a un solo interrogante: ¿podía sobrevivir a esto?

«Probabilidad de recuperación frente a pérdidas efectivas (PR < o > PE) dependiendo del tipo de instrumento (donde TI = hongo mutante hipereficaz), problemas corporativos (donde PC = fallo grave de más del 50 por ciento del tejido cerebral sano) y condiciones macroeconómicas imperantes (donde CMI = todos los individuos que han tenido contacto con esta cosa están muertos), por tanto PR = TI/PC x CMI = ni una puta posibilidad».

La respuesta era no. No podría recuperarse. Iba a morir. La única duda era a cuánta gente iba a llevarse por delante cuando muriera.

«TREPA A LA TORRE», le ordenó su cerebro.

Y con el ápice de voluntad que aún le quedaba, la doctora Hero Martins respondió: «NO».

Se giró bruscamente. Trini no tuvo tiempo de reaccionar, en parte porque se quedó pasmada al ver la cara hinchada y descolorida de Hero. Tenía la piel tan tirante que había empezado a rajarse. Hero se abalanzó sobre ella antes de que Trini se diera cuenta de lo que sucedía. Le arrancó la pistola de la mano.

—¡La pistola! —gritó Trini.

Pero Roberto ya lo había visto. Le gritó a Hero que se detuviera, pero ella ya había retrocedido y se apuntaba con la pistola. Levantó la mano izquierda, abrió el cierre de velcro de la solapa que cubría el puerto de entrada de oxígeno, bajó la cremallera, introdujo la pistola dentro del traje, cerró la solapa de velcro sobre el cañón, apretó el cañón contra su pecho…

—¡No! —gritó Roberto, a pesar de que sabía que era demasiado tarde.

Hero apretó el gatillo.

La bala desgarró la piel y atravesó el esternón, abriendo en su pecho un agujero del tamaño de una moneda de veinticinco centavos. El resto de su cuerpo estalló de pronto, como un globo pinchado por un alfiler. Trini y Roberto solo veían su cabeza: una cabeza humana, desfigurada pero todavía reconocible, que en un abrir y cerrar de ojos se transformó en un amasijo de pringue verde que cubrió por completo la parte interior del casco.

Hero se desplomó, muerta.

Pero había logrado mantener su traje intacto.

* * *

Menos de setenta y dos horas después, Trini y Roberto iban en el coche, a unos cinco kilómetros de distancia de las cuevas de Atchison, con los ojos fijos en el cajón de la parte de atrás del camión que iba delante de ellos. El maletín de Hero, aún sin abrir, ocupaba un cajón más grande, lleno de hielo seco y sellado herméticamente.

De momento todo iba bien. Gordon Gray, el jefe de la DTRA, la Agencia de Reducción de Amenazas de la Defensa, creyó a pies juntillas lo que le contaron (a fin de cuentas eran los mejores) y había ordenado que se siguieran las instrucciones de Trini y Roberto punto por punto. Cuando Gordon Gray daba una orden, se cumplía, y puesto que todos los vecinos del pueblo habían muerto y los terrenos carecían de valor intrínseco, no había nadie que pudiera oponerse, ni motivo alguno para hacerlo. Ambos gobiernos acordaron sin discusión el bombardeo de Kiwirrkurra. El desdichado pueblecito ardió, y con él ardió también cada molécula de *Cordyceps novus*, excepto la muestra del tubo de ensayo de Hero.

La cuestión de qué hacer con el tubo era más difícil de resolver. Como había supuesto Hero, el CDC se negó a recibir un organismo que había surgido —o que al menos se había desarrollado en parte— en el espacio exterior. Y aunque el Departamento de Defensa estaba dispuesto a hacerse cargo del hongo, el único laboratorio que reunía las condiciones adecuadas era el de Fort Detrick, que estaba descartado. El fallo de seguridad acaecido un año y medio antes había desencadenado una revisión minuciosa de sus protocolos que estaba entrando en su segunda fase, y la idea de interrumpir un análisis de seguridad a fin de albergar una sustancia desconocida capaz de causar una mortandad sin precedentes no fue acogida con entusiasmo.

Lo de Atchison fue idea de Trini, que había colaborado con la Oficina Nacional de Seguridad Nuclear en temas de desmantelamiento y neutralización de arsenales a principios de la década de 1980, cuando, en el marco del Tratado INF, durante la era Reagan, la idea del desarme nuclear pasó a ser políticamente aceptable. El nivel subterráneo 4 de la planta de Atchison se había concebido y excavado como alternativa a la Planta Pantex y al Complejo Y-12 de Seguridad Nacional, centros de almacenamiento y eliminación de armamento desechado que ya se hallaban al máximo de su capacidad por estar repletos de artefactos de fisión de finales de los años cuarenta y principios de los cincuenta. Pero a medida que se alargaban las negociaciones del INF, se hizo evidente que la estrategia de Reagan consistía en hacer que *el otro* se desarmase, y el nivel inferior de Atchison permaneció vacío y sellado, sin ningún uso.

La ubicación de las minas les venía como anillo al dedo. Dado que se hallaban situadas sobre un manantial subterráneo cuyas aguas, casi heladas, brotaban del lecho rocoso a una velocidad de 2800 litros por segundo, la temperatura en el nivel inferior de Atchison nunca superaba los 3,3 grados centígrados. Incluso en el caso improbable de que se diera un apagón eléctrico prolongado, no había duda de que la temperatura a la que se conservaría el hongo permanecería estable, manteniéndolo en un entorno que favorecería muy poco o nada su crecimiento, incluso si de algún modo lograba escapar del tubo de muestras. Era un plan perfecto. El *Cordyceps novus* encontró así un nuevo hogar, sellado dentro de un tubo de muestras a noventa metros bajo tierra, en un subsótano que oficialmente no existía.

Con el paso del tiempo, cada vez fueron menos las personas dentro de la DRTA que compartían la preocupación de Trini y Roberto por la capacidad destructiva del *Cordyceps novus*. ¿Y cómo iba a ser de otro modo? Ellos no lo habían visto. No había registros fotográficos. Aquel remoto pueblecito había quedado reducido a cenizas y la única muestra del hongo que se conservaba estaba guardada a buen recaudo. Ojos que no ven, corazón que no siente. La gente olvida, pasa página.

Dieciséis años después, en 2003, la DTRA decidió que el complejo de las minas era una reliquia de la Guerra Fría de la que podía prescindirse. Se desalojaron las instalaciones, se procedió a limpiarlas y a darles una mano de pintura y se vendieron a Smart Warehousing para uso privado. La empresa de trasteros —un gigante del sector— levantó unos cuantos tabiques de pladur, compró a Hörmann seiscientas cincuenta puertas de garaje basculantes y abrió el recinto al público. De ese modo, quince mil cajas de trastos inútiles encontraron un hogar limpio, seco y permanente bajo tierra. Esa batería de hace treinta años que nunca tocabas podía ahora sobrevivir a una guerra nuclear.

El plan de almacenaje del *Cordyceps novus* era perfecto.

A no ser que Gordon Gray se jubilara antes de tiempo.

Y que su sucesor decidiera que era preferible sellar el subsótano 4 y olvidarse de él.

Y que subiera la temperatura del planeta.

Pero ¿qué probabilidades había de que eso ocurriera?

MARZO DE 2019

CINCO

—Señoría, lo entiendo. En serio, está usted viendo a uno que lo ha pillado.

Teacake no se había preparado nada, pero a él las palabras se le venían a la boca quisiera o no, así que aunque sabía que no era el más indicado para hablar en su defensa en la vista en la que debían sentenciarlo, creía ser el más cualificado para improvisar un discurso.

—La última vez que nos vimos, aquí, en esta sala, hace un par de años, su señoría me sugirió una cosa genial. «Oiga», dijo, «¿qué tal si en vez de mandarle a Ellsworth se apunta al ejército?». Fue una idea estupenda y se lo agradezco de todo corazón. Le tomé la palabra. Dos años en la Marina, en el Cuerpo de Buzos, y permítame que le diga que las pruebas de presión no son pan comido que digamos. Pero para mí fue una experiencia fantástica. Me licenciaron con honores.

El juez miró el expediente que tenía delante.

—Aquí dice *Licenciamiento ordinario en condiciones honorables*.

—Bueno, sí. Exacto. Es más o menos lo mismo.

El abogado de oficio que le habían asignado le lanzó una mirada que venía a decir: «No estás siendo de mucha ayuda».

Pero Teacake siguió adelante.

—El caso es que lo entendí entonces y ahora también —dijo—. Lo que pasó es que estaba donde no debía, cuando no debía. Sí, ya sé que eso no me va a servir de nada con usted, pero en este caso hay

51

circunstancias superatenuantes. Me dejo liar, ese es mi problema, pero mi opinión personal es que no debería cumplir condena por esto. Solo por sentarme en un coche, que es lo que hice básicamente. Porque, para empezar, esa no es forma de tratar a un veterano. Aunque, claro, usted nada más verme habrá pensado «Ya está este otra vez aquí», y lo entiendo.

—¿Ha terminado?

—Sí, estoy a puntito de acabar. Resumiendo, que si tienes un colega que se llama Davy el Fumeta y alguna vez te pide que te quedes en el coche mientras él entra un momentito a hacer una cosa superrápido y ya sabes que en el condado de Pottawatomie, Kansas, te tienen enfilado, conviene que le digas a tu amigo que tienes una cita anterior. Es lo único que digo.

Hizo amago de sentarse y volvió a ponerse en pie.

—Perdón, una cosa más, muy rapidito. También padezco esa dolencia moderna que llaman «privilegio blanco», por lo que pido sinceramente disculpas. Aunque eso no es culpa mía, la verdad. Lo de ser blanco no puedo evitarlo. Pero, en fin, eh, gracias.

Teacake se sentó bruscamente y no se atrevió a mirar a su abogado. Percibía el ánimo reinante en la sala. El juez se puso las gafas, cogió el expediente y pronunció cinco palabras:

—Gracias, señor Meacham. Diecinueve meses.

Cuando salió de prisión, el currículum de Teacake posterior al instituto contenía dos únicas cosas: una hoja de servicios mediocre en el ejército y su paso por el penal de Ellsworth. Así pues, el empleo en los trasteros Atchison era lo mejor que podía pasarle, incluso a 8,35 dólares la hora. Como a la empresa no le apetecía tener que vigilar a un montón de empleados, todo el mundo hacía turnos de doce horas, de seis a seis, cuatro días en semana. A Teacake, por ser nuevo, le tocó el turno de noche, de jueves a domingo. La verdad es que no le gustaban mucho los pocos amigos que aún tenía por allí, y tampoco le apetecía hacer otros nuevos —a no ser que uno de ellos fuera cierta chica—, así que no le importó gran cosa hacer el turno de noche, ese en el que tu vida social se reduce a cero. Quizá por eso le dieron el trabajo. Por eso y porque tenía todos los dientes, lo que significaba que era medianamente limpio. Allí, una sonrisa sin una sola mella era la única referencia que necesitabas para sentarte detrás de un mostrador de recepción y pasarte la noche vigilando seiscientas cincuenta unidades de almacenaje cerradas con llave. Para eso, como suele decirse, no hacía falta ser ingeniero espacial.

Teacake procuraba llegar temprano los jueves porque sabía que a Griffin le gustaba adelantar un poco el fin de semana y salía zumbando de allí unos minutos antes de que acabara su turno. Sabía que podía escabullirse antes de tiempo porque contaba con que a Teacake le hacía mucha falta el trabajo, y porque estaba seguro de que no pasaría nada. Efectivamente, al doblar la larga curva que describía la carretera al pie del barranco, Teacake vio la calva sudorosa del seboso de Griffin reluciendo al sol poniente. Estaba abriendo una lata grande de cerveza Pabst Blue Ribbon, de las que guardaba dos o tres en las alforjas de su Harley Fat Boy por si… En fin, para toda ocasión.

Griffin se bebió de un trago la cerveza, tiró al suelo la lata vacía, puso en marcha la moto con el pie y le enseñó el dedo corazón a Teacake al largarse levantando gravilla.

Lo malo que tenía Griffin, y en eso estaba todo el mundo de acuerdo, era que era un gilipollas. Teacake le hizo otra peineta, un gesto más o menos cordial en ese contexto, y el único contacto humano que mantendría en todo el día. Cuando su Honda Civic se cruzó con la moto de Griffin, suspiró aliviado porque su jefe hubiera pasado de largo. Así no tendría que mantener con él la misma puñetera conversación otra vez.

Pero no hubo suerte. Vio por el retrovisor que Griffin daba la vuelta y rodeaba el capó del Civic. Paró junto a la puerta del conductor, dejando el motor al ralentí mientras Teacake salía del coche.

—¿Qué hay? —preguntó Griffin.

O sea que iban a volver a hablar de lo mismo.

—Ya te lo he dicho, no puedo ayudarte.

—Sabía que eras tonto pero no tanto. —Griffin hablaba a golpes. Algunas palabras las pronunciaba tan deprisa que se trabucaba y entre otras hacía extrañas pausas, como si aún no se hubiera inventado la puntuación.

—No soy tonto —respondió Teacake—. Para nada, ¿vale? Te ayudaría encantado si pudiera, pero tengo una situación personal muy jodida, ya lo sabes, y no puedo hacerlo.

—Vale, entonces te lo vas a pensar.

—¡Que no! Ojalá ni lo supiera.

En realidad solo sabía una parte: la parte acerca de una veintena de televisores Samsung de pantalla plana y cincuenta y cinco pulgadas que Griffin estaba vendiendo uno por uno. Pero sospechaba que cuando el río sonaba a mercancías robadas era porque llevaba mercancías robadas, y eso era lo último que le hacía falta.

Griffin siguió erre que erre.

—Te estoy pidiendo que les abras la puerta a unos amigos míos de vez en cuando y que uses tu llave maestra, no es para tanto, cojones.

—Esos amigos tuyos no tienen cuenta aquí. No puedo dejar entrar a nadie que no tenga cuenta.

—¿Quién va a enterarse?

—No es la primera vez que oigo esas palabras —contestó Teacake—. Hazlo tú.

—No puedo —dijo Griffin encogiéndose de hombros.

—¿Por qué?

—Joder, pues porque nadie va a venir de día y yo no trabajo de noche. —Caso cerrado—. Hazlo, o tú y yo vamos a tener problemas.

—¿Por qué vamos a tener problemas? —preguntó Teacake.

—Porque sabes cosas y no estás metido en el ajo, y si no estás metido en el ajo y sabes cosas tenemos un problema. Ya lo sabes.

No había forma de librarse de él, y no pensaba dejar el tema, así que Teacake hizo lo que llevaba haciendo un mes y medio: darle largas y confiar en que se olvidara del asunto. ¿Era una estrategia que había dado muestras de funcionar? No, ni de lejos, pero no por eso iba a abandonarla.

—Sí, bueno, ya sabes, yo no sé nada de esto, ni de estas cosas —dijo—, ni de tus temas. Lo que digo es que…, en fin, no sé, ¿vale? ¿De acuerdo?

Era imposible ser más ambiguo sin tener una licenciatura en Derecho y décadas de experiencia testificando ante el Congreso, y Teacake confió en que valiera con eso. Dio media vuelta y se encaminó hacia el edificio.

Griffin revolucionó el motor de la Harley y se bajó las gafas. Le gritó algo a Teacake al arrancar, solo dos palabras, pero su naturaleza de gilipollas volvió a ponerse de manifiesto, porque le había puesto a la moto un tubo de escape recto para que hiciera más ruido y fastidiar así a todo hijo de vecino, y no había forma de que se oyera lo que decía. A Teacake le pareció que gritaba «Galgo inca», pero de hecho lo que había gritado su jefe era «Algo pita».

Teacake iba a descubrirlo muy pronto por sí mismo.

Que hubieran puesto a Griffin a cargo de algo parecía una tomadura de pelo, porque no solo era estúpido, racista y violento, sino que además era un alcohólico empedernido. Aun así, no es lo mismo un alcohólico que un alcohólico funcional, y Griffin se las arreglaba para ser de estos últimos gracias a un estricto régimen de bebida al que se ceñía con la disciplina de un atleta olímpico. Se mantenía sobrio tres días y medio a la semana, de lunes a miércoles, cuando hacía sus primeros tres turnos de doce horas, y no empezaba a beber hasta justo antes de las seis de la tarde del jueves. A partir de ahí se agarraba una cogorza que mantenía y alimentaba con meticulosa dedicación a lo largo del fin de semana, hasta que la noche del domingo perdía el conocimiento. El único inconveniente era la resaca del lunes por la mañana, pero Griffin llevaba tanto tiempo conviviendo con ella que le parecía de lo más normal. Café, tostada, ojos sanguinolentos: debe de estar empezando una nueva semana.

Griffin había nacido en Council Bluffs y había pasado seis años trabajando en un McDonald's de Salina, donde ascendió hasta el puesto de encargado. Era un trabajito muy apañado, sobre todo por las chavalas de instituto que podía contratar y despedir y con las que podía ponerse a tono en el aparcamiento después del trabajo. Griffin era un hombre poco atractivo: eso era una realidad objetiva. Tenía el tipo de un hidrante de incendios y todo su cuerpo, con la notable excepción de la cabeza, estaba cubierto de mechones de vello desiguales y de distintas tonalidades que hacían que su espalda pareciera el suelo de una barbería al final de una larga jornada. Pero el poder de conceder a alguien su primer trabajo asalariado y de invitar a un porrito de vez en cuando le hizo progresar en la vida —al menos entre las chicas de dieciséis años— cuando aún no había cumplido los veinticinco. Poco después, las chicas espabilarían, él perdería el poco pelo que le quedaba y sus «cachas» se convertirían en lo que solo podía definirse como michelines, pero durante esos pocos años Griffin fue el rey del mambo: ganaba 24 400 dólares al año, tenía un puesto casi asegurado en el Hamburger U —el programa superior de entrenamiento para encargados de McDonald's— y se tiraba a tías buenas menores de edad al menos una vez cada dos semanas.

Luego, esos cabroncetes de mierda, esos soplapollas que se creían tan listos y que no *necesitaban* el trabajo, que solo estaban allí porque sus padres querían que aprendiesen el Valor del Trabajo, esos pijos tontos del culo, lo echaron todo a perder. Estaban atendiendo la ventanilla de coches en hora punta cuando sucedió. Griffin no se explicaba todavía cómo se le ocurrió ponerlos allí juntos. Debía de tener una resaca de tres pares de narices para dejar que aquellos dos payasos trabajaran a quince metros de distancia el uno del otro. El caso fue que se pusieron a hacer el chorra por el intercomunicador. Tomaban los pedidos en español inventado, fingían que el altavoz no funcionaba y se entrecortaba, anunciaban que era «Día de lotería» y daban comidas gratis… Todas esas mamarrachadas tan desternillantes porque el puesto de trabajo de la gente no importa nada, qué más te da a ti si en otoño te vas a ir a la Universidad de Kansas con todos los gastos pagados por papá y mamá, y el único motivo por el que este trabajillo va a aparecer en tu currículum es demostrar que cuando estabas en el instituto eras todo un currante. Ya está, ya has cumplido, ya has trabajado en un restaurante de comida rápida, igual que hiciste tu viajecito de voluntariado de 10 0000 dólares a Guatemala, donde retrasaste la construcción de una escuela haciéndote un millón de fotos para colgarlas en Instagram.

Ese día en concreto había un inspector de la sección regional de McDonald's en el aparcamiento, un tío que controlaba el tiempo de atención del servicio de ventanilla y tomaba copiosas notas sobre las bromitas sin gracia que se estaban marcando aquellos dos. El guaperas aquel —el pelota, no aquel chaval pelirrojo, medio decente, que aguantaba tralla porque no le quedaba otro remedio, sino el otro mamón, el que se acostaba con la chica de la ventanilla, la de los náuticos que ni siquiera se dignaba mirar a Griffin—, *ese* sabía que aquel tipo estaba allí. Y se lo calló su buena media hora, hasta que pasó por la oficina y dijo con una sonrisilla: «Ah, oye, que hay un agente secreto de McDonald's aparcado junto al contenedor».

Al día siguiente degradaron a Griffin al servicio de plancha, y se despidió antes de acabar en la freidora. Encontró el trabajo en los trasteros Atchison tres semanas después y, cuando el encargado se mudó a Leawood para casarse, Griffin heredó su empleo de catorce dólares la hora —o sea, 34 000 dólares al año si no se tomaba nunca una semana de vacaciones— y tres días libres de cada siete para emborracharse. Calculó, además, que podía sacarse otros 10 000 en efectivo por guardar los Samsung y otros artículos de procedencia sospechosa que de vez en cuando necesitaban un alojamiento temporal. Fue el encargado anterior quien le pasó el testigo de aquel trabajillo extra, y Griffin dedujo que era un incentivo típico del gremio de los almacenistas. «Guárdame estas cosas, que ya vendrá alguien a recogerlas, y a cambio te llevas un pico de lo que se venda». Riesgo cero. Era, en conjunto, un arreglo bastante decente, aunque ni la mitad de bueno de lo que podía haber sido. Él podía haber hecho carrera como encargado, como encargado *de verdad*. Porque pasarse todo el día sentado delante de un mostrador ayudando a una procesión de frikis y paletos a acceder a los trasteros donde guardaban sus cachivaches de mierda es muy distinto a presidir un desfile constante de zorritas adolescentes en busca de trabajo. Pero había que conformarse con lo que había y Atchison, Kansas, no era, que digamos, un bufé libre de oportunidades laborales.

A pesar de todo lo ocurrido, lo que más fastidiaba a Griffin, de momento, era que nadie le llamara Griff. O «Jefe». O por su puto nombre de pila. Lo único que quería el hombre era un apodo, y nada: era solo Griffin.

* * *

Teacake fichó detrás del mostrador de recepción. Oía el pitido y no lo oía: era de ese tipo de ruidos. Durante la primera hora que estuvo en su puesto, la parte del cerebro que registra un sonido de volumen extremadamente bajo y tono agudo que se da cada noventa segundos se guardó para sí esa información. El leve pitido sonaba y quedaba registrado en un rincón remoto de su mente, donde enseguida lo sepultaban otros asuntos más urgentes.

Primero tenía que echar un vistazo a los monitores, que eran doce, para asegurarse de que las instalaciones estaban limpias y vacías y seguían siendo tan áridas y deprimentes como de costumbre. Comprobado. Después, echar una ojeada a la entrada este para ver si Ella había llegado ya al trabajo (sí) y pensar si había algún motivo plausible para hacerse el encontradizo (no lo había). Luego estaba también el olor. Griffin no era un gran amante del orden y la limpieza, y la papelera estaba llena de envoltorios de Subway, incluyendo, a juzgar por el olor, uno de un bocadillo de atún de doce pulgadas. La zona de recepción apestaba a comida rancia. Alguien tendría que hacer algo al respecto: con aquella peste a atún, el turno de doce horas se le haría eterno. Y por último apareció una clienta, la señora Rooney, que entró de repente por la puerta de cristal con cara de llevar mucha prisa y estar de un humor de perros.

—Hola, señora Rooney, ¿qué tal? ¿Cómo va eso?

—Necesito entrar en el SB-211.

Teacake no se dio por vencido tan fácilmente.

—Hace calor fuera, ¿eh? Ni que estuviéramos en África. Es raro para marzo, tanto calor. Claro que supongo que vamos a tener que dejar de decir eso, ¿eh?

—Necesito entrar enseguida.

En la unidad SB-211, Mary Rooney guardaba veintisiete cajas de cartón llenas de recuerdos de sus hijos y nietos: boletines de notas, tarjetas de cumpleaños, del Día de la Madre, del Día del Padre y de Navidad, además de toda clase de dedicatorias expresando un cariño arrollador y/o una rabia ciega, dependiendo de lo cerca que se hallaran de la adolescencia en el momento de escribirlas. Tenía además cuarenta y dos tazas de café y tarros para lápices que había hecho en un taller de cerámica entre 1995 y 2008, cuando su artritis empeoró y ya no pudo seguir; siete bolsas de deporte de nailon repletas de periódicos en los que aparecían grandes hitos de la historia mundial como la ceremonia de inauguración de las Olimpiadas de Los Ángeles de 1984, y un estuche de vinilo de *Los vigilantes de la playa* con 6500 dólares en metálico que tenía guardados para el día en que los bancos quebraran de verdad. Había también cuatro cajas de mudanza precintadas (de cuyo contenido nadie se acordaba hacía tiempo), tal cantidad de ropa vieja que era preferible cuantificarla por su peso (ciento cuarenta kilos) y una cafetera eléctrica de metal de 1979 que se erguía como una corona sobre aquella montaña de trastos.

La señora Rooney tenía en ese momento dos cajas de zapatos bajo el brazo y cara de pocos amigos, así que Teacake desistió de sus intentos de trabar conversación y le abrió la puerta que llevaba a los trasteros. Conste, no obstante, que ese día el calor bien merecía un comentario: en cierto momento se alcanzaron los treinta grados en el centro de la ciudad. Pero, en fin, Mary Rooney necesitaba entrar en su trastero enseguida, y más valía no interponerse entre ella y sus bártulos.

Teacake la observó a través de los monitores, primero al cruzar la puerta de seguridad y luego por el pasillo oeste. Su cabello gris y permanentado pareció flotar por el interminable pasadizo flanqueado por puertas de garaje de color crema, hasta llegar al fondo, donde pulsó el botón del ascensor y esperó, mirando dos veces por encima del hombro («Ya, ni que alguien fuera a seguirte para robarte tus cajas llenas de calcetines viejos, Mary»). Teacake siguió mirando mientras la señora Rooney entraba en el ascensor, bajaba dos niveles hasta el subsótano, salía, avanzaba hasta la mitad del pasillo subterráneo con ese paso tan raro que tenía, arrastrando los pies y como de costado, estilo coyote, y abría la puerta de la unidad SB-211. Entró, encendió la luz y cerró de golpe. Podía tirarse horas allí dentro.

Cuando te descubres mirando con ojos vidriosos una docena de monitores de vídeo para ver cómo una señora medianamente mayor avanza con paso lento pero decidido por un almacén subterráneo blanco y anodino, camino de un trastero en el que guarda cachivaches carentes por completo de interés, cuando haces esto sin la menor esperanza de que dicha señora haga nada ni remotamente interesante, entonces es cuando comprendes que has tocado fondo en cuestión de aburrimiento. Teacake se hallaba en ese punto.

Y entonces, de pronto, todo cambió.

Había posado la mirada en la pantalla de arriba a la derecha, en la esquina del panel de monitores, la que mostraba el otro puesto de guardia, en el lado este de las instalaciones.

Naomi se había puesto en marcha.

El complejo subterráneo era enorme y se adentraba en lo profundo de los barrancos, de modo que para evitar que los camiones procedentes de Kansas City tuvieran que dar toda la vuelta por la carretera 83, hasta la 18 y la E, el Cuerpo de Ingenieros del Ejército había construido dos entradas, una en la cara este y otra en la cara oeste del macizo de roca. Como resultado, Atchison tenía dos zonas de recepción, cada una atendida por una persona, pero, dado que vigilaban secciones distintas, era casi imposible que se encontraran por casualidad.

A no ser que uno de ellos propiciara el encuentro, que era lo que Teacake llevaba intentando hacer dos semanas, desde el día en que Naomi empezó a trabajar. Su horario era muy irregular —Teacake nunca sabía cuándo iba a estar trabajando y cuándo no—, así que procuraba estar atento a los monitores y organizar un encuentro «casual», pero de momento no había tenido suerte. Casi lo había intentado en un par de ocasiones, al ver que ella estaba haciendo una ronda, pero, como nunca sabía a dónde se dirigía, no conseguía dar con una excusa para hacerse el encontradizo. Aquel sitio era tan grande que el único modo de hacerlo era localizar a Naomi a través de los monitores y luego echar a correr a toda pastilla para acercarse a ella mientras todavía estuviera más o menos por allí. Más que tropezarse con ella, sería como darle caza. Y lo de aparecer sudoroso y sin aliento para encontrarse como por casualidad con una mujer atractiva iba a quedar un pelín sospechoso.

Ahora, sin embargo, la oportunidad llamaba a su puerta con ambos puños, porque Naomi iba caminando por el largo pasillo principal de la zona este, con una papelera llena bajo el brazo, lo que solo podía significar una cosa: que se dirigía al muelle de carga, donde estaban los contenedores de basura.

Teacake agarró la papelera llena a rebosar que había junto al mostrador de recepción —«Gracias, Griffin, pedazo de cerdo, hoy sí que voy a limpiar tus sobras asquerosas»— y salió disparado hacia el muelle de carga.

SEIS

Había tres cosas que Naomi Williams sabía acerca de su madre: que era lista, atlética y que tenía un gusto horrible para los hombres. Y, lo que era peor aún, Naomi sabía que ella era exactamente igual, en las tres cosas. La única diferencia era que ella había sido testigo de los errores de su madre, los había visto desarrollarse uno tras otro, como accidentes de coche a cámara lenta. Era plenamente consciente de qué movimiento de volante, de qué frenazo había hecho que el derrape progresivo de la vida de su madre se convirtiera en un movimiento giratorio imposible de enderezar. Sabía, porque había observado el fenómeno atentamente, cómo se pilotaba una vida para estrellarla y no estaba dispuesta a hacer las mismas maniobras desesperadas con la suya. Sacaba buenas notas, hacía actividades extraescolares y sabía lo que quería. Había planeado y ensayado tantas veces su ruta de escape para cuando acabara el instituto que incluso dormida podría haberla recorrido.

Y, sin embargo, al día siguiente de graduarse se quedó embarazada y todo eso se fue al traste. Porque debía tener el bebé. Y no porque su familia fuera muy religiosa: su madre y ella, y su padrastro de turno, iban a la iglesia en Navidad o cuando había un funeral, como casi todo el mundo. En cambio la familia de Mike… Dios bendito —nunca mejor dicho—, los Snyder estaban obsesionados con la religión. Pero eso no tenía nada de raro; en aquella parte del país había mucha gente religiosa desde la gran oleada de evangelización que se extendió por el Sur y el Medio Oeste a finales de los años setenta.

Los Snyder eran cristianos renacidos de los que se daban golpes de pecho. No católicos de la vieja escuela, depresivos y atormentados, sino cristianos rozagantes de nuevo cuño. Querían a todo el mundo. En serio: te querían de verdad.

Tenían cinco hijos y aunque todos empezaron siendo bastante normales y hasta se tomaban una cerveza o le daban una calada a un porro de vez en cuando, para cuando cumplían catorce o quince años sus padres ya los tenían bien amarrados al cordaje espiritual de la familia. No era una farsa ni nada por el estilo: sus convicciones eran sinceras. A Naomi todo aquello le pareció de perlas al principio. Recibía de ellos cariño y atenciones, más que en casa, y cuando se hizo superamiga de Tara Snyder en octavo curso, empezó a dormir en su casa dos o tres veces por semana. Su madre, distraída por el declive de su tercer matrimonio, pareció alegrarse de que tuviera un sitio adonde ir.

Los dos años siguientes, mientras el amor divino se extendía entre los miembros de la familia Snyder, Naomi y Tara consiguieron esquivarlo. En aquella casa cada cual tenía su papel asignado, y Tara asumía alegremente el de hija díscola. Naomi y ella bebían demasiado, salían de fiesta y frecuentaban a chicos poco convenientes. Pero de momento todo iba bien. En realidad, las cosas le iban mejor a Naomi que a Tara. Naomi sacaba sobresalientes casi sin esforzarse, podía anotar más de quince puntos en un partido de baloncesto aunque se hubiera pasado casi toda la noche bebiendo y ya había conseguido que la admitieran en la Universidad de Tennessee-Knoxville con una beca parcial y un préstamo en condiciones ventajosas. Sí, acabaría debiendo sesenta mil dólares, pero la UT tenía un plan de estudios de Veterinaria maravilloso y dentro de cinco años y medio estaría licenciada y ganaría esa cifra al año, como mínimo. Si alguien tenía derecho a salir de fiesta y a tener algún que otro rollito, esa era Naomi Williams. Lo de amar a Dios lo fingía encantada, o incluso lo creía a veces, un poquito, a cambio de sentirse arropada por los Snyder, cuyo abrazo era cálido y firme, incluso en sus manifestaciones más cursis y agobiantes.

El problema no era Dios.

El problema era Mike Snyder.

Mike era dos años mayor que ella y empezó a tirarle los tejos cuando Naomi tenía unos quince años. En el pueblo era una especie de figura mítica. Tenía una reputación tan inmerecida que resultaba casi rocambolesca, pero lo que una persona puede conseguir en su primera juventud casi no tiene límites cuando cuenta con el apoyo inquebrantable de una familia numerosa y acrítica. El batacazo llega más adelante. A ojos de los Snyder, Mike era en aquel entonces un auténtico artista, un bailarín lleno de talento y un músico brillante. Un hijo de Dios con un don inmenso al que había que conceder espacio, respeto, libertad y dinero. Y mamadas, en opinión de Mike. Naomi se resistió durante un tiempo, pero Mike era tan serio, se mostraba tan atormentado e implorante, y era tan obvio que estaba hecho polvo aunque su familia se negara a verlo, que acabó por compadecerse de él. Sabía que era un error, que las cosas no debían ser así y, cuando echaba la vista atrás, aún le costaba creer que hubiera sido tan pusilánime. ¿Por qué sentía hacia él esa extraña obligación que no sentía para consigo misma?

El caso es que así fue. Pasaron por altibajos. Había veces en que Naomi creía que le quería y otras en que estaba convencida de que le odiaba, pero casi siempre sentía simplemente lástima por él. El chico sabía que era un impostor aunque no se atreviera a decirlo, y ella quería que se tranquilizara y que la dejara en paz.

Mike nunca quería que se acostaran, ni siquiera cuando Naomi quería, seguramente porque le atormentaban los vestigios del rígido catolicismo que había practicado su familia al principio. Mike era el hijo mayor, el único que había ido a un colegio católico, y tenía bien clavadas las garras de la culpa. No había ni un solo encuentro sexual con Mike que no estuviera atravesado por su sentimiento de vergüenza casi paralizador. Naomi, cuya vivencia del amor físico era mil veces menos complicada, no le presionaba. Lo último que le apetecía era echar un polvo rápido e insatisfactorio en el suelo del sótano de los Snyder y ver inmediatamente después una imagen que se le quedaría grabada a fuego en la retina: la de Mike desnudo, sollozando en el rincón del sótano enmoquetado y oscuro, o acuclillado junto a la máquina de *pinball* de la Familia Adams, meciéndose y pidiendo perdón a Dios.

Eso, sin embargo, fue exactamente lo que ocurrió la noche de su graduación.

Mike estaba ansioso por dar con algún hito cultural o cronológico que le permitiera integrar el follarse a Naomi en el marco de lo Espiritualmente Aceptable, y se agarró a su graduación en el instituto con el fervor de un fanático salido. Planeó su seducción durante meses. Cuando por fin llegó el momento, ella estaba medio borracha y él excitado solo a medias. El resultado fue una chapuza confusa y farragosa, pero al menos fue rápido y por fin había pasado, ya estaba hecho. Naomi le vio allí, acurrucado en el rincón, un chaval triste y atormentado, y siguió sintiendo pena por él, pero se alegró de que aquel tema, al menos, hubiera quedado zanjado.

Y, como era de esperar, se quedó embarazada.

En ese momento, cometió en rápida sucesión tres errores mayúsculos que alteraron el curso de su vida. Primero, se lo contó a Mike. A Mike, el Genio Artístico Amado Incondicionalmente que a los veinte años seguía viviendo en casa de sus padres, sin trabajo ni perspectivas de seguir estudiando, y sin ningún talento artístico (cosa que la vida estaba a punto de tatuarle en la frente de esa manera tan desconsiderada y poco cariñosa que se gasta con tipos como él). Pero ¿a quién iba a contárselo, si no?

Estratégicamente, era difícil ver ese movimiento como el gigantesco error táctico que era, hasta que se hicieron evidentes sus consecuencias. Porque Mike se puso como loco de contento. La quería. Quería casarse con ella. Y se lo contó enseguida a sus padres. Naomi se quedó de piedra. Rara vez se equivocaba a la hora de adivinar el comportamiento humano. Aquello, en cambio, no lo vio venir. Dio por sentado que Mike —que se había puesto a lloriquear después de aquel polvo chapucero— se sentiría abrumado por los remordimientos y haría cualquier cosa por ocultar aquel sucio secretillo. Pero no tuvo en cuenta los efectos de la adoración de la que había sido objeto durante su corta vida. Eso unido a su exposición aterradoramente temprana al ciclo católico de culpa-y-confesión, lavado-y-secado, le volvía impredecible. A su modo de ver, se le había concedido un raro don, la oportunidad de hacer lo correcto, y por Dios que iba a hacerlo. Sus padres se pusieron también eufóricos: tenían a un par de pecadores a los que perdonar, y se pusieron manos a la obra con ahínco. El hecho de que Naomi se contara entre los escasos centenares de afroamericanos que había en Atchison era la guinda del pastel: los convertía en mejores personas.

Y además iban a tener un bebé al que criar. Qué más podía pedirse.

Los otros dos errores eran casi tan graves como el primero, aunque fueran cosas que dejó de hacer y no cosas que hizo. Primero, no se fue enseguida a la clínica CHC de Overland Park a abortar y, segundo, no se lo dijo a Tara Snyder, que la habría llevado enseguida a la clínica de Overland Park a abortar. Dejó, en cambio, que los Snyder, padre y madre, la sentaran y le pintaran una estampa idílica de amor multigeneracional en torno a la presencia de aquella nueva vida que, durante el primer trimestre de embarazo y la mayor parte del segundo, fue creciendo dentro de ella sin apenas hacerse notar, sumida en un silencio conspirativo. Solo en el quinto mes, cuando su tonificado cuerpo de dieciocho años empezó a cambiar, comprendió sin lugar a dudas que había cometido un tremendo error. Pero entonces era ya demasiado tarde para ponerle remedio.

Sarah acababa de cumplir cuatro años, y Naomi era la primera en dar gracias a Dios por haberla tenido. Era imposible mirar esa carita y pensar lo contrario, lo que no significaba que su vida fuera mejor por ello. Era solo distinta. Mike se enroló en el Cuerpo de Paz y se marchó una semana después de que naciera la niña, y la verdad es que fue un alivio, porque se había convertido en un auténtico incordio en cuanto se dio cuenta de que Naomi no estaba dispuesta a casarse, ni a volver a acostarse con él. De todos modos, habría sido un padre penoso.

Los Snyder cumplieron su promesa de ayudarla a criar a la niña, pero como —francamente— eran unos cretinos, Naomi acabó viviendo con su hermana en un pisito de dos habitaciones bastante digno, en una urbanización nueva llamada Valle del Pino, que no tenía ni un solo valle, ni un mal pino. Pero el piso estaba limpio y las cosas iban bien. Naomi, que estaba acostumbrada a cambios radicales cuando vivía con su madre, se sentía a sus anchas en una situación doméstica temporal y de futuro incierto, pero en absoluto peligrosa. Todas esas condiciones se cumplían. En cuanto pudo llevar a Sarah a la guardería, se puso a trabajar y se apuntó a clases para preparar el acceso a la universidad. Si todo salía como tenía previsto, dentro de seis años y medio habría terminado la carrera de Veterinaria.

Lo más doloroso de todo era lo que no le contaba nunca a nadie. A Naomi Williams no le gustaba su hija. La adoraba, sí. Sentía por ella un amor firme y profundo. Pero, en los momentos en que se sinceraba consigo misma, reconocía para sus adentros que en realidad no le caía bien su hija. Sarah podía ser la niña más cariñosa del mundo, y también la más odiosa, colérica y agotadora. Durante dos años, después de que el padre de Naomi muriera de un repentino ataque al corazón a los cincuenta y tres años, Sarah, que estaba empezando a asimilar lo que era la muerte, se había empeñado en sacar aquel tema tan delicado en presencia de su joven y afligida madre con la insidiosa persistencia de un flemón. Si alguien hablaba de padres, la niña decía: «Pero tú nunca vas a volver a hablar con tu papi, ¿verdad, mamá?».

O si salía a relucir el tema de los padres en general, miraba a Naomi y decía: «Ahora ya solo tienes a tu mamá, porque tu papá no va a volver nunca más, ¿verdad, mamá?».

O si oía comentar a alguien de pasada que había recibido una llamada telefónica, soltaba: «A ti tu papá ya no te volverá a llamar, ¿a que no?».

La gente daba un respingo, se reía y decía: «¡Pobrecilla, está intentando entender lo que es la muerte!», pero Naomi sabía que aquello era un acto de venganza. Su propia hija no le tenía simpatía y, dado que el sentimiento era mutuo, Naomi suponía que era lo más justo. Sí, sí, quería a Sarah, pero… no sabía. Quizá algún día. Ahora mismo, solo quería agachar la cabeza, hacer todos los turnos de noche que pudiera en los trasteros y ahorrar un poco de dinero. La facultad de Veterinaria, esa era su meta. Y en ella tenía los ojos puestos constantemente.

Naomi tiró la basura en el contenedor que había en un rincón del muelle de carga y estaba volviéndose para entrar otra vez cuando casi se tropezó con Teacake, que acababa de irrumpir por la puerta de seguridad del otro lado del complejo.

—Ah, hola —dijo él, intentando aparentar naturalidad—. ¿Trabajas aquí?

Ella se miró la camisa del uniforme y clavó la mirada en él.

—¿No viste así todo el mundo? —preguntó.

Él se rio.

—Soy Teacake.

—¿Teacake?

—Es un mote.

—Ya —repuso ella—. Supongo que te encantaba ese libro.

—¿Qué libro?

—*Sus ojos miraban a Dios*.

—No lo había oído en mi vida.

—Pues alguien te puso el nombre de un personaje famoso del libro.

—Qué va, no es por eso —dijo él.

—¿Por qué te llaman así, entonces?

—Es una historia muy larga y bastante aburrida.

Como tiempo no le faltaba, Naomi se limitó a mirarle, expectante. ¡Y esos ojos marrones! ¡Madre mía! Teacake no sabía que los tuviera de ese color, en la pantalla no se veían, pero ¡qué ojazos! Y con qué fijeza le miraba. ¿Es que no pestañeaba nunca?

Como sus ojos le ordenaban seguir adelante, Teacake siguió.

—Yo tenía dieciséis años o por ahí, no sé, y estaba dando una vuelta en coche con mis colegas. Nos entró hambre y paramos en el Kickapoo de la 83 a comprar unos Twinkies. Yo entré el último y cuando llegué ya habían pillado todas las chocolatinas. Solo quedaban bolitas de coco y a mí el coco me da ganas de vomitar, ¿vale?

—Si tú lo dices.

—Pues sí —continuó él—. En serio. Es como si se me cerrara la garganta, ¿sabes? Me pasa como con ese postre, ¿cómo se llama? Tiene, no sé, como polvo de chocolate por encima. Lo comí una vez en un restaurante italiano en Wichita y, si respiras cuando no debes, se te mete todo el polvillo por la nariz y se te cierra la garganta y te ahogas, no puedes respirar.

—Me parece que no he tenido nunca esa experiencia.

—Pues es raro. Y a mí con el coco me pasa lo mismo, solo que los trozos son más grandes. Espera, ¿por dónde iba? A veces me voy por las ramas. Cuando hablo, digo.

—Tus amigos se habían quedado con todas las chocolatinas.

—¡Eso! El caso es que lo único que quedaba era una especie de bizcochito que se llamaba así, *teacake*. Lo compré, me lo comí y estaba bastante bueno y… Yo qué sé, ¿es que es un crimen? Dije que quería volver a por otro y mis colegas se descojonaron de risa. «Quiere un *teacake*, quiere un *teacake*, eh, Teacake, ¿dónde está tu *teacake*?». Y ya sabes lo que pasa cuando una cosa tan ingeniosa empieza a circular por ahí, es la hostia.

—¿Había de por medio algún cigarrillo de marihuana de esos de los que he oído hablar?

—No tengo ni idea de a qué te refieres. El caso es que me quedé con Teacake y desde entonces nadie me llama por mi nombre.

—¿Tus padres te llaman Teacake?

—A mi padre le parece la monda.

—¿Y a tu madre?

Él se encogió de hombros.

—Esa historia es aún más larga.

Ella le tendió la mano.

—Soy Naomi.

Teacake tomó su mano y procuró no mirar cómo se plegaba suavemente su preciosa piel sobre los nudillos, no de esa manera tan fea en la que suele arrugarse la piel de los nudillos, esos semicírculos cuarteados tan raros, que parecen un agujero maligno en la corteza de un árbol, como en ese anuncio de galletas de la tele… Pero así funcionaba su mente: agarraba algo y se largaba con ello a todo correr, y allí estaba, sujetándole la mano a Naomi más de la cuenta y pensando en nudillos, por amor de Dios.

Ella se soltó con un pequeño tirón.

Teacake trató de alargar aquel momento a toda costa.

—Sé que no llevas aquí mucho tiempo, así que, ya sabes, si hay algo que no sepas, yo qué sé, lo que sea, avísame, ¿vale?

—No se me ocurre nada, pero gracias. Tengo que irme.

—Sí, yo también, estoy superliado. Este sitio, ya se sabe. Siempre hay algo que hacer, aunque nunca haya nada.

Ella le sonrió. Era difícil no encontrar a Teacake moderadamente simpático. Naomi se fijó en la serpiente mal tatuada que se le enroscaba en el bíceps derecho, pero no hizo ningún comentario. No era asunto suyo, y además había visto suficientes tatuajes chapuceros como aquel para adivinar cuál era su procedencia.

Teacake vio que se había dado cuenta y notó un ligero cambio en su forma de mirarle: bajó los hombros ligerísimamente y ladeó un poco la cabeza apartándose de él. Siempre pasaba lo mismo. Si una mujer era lo bastante lista para querer conocerle, también lo era para no querer conocerle mejor.

Mierda. ¿Por qué se molestaba en intentarlo?

—Bueno, nos vemos —dijo ella dirigiéndose hacia la puerta del muelle.

Teacake hizo amago de seguirla, pero ella lanzó una mirada a la papelera que llevaba en la mano.

—¿No ibas a tirar eso?

—Ah, sí. Claro. Eh. Tienes razón.

Naomi se volvió hacia la puerta y él no tuvo más remedio que acercarse al contenedor de mala gana. Casi había llegado cuando ella le gritó:

—Oye, puede que sí que haya una cosa.

Teacake dio media vuelta.

—Ahí, en tu lado —dijo ella.

—¿Sí?

—¿Tú oyes un pitido?

Él se quedó mirándola un momento y la vocecilla del fondo de su cerebro, que llevaba un buen rato intentando llamar su atención, por fin lo consiguió. «¿Lo ves?», le dijo. «¡Ya te decía yo que sonaba un pitido!».

Miró a Naomi y se le iluminaron los ojos al darse cuenta por fin.

—¿En tu lado también suena?

SIETE

Se quedaron muy quietos en medio de la sala de recepción, en el lado de las instalaciones que vigilaba Teacake. Esperaron cuarenta y cinco segundos, hasta que Teacake ya no pudo soportarlo más y tuvo que decir algo. Normalmente le costaba no apresurarse a llenar los silencios, y más aún estando con ella.

—Te juro que lo he oído antes, a lo mejor si…

Naomi, que tenía más paciencia que él, levantó una mano para hacerle callar. Pasaron otros cinco segundos en silencio. Luego, diez; después, cinco más, hasta que sonó de nuevo, muy suavemente, en el límite del oído humano, a unos 0,5 decibelios quizá. Pero la cifra no importaba, lo que importaba era que sonaba de verdad, claramente.

Bip.

Sus caras se iluminaron con una sonrisa, como las de dos niños que acaban de encontrar sus cestas de Pascua.

—¡Ajajá! —gritó ella.

—¡Lo sabía! —exclamó él, y echaron a andar en direcciones opuestas, Teacake hacia la pared norte y ella hacia el sur.

—¿Qué haces? —preguntó Naomi cuando se cruzaron.

—Era por aquí.

Ella negó con la cabeza enérgicamente.

—No, qué va, era por aquí —dijo y, deteniéndose junto a la pared del fondo, volvió a quedarse muy quieta y a aplicar el oído.

—Señorita —dijo Teacake desde el otro lado—, he estado oyendo ese pitido media hora, desde que llegué, no me daba cuenta pero lo oía, ya sabes lo que pasa a veces, que sabes una cosa y no la sabes, o no la sabes del todo, mejor dicho, y luego de repente te das cuenta y…

—¿Puedes callarte, por favor?

—Yo lo que digo es que es por aquí.

—Cuánto hablas.

—Sí, lo sé, es un problema, yo…

—¡Chist!

Teacake se calló. Volvieron a escuchar. Esperaron casi un minuto.

Bip.

Ahí estaba otra vez. Como si fuera la señal de inicio de una carrera, de pronto echaron a correr uno hacia otro y volvieron a cruzarse en medio de la estancia. Se miraron incrédulos.

—¿Qué haces ahora? —preguntó ella.

—¿Qué haces tú?

—¡Es por aquí! Tenías razón.

Se habían situado cada uno en la posición anterior del otro y sonreían. Era bastante divertido, mucho más que pasarse la noche sentados a solas, mirando los monitores. Esperaron otra vez, tratando de no reírse sin conseguirlo del todo, conscientes de que les quedaban treinta segundos de espera. Se miraron con cara risueña, como niños, y ¿verdad que habría sido fantástico que no volviera a oírse el pitido y que aquel instante durara y durara y durara…?

Bip.

Esta vez no se movieron. Teacake se rio.

—¿Qué?

—Me da miedo decirlo.

—Crees que tenías razón al principio.

Él asintió. Naomi miró el techo abovedado de cemento. Era empinado como un tejado a dos aguas, pero con un ángulo menos agudo. El estriado del cemento canalizaba el sonido, desplazándolo a lo largo del zócalo de piedra para a continuación dejarlo caer en lados opuestos de la sala.

—Los dos tenemos razón —dijo Naomi.

Avanzó de puntillas hasta el centro de la sala, procurando no hacer ningún ruido, y esperó.

Bip.

Giró la cabeza hacia el lugar de donde procedía el sonido. Ya lo tenía enfilado. Se acercó despacio al mostrador, pasó el brazo por encima, pulsó el botón de apertura y cruzó la puerta. Avanzó tres metros por detrás del mostrador, aplicó el oído a la pared y esperó.

Bip.

No había duda de que el pitido procedía de detrás de aquella pared, pero al otro lado no había más que un pasillo que recorría la primera fila de trasteros de la planta baja. Solo si volvías a cruzar la puerta hacia la zona de recepción y te detenías a mirar la pared de perfil, por así decirlo, te dabas cuenta de que allí había un hueco: entre la pared de la zona de recepción y el tabique del otro lado había unos cuarenta y cinco centímetros más de lo normal.

—¿Para qué habrán dejado aquí este espacio vacío? —preguntó Teacake.

—¿Como aislamiento?

—Entre dos tabiques interiores. Menuda mierda de aislamiento, no sirve de nada.

—¿Esto qué es? ¿Pladur? —preguntó ella.

—Sí.

—¿Estás seguro?

—He instalado bastante.

Bip.

Teacake la miró.

—¿Quieres llamar a Griffin?

—No llamaría a Griffin bajo ninguna circunstancia.

Teacake advirtió su tono.

—¿Ya lo ha intentado contigo? —preguntó con fastidio.

Ella se encogió de hombros.

—Es un cerdo.

—No me digas.

Bip.

Naomi le miró.

—Bueno, ¿qué quieres hacer?

—Pues lo que quiero es descolgar ese cuadro —contestó él,

señalando una gran fotografía aérea de las cuevas, hecha en torno a los años cuarenta, que colgaba más o menos sobre el punto del que procedía el pitido—, coger eso —señaló el incómodo taburete de oficina colocado detrás del mostrador—, darle un golpe a esta mierda de pladur de diez milímetros de ancho, abrir un agujero y ver de dónde cojones sale ese pitido.

—Si quieres, por mí bien.

Él se rio.

—He dicho que es lo que quiero hacer, no que vaya a hacerlo.

—Ah.

Se quedaron mirando la pared un rato. El pitido volvió a sonar. Naomi no podía soportarlo.

—Venga, vamos. Podemos volver a colgar el cuadro encima del agujero para taparlo y mañana traer un trozo de pladur. Te ayudaré a colocarlo. Nadie se dará cuenta.

—Pero ¿para qué vamos a hacer eso? —preguntó él.

—Por curiosidad. Por aburrimiento.

—Cuando te aburres, ¿te dan ganas de abrir boquetes en las paredes?

—Por lo visto sí. ¿A ti no?

Teacake se lo pensó. No especialmente, pero era Ella quien se lo estaba preguntando. ¿Por qué siempre le estaba metiendo la gente en líos, y por qué siempre les decía que sí? En algún momento encontraría la respuesta a esa pregunta, pero primero tenía que hacer unas cuentas de cabeza.

—Un panel de pladur de metro veinte por dos cuarenta cuesta quince pavos —dijo—. Más un rollo de cinta tapajuntas, que son otros ocho o nueve pavos.

—Te daré doce dólares, y para pintar podemos usar una lata de muestra de la tienda de pinturas. Es fácil.

—Todo eso, para ver una alarma contraincendios con las pilas gastadas.

—Puede ser —repuso Naomi—. O puede que sea otra cosa.

—¿Qué, por ejemplo?

—Bueno, no lo sabemos. Esa es la cuestión.

—Necesito este trabajo.

—No vas a perderlo.

—No, en serio, lo necesito.

—Vale, ya lo sé —contestó ella.

—No, no lo sabes —insistió él—. Es una especie de condición.

—Ya te he dicho que lo sé. Llevo viviendo aquí toda la vida, sé lo que es la condicional y dónde se hacen esos tatuajes de mierda con tinta de boli. Ellsworth, ¿no? Espero que sea en Ellsworth.

—Sí.

—Mejor. O sea, que no eres violento. Y ahora, ¿me harías el favor de agarrar esa silla y tirarla contra la pared? ¿Por favor?

Fijó sus ojos marrones en él, y Teacake solo tuvo que mirarlos.

Las patas de metal eran muy finas y traspasaron el pladur con facilidad, y al retirar el taburete Teacake arrancó un trozo de yeso de buen tamaño. El verdadero problema era no arrancar demasiado para no tener que cambiar más de un panel. Después del primer golpe ya no necesitaron la silla. Usaron las manos para arrancar con cuidado un par de trozos grandes, hasta abrir un agujero lo bastante ancho para que Teacake metiera por él la cabeza y los hombros.

Había, en efecto, un espacio allí detrás: un hueco de unos cuarenta centímetros entre ambos tabiques. Estaba a oscuras, salvo por una luz roja intermitente situada a la altura de los ojos, a la izquierda de Teacake, más o menos a un metro de distancia.

BIP.

Ahora se oía mucho más alto y una lucecita blanca se encendía cada vez que sonaba el pitido. Teacake y Naomi echaron un vistazo al tabique de enfrente. Estaba cubierto de aparatos y diales apagados, en desuso desde hacía mucho tiempo, colocados en una especie de armazón de metal corrugado, pintado de ese feo verde institucional que se usaba en los años setenta porque algún estudio aseguraba que era un color sedante. O quizá solo porque era una pintura barata.

BIP.

Miraron ambos la lucecita parpadeante. Había algo escrito en un letrero, debajo, pero desde allí no alcanzaban a leerlo.

—¿Tu teléfono tiene linterna? —preguntó Teacake.

Naomi se sacó el teléfono del bolsillo, encendió la linterna y dirigió la luz a través del agujero, pero aun así no pudieron leer el cartel.

—Sujeta este trasto —dijo Teacake.

Sin esperar respuesta, apoyó un pie en el taburete, se agarró a los bordes de pladur y se impulsó hacia arriba, encaramándose al agujero. El taburete se tambaleó y, aunque Naomi lo agarró, Teacake perdió el equilibrio y cayó de cabeza al otro lado, entre los dos tabiques.

—¡Te he dicho que lo sujetaras!

—Ya, pero yo no te he dicho «vale», y lo normal es esperar a que el otro responda.

Teacake estornudó seis veces. Cuando se recuperó, levantó la vista, todavía tirado en el suelo, y vio que Naomi le tendía un pañuelo de papel a través del agujero. Miró el pañuelo, impresionado. ¿Quién llevaba un *kleenex* encima en una situación así?

—Gracias —dijo cogiendo el pañuelo, y se sonó la nariz. Luego le ofreció el pañuelo usado.

—Tranquilo, quédatelo —repuso ella—. ¿Puedes levantarte?

Él se enderezó como pudo y se desplazó de lado por el estrecho hueco, pegado a la pared, hacia el panel de las luces.

—Alumbra aquí —dijo.

Naomi apuntó con la linterna hacia el cartel de debajo de la luz intermitente.

—*Alerta Termistor NTC. Subsótano Nivel 4* —leyó Teacake.

Ella le alumbró con la linterna a través del agujero.

Teacake dio un respingo.

—¿Puedes no apuntarme a los ojos?

—Perdona. ¿Alerta qué?

—Alerta Termistor NTC. Aquí hay un montón de cacharros.

Naomi alumbró el panel y Teacake lo miró de arriba abajo. Estaba repleto de monitores y aparatos de medición.

—*Nivel de estanqueidad* —leyó—. *Resolución*, y luego un signo de más que está como subrayado…

—Significa «más/menos».

—Vale, *más/menos 0,1 grados Celsius.* —Naomi fue moviendo la linterna mientras él leía las letras estampadas bajo cada uno de los aparatos y marcadores desactivados—. *Sincronicidad de la cadena de frío, Validación del registrador de datos, Cociente de deriva, LG Interior, Sonda LG, Sonda LE1, Sonda LE2, LD Interior.* Madre mía, hay como veinte. —Volvió a mirar el medidor que tenía justo delante cuando pitó y volvió a encenderse la luz—. Pero el único que se ilumina es este.

—Alerta Termistor NTC.

—Sí. ¿Sabes qué significa?

Naomi se quedó pensando un momento.

—Un termistor es un componente de un circuito eléctrico. Los hay de dos clases: los positivos, cuya resistencia sube con la temperatura, y los negativos, cuya resistencia baja cuando sube la temperatura.

—Entonces, ¿es un termómetro?

—No. Es un circuito sensible a la temperatura.

—Como un termómetro.

—No es un termómetro.

Teacake se volvió y la miró.

—¿Qué eres? ¿Un cerebrito o qué?

—Yo no diría tanto, pero tengo muchas asignaturas de ciencias. Es obligatorio para entrar en Veterinaria.

La alarma volvió a pitar y Teacake la miró.

—Esto tiene treinta o cuarenta años. ¿Cómo es que sigue encendido?

Ella se encogió de hombros.

—Supongo que querían controlar la temperatura.

BIP.

—¿Por qué? —preguntó él.

—Buena pregunta. ¿Y qué demonios es el subsótano 4? —Ella volvió a apuntarle con la linterna a los ojos—. Pensaba que solo había uno.

OCHO

Mooney llevaba dos días conduciendo con los cadáveres en el maletero y estaban empezando a apestar. Al principio había podido hacer caso omiso del olor, fingir que no lo notaba o que era el tufo de la cervecería del otro lado del río, o ese olor tan raro, como a jarabe, que desde hacía un par de años corría de vez en cuando por el valle, o incluso él mismo, que desprendía el olor típico de un hombre en plena ola de calor, en esta época climática tan complicada en la que vivimos. Pero en el fondo sabía que no era nada de eso.

A él el calor le sentaba fatal, por eso lo de Uganda había sido una elección tan rara, pero, oye, uno no siempre elige el camino que sigue: a veces es el camino el que te elige a ti. Ahora mismo, la vida le había asignado el papel de custodio de los restos mortales de esos dos pobres cabroncetes que llevaba en el maletero del coche y de momento lo estaba haciendo de pena. Encontrar un lugar de descanso adecuado era mucho más difícil de lo que podía pensarse, si descartabas los canales oficiales (por razones obvias), los vertederos (por respeto a los muertos) y cualquier sitio que oliera a futuro desarrollo urbanístico o comercial (por miedo a una posible exhumación). Quitando todos esos sitios, no quedaban muchos lugares dentro del condado de Pottawatomie para llevar a cabo un enterramiento clandestino, y Mooney estaba empezando a preguntarse si no tendría que arrojar el coche al río cuando vio en la tele el anuncio de los trasteros en alquiler.

Lo primero que se le pasó por la cabeza fue comprar una especie de arcón hermético, meter los cadáveres dentro, guardar el arcón en el trastero más pequeño que tuvieran, cerrar el trastero con llave, tirar la llave y no volver a acordarse del asunto. Pero esa tarde, durante su primera misión de reconocimiento en Atchison —el sitio de los trasteros—, el olor ya había empezado a calar en la chapa, la tela y la fibra del coche, y Mooney no conocía ningún artefacto fabricado por Dios o por el ser humano capaz de contener aquel olor para siempre. Como no fuera, claro, la propia Madre Tierra.

Y luego estaba el precio de los trasteros. ¿Cuarenta y nueve dólares con cincuenta al mes? ¡Venga ya! Compraría un par de garrafas de gasolina y los quemaría en el jardín de sus padres a primera hora de la mañana.

Se marchaba ya, estaba dando la vuelta en la carretera de acceso a Atchison, cuando vio una zona arbolada en la ladera, cerca de la cresta del barranco. Supo de inmediato que los dos cadáveres del maletero acababan de encontrar su Valhala. Subió a pie por la ladera, echó un vistazo a los árboles y al panorama y, al sentir la quietud que se respiraba bajo los pinos susurrantes, se abrazó a sí mismo. Era algo que hacía a veces: se rodeaba con los brazos y se achuchaba, haciendo quizá un ruido como de arrullo para saber que estaba vivo y que alguien lo quería, aunque fuera solo él mismo y en ocasiones. Pero de bellotas pequeñas crecen grandes robles de amor, ¿no?

Aquel era el sitio. Daría a aquellos pobres infelices la sepultura que merecían: cavaría un hoyo por debajo de la línea de las heladas, en aquel imponente despeñadero no urbanizable, con vistas al río por un lado y a un farallón de roca por el otro. Dos maravillas de la naturaleza de las que uno podía fiarse: se quedarían exactamente donde estaban, inalteradas, sus buenos cuarenta o cincuenta mil años. Nadie mancillaría los cadáveres.

Sí, aquel sitio le venía como anillo al dedo.

Por eso había vuelto al abrigo de la oscuridad, provisto de una pala. A eso de las diez de la noche, se apartó de la carretera a unos cincuenta metros de la entrada este de los trasteros y apagó las luces.

Solo había un coche allá abajo, en el aparcamiento, seguramente el del guardia. El coche, por cierto, le sonaba bastante. Aun así, Mooney calculó que no corría ningún riesgo. A fin de cuentas, ¿quién iba a vigilar un barranco sin iluminar a ese lado del río Misuri?

Salió del coche, se acercó al maletero y arrugó la nariz al notar la peste que se colaba por las rendijas de la chapa. Volvió la cabeza, respiró una bocanada de aire fresco, se giró y, al abrir el maletero a toda prisa, le dio en la jeta el hedor más repulsivo que había olido en toda su vida. No es que oliera mal: eso era quedarse muy corto. El olor era tan fuerte que hacía daño. Tenía densidad, cuerpo y forma. Aquel olor tenía manos, múltiples manos que lo agarraron a la vez y le palparon la cara, se le agarraron a la garganta, a los orificios nasales y a los pulmones, metiéndole dentro sus dedazos.

Giró la cabeza tan deprisa que apenas entrevió el contenido del maletero, en franca putrefacción. Buscó a tientas la pala. Debería estar allí encima, donde la había dejado, ¿cómo podía haberse movido, por Dios?, ¿dónde estaba la puñetera pala? Sin volver la cara, palpó el maletero un par de veces, bruscamente, como un padre enfadado que, sin apartar los ojos de la carretera, lanzara manotazos a los niños sentados en el asiento de atrás. Cada sitio en el que ponía la mano era peor que el anterior: esta parte estaba mojada; aquella, caliente (no solo tibia, ojo, sino caliente). Pero, espera, ahí estaba: algo duro, de madera, ¡la pala! Agarró el mango y la sacó de un tirón, cerró el maletero y prácticamente se desplomó, tragando aire ansiosamente.

Aquello no era normal. Ese olor no podía ser normal. Claro que, ¿qué sabía él? A lo mejor era eso lo que pasaba cuando te morías. Pues, si era así, tomaba nota: decididamente, a partir de ahora iba a empezar a comer mejor y a hacer ejercicio cuatro o cinco veces por semana. Porque la muerte no era ninguna fiesta que digamos. Vale. ¿Cuándo había disparado el último tiro? ¿Cuánto hacía? ¿Dos días? Menos. Había metido los dos cadáveres en el coche a las dos de la madrugada del miércoles: o sea, hacía cuarenta y cuatro horas. ¿Cuánto tarda un cuerpo en descomponerse? Sacó el móvil y estaba a punto de buscarlo en Google cuando la estupidez intrínseca de

aquel gesto logró abrirse paso por entre la neblina de su cerebro atur-
dido por el hedor. Se guardó el teléfono y empezó a subir por la ladera cargado con la pala, dispuesto a cavar el hoyo.

Había dado diez pasos cuando oyó el primer golpe y se volvió.

El ruido venía del maletero del coche.

NUEVE

Teacake sabía, porque lo había vivido en sus propias carnes, que la cabeza de uno tiene el tamaño que tiene y no hay forma de reducirla. Todo lo demás puede encogerse, apretujarse o retorcerse. Uno puede menguar mucho cuando quiere, o cuando no le queda otro remedio. Pero con la cabeza no hay tu tía.

Teacake lo sabía de buena tinta, por la valla de atrás de su instituto. Pegada a la valla había una tubería, un poco separada de la pared de ladrillo, lo que dejaba un hueco de veintidós centímetros entre la fachada y la libertad. Los porreros habituales se bajaban del autobús por la mañana, entraban en el instituto, pasaban un momentito por tutoría y luego se escabullían por la salida de emergencia trasera, antes de que la cerrasen con cadena (lo que estaba prohibido por ley, dicho sea de paso). A partir de ahí, solo tenía uno que menear los hombros, meter bien la barriga —sobre todo si eras un gordinflón como Jim Schmittinger— y estar dispuesto a despellejarte ambas orejas para sacar la cabeza por el otro lado de la valla. Hacías todo eso y, zas, ya estabas en el campo de detrás del colegio, donde podías emporrarte a gusto. Si Teacake —que se aburría como una ostra en clase— consiguió sacar un siete de nota media en el instituto, fue precisamente por el tamaño de su mollera: la tenía tan grande que no cabía por el hueco de la valla, de ahí que nunca se emporrara de día, lo que era buenísimo para su concentración. Incluso consiguió adquirir algunas nociones de matemáticas y ciencias que le vinieron de perlas cuando se enroló en la Marina; gracias a ello, le destinaron a un submarino de misiles balísticos. Y fue una suerte, porque allí al menos dormía en el mismo catre todas las noches.

Nada de lo que aprendió sobre *El señor de las moscas*, sin embargo, le servía en aquella tesitura. Su puta cabezota había vuelto a hacer de las suyas. Atascado, llamó a Naomi desde el hueco entre los dos tabiques.

—¿Y Vagilina? No tendrás Vagilina, ¿verdad?

—¿Que si no tengo qué?

—Esa cosa pringosa que se pone en los labios. ¡Sácame de aquí!

—¿Vaselina, quieres decir?

—Joder, Naomi, me da igual cómo se llame. ¡Trae crema, o aceite o mantequilla o lo que sea y sácame de aquí!

Ella llevaba un par de minutos intentando aguantarse la risa, hasta que no pudo más.

—Eso, tú ríete, ríete —farfulló Teacake—. Es como para troncharse de risa.

Se había quedado encajado en el hueco de unos veinte centímetros que había entre dos viguetas. Hasta ese momento todo había ido bastante bien: deslizándose, retorciéndose y haciéndose un nudo había conseguido avanzar por el estrecho pasadizo, hacia lo que parecía ser un plano enorme, situado en un extremo del panel. Dentro del hueco estaba muy oscuro y costaba ver qué era aquello, pero parecía un plano, y Teacake solo estaba a un par de pasos de distancia cuando se atascó entre las vigas y se acordó de pronto de su mala experiencia en el instituto. No podía mover la cabeza.

—¡Lubricante! Tendrás lubricante, ¿no? ¡Tíramelo!

Naomi esperó un momento para asegurarse de que le había entendido bien. Luego asomó la cabeza por el agujero de la pared.

—Perdona, pero ¿estás dando por sentado que llevo lubricante encima?

—No, yo… no…

—Porque eso es muy ofensivo, Teacake.

—Me gustaría disculparme y empezar otra vez.

—Bueno, no sé, ¿tú llevas barreras bucales en el bolsillo?

—Naomi… Eh, jefa. Me estoy agobiando un poquitín aquí dentro.

Ella dio un paso atrás y observó pensativamente la pared.

—¿Estás dispuesto a gastarte otros doce pavos? —preguntó—. Aunque no creo que tengamos que comprar más cinta.

Teacake no estaba en situación de negociar.

—Haz lo que tengas que hacer, pero prométeme que no vas a tirar de mí, porque tal y como estoy creo que mi oreja izquierda no…

Las patas del taburete metálico atravesaron la pared de pladur a menos de un metro de él. Teacake se llevó tal susto que se echó hacia atrás, desatascando la cabeza, y cayó otra vez de culo en aquel espacio estrecho del que estaba deseando salir. Al ponerse de pie, vio a Naomi al otro lado del boquete recién abierto (la reparación iba a costar más de doce pavos, por cierto: había roto la junta entre dos paneles y harían falta, como mínimo, tres planchas de uno veinte por dos).

Naomi miraba pasmada la pared del otro lado.

—¡Ostras!

Teacake se levantó frotándose las orejas doloridas y se dio la vuelta. El nuevo boquete daba justo enfrente de aquella especie de plano al que había intentado acercarse. Era más grande y detallado de lo que le había parecido a la luz de la linterna del móvil: un diagrama enorme y minucioso en el que figuraba cada habitación, cada conducto, tubería y cable del antiguo almacén militar. Había centenares de luces LED distribuidas por toda su superficie, indicando Dios sabía qué, pero estaban todas fundidas o apagadas desde hacía mucho tiempo.

Todas excepto una, situada en la esquina inferior derecha: una bombillita blanca que parpadeaba al mismo ritmo que la luz del panel de alarma.

Teacake apartó a puntapiés los trozos de pladur roto y salió a la zona de recepción. Se alejó unos pasos para ver mejor aquella cosa, colocándose al lado de Naomi. Ella le miró.

—Tienes sangre en la oreja.

Él se llevó la mano a la oreja derecha, pero Naomi se refería a la izquierda. Ella sacó otro pañuelo del paquete que llevaba en el bolsillo, le limpió la oreja con cuidado, dobló el pañuelo y lo apretó contra la herida.

—Aguántalo ahí.

Teacake obedeció y la miró.

Nadie le había curado una herida desde que tenía once años. Casi se echó a llorar de la emoción. De hecho, le pareció notar el escozor de un par de lagrimillas en la comisura de los ojos. Justo lo que le hacía falta: echarse a llorar delante de ella. «¿Pero qué me pasa?».

—¿Ocurre algo? —preguntó Naomi. No se le escapaba una.

—¿Eh?

—¿Estás bien?

—Sí. Es solo que… Ay, en fin, da igual.

Naomi se volvió y miró el plano.

—Es un diagrama —dijo. Se inclinó hacia delante y pasó las manos por el plano empezando por arriba, o sea, por la planta baja—. ¿Cuántos niveles se supone que tiene este sitio?

—Tres. La planta baja y dos subterráneas.

—Pues antes había seis. Y las tenían vigiladas.

—Sí, esto era una almacén militar desde la Segunda Guerra Mundial. Ya sabes, armas y esas cosas. Lo vaciaron y lo vendieron hará cosa de veinte años.

—Debieron de sellar todas estas plantas, a partir de aquí —dijo indicando los niveles inferiores del diagrama—. Que era lo que de verdad les importaba. ¿Ves todos estos sensores? Aquí es donde hay más.

Tenía razón. Donde más concentración de luces LED había, con diferencia, era en los tres niveles inferiores: los subsótanos adicionales. El SS-2 y el SS-3 se hallaban, al parecer, precintados y todas las luces de alarma estaban apagadas. La única bombilla que parpadeaba estaba en el último nivel, el marcado como SS-4, pero entre el SS-3 y el SS-4 había un espacio vacío de unos sesenta centímetros de ancho, pintado con un sombreado que parecía indicar que allí solo había tierra.

Teacake observó el diagrama tratando de entenderlo.

—¿Para qué construyeron un subsótano treinta metros por debajo de los otros sótanos? Tuvieron que excavar hasta ahí abajo, construir toda la planta y luego colmatar otra vez por encima. No tiene sentido.

—¿Quieres que bajemos a verlo?

Teacake la miró.

—¿Cómo? Está sellado.

—Por aquí. —Naomi señaló el extremo izquierdo del mapa, donde una fina columna vertical subía desde el SS-4, atravesaba la zona de tierra y ascendía por un lateral de los otros niveles subterráneos. Era un conducto estrecho, con rayas horizontales dibujadas a intervalos regulares entre dos largas líneas paralelas verticales.

—¿Qué es eso?

—Una escalera tubular.

—¿Cómo lo sabes?

—Porque tiene forma de tubo y parece una escalera. ¿Cómo iban a bajar hasta ahí, si no? —Señaló las rayas horizontales—. Mira, estos son los peldaños.

Teacake estaba impresionado.

—Vas a la universidad, ¿verdad? Porque, si no vas, es una pena.

—Voy todo lo que puedo, sí.

—Entonces tendrías que ser lo bastante lista como para saber que no nos conviene bajar ahí.

—Venga —dijo ella—. Hacía años que no me divertía tanto. Para mí, esto es como salir de juerga.

—Madre mía, qué deprimente. ¿Es que nunca sales?

—Pues no, la verdad.

—¿Ni a tomar una cerveza?

—No bebo.

—¿Ni siquiera una cerveza? —insistió él.

—Eso sería beber.

—¿Nunca sales a tomar una cerveza?

—Nos estamos saliendo del tema.

Pero él siguió a lo suyo.

—¿Y un café?

—Creía que eras divertido, Teacake. Lo parecías al principio.

—¿Yo? Soy un tío superdivertido. Soy la pera. Eres tú la que acaba de decir que hacía años que no se lo pasaba tan bien, y estás vandalizando tu lugar de trabajo.

—Soy muy curiosa por naturaleza. —Naomi hizo una foto al diagrama con su móvil.

—Sí, ya lo veo, y mola, no creas. Pero es que yo estoy cooperando. Me miras con esos ojazos que tienes y dices: «Por favor, atraviesa la pared con el taburete». Y yo voy y atravieso la pared con el taburete. Y luego me dices: «Métete en esa ratonera a echar un vistazo», y yo voy y lo hago, y no pasa nada. Pero ahora me vienes con que bajemos por una escalera tubular unas cuantas decenas de metros y nos colemos en un puto almacén secreto del gobierno para ver por qué ha saltado la alarma del dichoso termistor. Y, en fin, ya sabes, uno tiene que pensárselo un poco, ¿me entiendes?

Naomi esperó un momento.

—¿Te gustan mis ojos?

—Pues sí, bastante.

—Qué rico eres.

—Lo que quiero decir es que soy muy fácil de convencer, por eso me meto en tantos líos. A mí me dicen «Espera en el coche con el motor en marcha, que voy a entrar ahí un momentito a hacer una cosa» o «Conozco a un tío de Dousman que necesita que le hagan un favor», y yo digo «Vale, ¿qué tengo que hacer? ¿Apuntarme con la pistola al pie y apretar el gatillo? ¿Es eso? ¡Bang! ¡Uy! ¡Qué sorpresa! ¡Me he volado un dedo! Venga, vale, lo hago otra vez». Pero el caso es que me he trabajado mucho la autoestima últimamente y he pasado mucho tiempo hablando con gente lista y aprendiendo a preguntarme qué me conviene para no cagarla otra vez. Y eso es justo lo que estoy haciendo ahora, ¿entiendes? Tomarme un momentito para reflexionar.

—Lo entiendo. Y lo respeto.

—Es muy muy importante aprender a decirle a la gente vete a tomar por culo, hay que decirlo todo el rato. Y a mí me ha costado un siglo aprenderlo.

—Bueno, no creo que ese sea el mensaje que tenías que...
—Naomi se calló al ver su mirada de enfado, y cambió de táctica—.
Lo siento. Entiendo que lo has pasado muy mal. Y no quiero presionarte.

—Muy bien. Vale. Eso está mejor.

Teacake respiró hondo y soltó el aire lentamente. Luego agarró una linterna que se estaba cargando en un enchufe junto al mostrador y se dirigió a la puerta que conducía a las profundidades del complejo.

—¿Vienes o qué?

DIEZ

Mooney se quedó mirando el maletero del coche cinco minutos, por lo menos. Los golpes se oían a rachas: primero solo uno o dos, aleatoriamente, y luego muchos seguidos, muy fuertes, como si hubiera allí dentro media docena de holandeses con zuecos de madera pateando el interior de la tapa del maletero. El coche se sacudía a lo bestia y luego paraba otra vez y no se oía nada durante diez o quince segundos. Entretanto, Mooney reflexionaba sobre la imposibilidad de lo que estaba ocurriendo. Aprovechaba esa pausa para cuestionarse su cordura, su juicio, su capacidad para percibir correctamente la realidad y su historial de uso y abuso de las drogas, hasta que los holandeses se ponían a bailar otra vez.

Aquello, por supuesto, no era posible. Ni remotamente. Las cosas muertas no vuelven a la vida. Los cadáveres putrefactos no resucitan. Aun así, había algo vivo dentro de su maletero. Dos cosas, en realidad, encajadas allí dentro junto con la rueda de repuesto, la caja de herramientas y la funda de la pistola, y no parecían estar pasándolo muy bien. Porque el nivel de sufrimiento que percibía Mooney a menos de un metro de distancia de donde estaba era intenso, ¿y qué clase de persona permite que otro ser vivo soporte esa agonía? ¿Qué clase de persona se queda parada sin hacer nada? Mooney no abrió el maletero porque fuera idiota, ni porque estuviera asustado, ni para rematar a aquellos pobres infelices. Abrió el maletero porque todos somos criaturas de Dios.

Pero hasta Dios, al ver al gato, habría dicho: «Esa asquerosidad no es mía».

Mooney solo había levantado la tapa quince centímetros cuando el gato sacó la primera garra, con las uñas bien curvadas, lanzando zarpazos al aire como si quisiera abrir otro agujero en la atmósfera. Mooney se echó para atrás y el gato hizo el resto: saltó hacia arriba estrellándose contra la tapa del maletero y la abrió de golpe. Aterrizó a cuatro patas, todavía dentro del maletero, y bufó con una mirada de odio tan intensa que Mooney reaccionó sin pensar, movido por un reflejo puramente sináptico.

—Lo siento —balbució.

Sí, se disculpó con el gato. Y, de hecho, era la única reacción sensata. El animal estaba hecho un asco, y la culpa era suya. Le había metido una bala del 22 por un lado de la cabeza, y aunque era de poco calibre había bastado para volarle la mitad de la cara. El pobre animal no volvería a cautivar a las damas. Tenía el pelo oscurecido y pegoteado de sangre, los ojos de un repugnante tono amarillo y —a no ser que Mooney estuviera alucinando, lo que seguía siendo del todo posible; eso esperaba, al menos—, la panza se le estaba hinchando a ojos vistas.

Aun así, el gato tenía buen aspecto comparado con el ciervo sobre el que descansaba.

La noche del martes, poco más de cuarenta y ocho horas antes, había empezado de forma mucho más prometedora. Mooney, que necesitaba distraerse un poco, se había ido al cine tras parar un momentito en Licores y Quesos Turdyk, donde compró un paquete de seis botellas de refresco de frutas del bosque con vino Bartles & Jaymes. No le gustaba mucho ese sabor, pero era el único refresco con vino que estaba frío y venía en botella de plástico. Las botellas de plástico tenían tapón de rosca y no hacían ruido si por casualidad se te caían, pongamos por caso, por el suelo del cine. En su última Fiesta Privada de Vino y Cine, se le resbaló la cuarta botella de las manos, que tenía manchadas de grasa de las palomitas, y el estrépito que formó al rodar por el suelo inclinado del cine duró media hora, o eso le pareció a Mooney. Todo el mundo se volvió a mirarle, y para ver esas caras de reproche se quedaba en casa, que además le salía gratis.

Desde entonces, como no era tonto, prefería el plástico.

Los refrescos con vino entraban fácilmente. Lo peor era el dolor de cabeza que te daba el azúcar, pero, con llevar cinco o seis pastillas de Advil encima, todo arreglado. Mooney era un gran partidario de la vitamina A y nunca salía de casa sin ella, de modo que cuando salió del cine Regal 18 por la carretera 16, ya se había puesto a tono. Notaba un puntito muy agradable y la película tampoco había estado mal: era lo bastante tonta como para que pudieras desconectar a ratos sin perderte, pero no tanto como para que te sintieras como un imbécil después. Aunque para su gusto le sobraban tacos.

Pero lo mejor de todo era que aún le quedaba una botella para el trayecto de vuelta, y además no estaba del todo caliente. La vida era bondadosa a veces. Mooney esperó hasta haber pasado los tres semáforos del pueblo para abrirla. Tenía una regla que respetaba a rajatabla: jamás bebía cuando conducía por las calles con más tráfico del pueblo, y rara vez mandaba mensajes o miraba algo en Internet mientras iba al volante, a no ser, claro, que fuera una cosa superrápida. Era un ciudadano responsable que se preocupaba por el prójimo, de modo que no abrió el tapón de plástico de la sexta botella hasta que llegó al tramo recto, largo y a oscuras en el que empezaba la gran curva de la 16.

No se puede culpar por completo del accidente al refresco con vino, aunque den tentaciones de hacerlo. No sería justo. Sí, su nivel de alcohol en sangre rondaba el 0,15 y su tiempo de reacción estaba un poco mermado, pero algo de responsabilidad tendría aquel animal agresivamente estúpido que, con sus más de cien kilos de peso, salió de la nada y se quedó parado en la raya central de la carretera, justo en medio de una curva sin alumbrado. Parte de culpa tendría también el muy gilipollas, ¿no? El carácter marca el destino, y el muy lelo del ciervo —perdón, esa hermosa criatura de Dios—, ese *ser*, tenía el carácter y las limitaciones propias de un cerebro acorchado. Se quedó allí, inmóvil, mientras el coche recorría los últimos quince metros que lo separaban de él, encogido, contemplando cómo se le echaba encima la Muerte, con la vista fija en los faros del coche como un…, en fin, exactamente como lo que era, porque en este caso la frase hecha tenía su razón.

Del resto, Mooney tenía un recuerdo borroso y repugnante. Le entró el pánico y lo borró casi todo de su memoria, como hacía a veces cuando las cosas le salían mal. Lo siguiente que recordaba era estar de pie en la cuneta, junto al ciervo herido. Miraba su cuerpo maltrecho, que se sacudía espasmódicamente, con la pistola del calibre 22 de su padre en la mano. Llevaba la pistola en el maletero para situaciones como aquella, que, aunque parezca mentira, no eran tan infrecuentes en aquella zona. Sabía lo que tenía que hacer. No era tan difícil: se apuntaba, se apretaba el gatillo y se le ahorraban sufrimientos al pobre animal. Era lo que hacía cualquier ser humano decente y no había ninguna ley que lo prohibiera, ni humana ni divina. Que el animal estaba sufriendo saltaba a la vista: abría y cerraba la boca en silencio y su sangre despedía vaho a medida que iba esparciéndose por el asfalto, todavía caliente por el calor abrasador que había hecho ese día.

«Mátalo de una vez». Pero Mooney nunca había matado, al menos conscientemente. Ni siquiera le gustaba matar moscas, porque cuando lo hacía caía en accesos de espantosa melancolía y le daba por cuestionarse su lugar en el universo. Siempre había creído que era budista de corazón. ¿No eran los budistas los que hablaban todo el tiempo de reencarnación? ¿O eran los hindúes? En fin, qué más da. Él era de los que amaban a todos los seres vivos y se preocupaban por ellos. Y allí estaba, cara a cara con…

BANG. La pistola se le disparó mientras estaba sumido en sus reflexiones y alcanzó al animal herido en el vientre. El ciervo lanzó un bramido.

«Genial, ahora voy y le pego un tiro en la tripa al puto bicho. Pero ¿qué me pasa? Yo soy una persona humana, sensible y cariñosa y… Ay, Dios mío, ¿qué es ese ruido horrible que me está haciendo esta bestia asquerosa? Bastante mal me siento ya. ¿Qué hace? ¿Me está escupiendo?». Y entones le embargó otro sentimiento. No era culpa, ni mala conciencia, ni compasión, sino algo completamente nuevo para él.

Rabia. Una rabia pura y reconcentrada contra aquel animal idiota que le había estropeado la noche, el equilibrio mental y el lado delantero izquierdo del coche. Levantó otra vez la pistola, la acercó a la cabeza del ciervo y disparó no una vez, sino varias. Fue, de hecho, a efectos de marcador kármico, mucho más un asesinato que un acto de piedad.

La llorera que le entró después en el coche duró sus buenos diez o quince minutos. La verdad es que fue un alivio que la culpa volviera a correrle por las venas. Por lo menos era un sentimiento familiar, reconocible, mucho mejor que la experiencia extracorpórea que había tenido antes. Y ahora ¿qué hacía? No podía dejar un ciervo muerto en la cuneta con tres patas rotas, un balazo en la tripa y cuatro más en la cabeza. Para eso había que estar mal de la cabeza. Necesitaba tiempo para pensar, así que tendría que retirar al ciervo de la cuneta y meterlo en el maletero.

Como escena de comedia muda, la imagen de Mooney, con sus ochenta y un kilos de peso, tratando de meter en el maletero un ciervo muerto y larguirucho que pesaba la octava parte de una tonelada, no tenía precio. Podría haberle llevado toda la noche, de no ser por Tommy Seipel, el conductor de un Lexus de 2015. Al ver lo que intentaba hacer, Tommy paró enseguida y preguntó:

—¿Llevas unas copas de más?

Y, presintiendo que su respuesta sería afirmativa, puso su considerable mole al servicio de Mooney y le ayudó a meter en el maletero el cadáver maltrecho del ciervo. Cerró la tapa, se limpió las manos manchadas de sangre en la camisa de Mooney y dijo:

—Yo que tú me iría de aquí cagando leches.

Y siguió su camino. De vez en cuando, Mooney reconocía un buen consejo cuando lo oía, y aquel era el mejor que le habían dado en años. Se metió de un salto en el coche, cerró la puerta e hizo lo que le habían dicho: se largó de allí llevando el ciervo muerto en el maletero.

Mientras conducía —¿hacia dónde, exactamente?—, se puso a

pensar en los últimos momentos de vida del ciervo, cuando, ya con el balazo en las tripas, parecía estar escupiéndole, y volvió a ponerse rabioso. ¿Por qué se había puesto así? ¿Por la temeridad del animal al acusarlo de no ser capaz de hacer algo tan sencillo como matar por compasión? ¿Le estaba llamando inepto? ¿Incapaz? ¿Acusándole de no cumplir su parte del trato? Algo había desencadenado una avalancha de malos recuerdos. Pero él se había ocupado de ponerle coto, ¿verdad que sí? Había respondido de manera contundente, no con uno ni dos, sino con cuatro disparos más. «Pues ya ves, sí que soy capaz. Muy capaz. Lo he dejado bien claro, y oye, ya que estoy, ¿por qué no liquido también al puto gato de mis padres?».

El Señor Scroggins tenía catorce años y llevaba doce enfermo, aproximadamente. Era una mascota enfermiza y cara. Las facturas del veterinario ascendían ya a cuatrocientos dólares desde principios de año, y aunque su padre estuviera dispuesto a pedir una segunda hipoteca con tal de mantener vivo al adefesio del gato, Mooney sabía que aquel dispendio estaba minando la salud de su madre. Además, venga ya, la vida tampoco podía ser muy divertida para el Señor Scroggins, con tanta enfermedad y tantas mierdas.

Mooney iba camino a casa con un ciervo muerto en el maletero, una pistola del 22 que sabía usar y la cabeza llena de una rabia asesina y justiciera.

Y le gustaba.

Al Señor Scroggins lo ejecutó en la rampa para barcas del estanque público, donde nadie oiría el disparo. Lo metió en el maletero con el ciervo acribillado y así dio comienzo la odisea de cuarenta y cuatro horas, llena de orgullo viril y pavorosos remordimientos, que finalmente lo había conducido a la ladera cubierta de hierba de los trasteros Atchison. Lo único que quería era dar una sepultura digna a aquellos dos animalitos inocentes.

Pero ahora el Señor Scroggins había resucitado y allí estaba, de pie encima del ciervo antes muerto, en el maletero del coche, con un cabreo de la hostia.

El ciervo, cuyas heridas mortales eran mucho peores que las del gato, sacudía las cuatro patas a la vez intentando levantarse, pero sus huesos rotos se lo impedían. El Señor Scroggins se apartó de un salto, se agarró al borde del maletero y allí se quedó, bufando. Estaban hartos el uno del otro después de un trayecto tan largo.

Impulsado por una fuerza que no era la energía locomotriz normal, el ciervo salió despedido del maletero. Cayó despatarrado sobre la grava, rompiéndose unos cuantos huesos más (se oyeron varios crujidos allí dentro) y a continuación se levantó, subió brincando por la ladera y siguió corriendo cuesta arriba hasta perderse de vista.

Mooney había retrocedido al abrirse de golpe el maletero y se había alejado unos dos metros del coche, lo que fue una suerte, porque gracias a ello el Señor Scroggins no le alcanzó cuando saltó desde el parachoques trasero con las uñas fuera, bufando y desencajando su media mandíbula.

Al parecer, no había aceptado sus disculpas.

El gato aterrizó de pie, se volvió como reaccionando a un sonido y subió por la cuesta en la misma dirección que el ciervo, pero se detuvo en el primer árbol que encontró, un pino bastante alto, se tiró a él, se agarró a la corteza y empezó a trepar. Mooney se acercó un poco y miró pasmado al animal, que subía por el tronco con increíble determinación. No se detuvo, no vaciló, ni dudó un momento: solo subió y subió. Las ramas se adelgazaban en lo alto de la copa, pero aun así el gato muerto siguió trepando, tambaleándose en esta, casi rompiendo aquella otra, pero sin perder ímpetu ni velocidad, hasta que llegó a lo alto del árbol, donde el tronco, aunque fino, era aún lo bastante recio para sostener a un gato de cuatro kilos. O de tres kilos y medio, tras los últimos acontecimientos.

El Señor Scroggins se detuvo por fin cuando, al llegar arriba, no pudo seguir subiendo. Se paró, echó una mirada alrededor como para asegurarse de que aquello era el final y no había más montañas que escalar —por lo menos para él— y, dándose por satisfecho, abrió sus fauces mutiladas todo lo que pudo, se acercó a la puntita del tronco, echó la cabeza hacia delante y se empaló en la copa. Apretó con furia, clavando hasta el fondo los colmillos en la corteza y agarrándose con las uñas.

Mooney lo observaba desde abajo, boquiabierto. Pocas veces se ve una conducta parecida en un gato doméstico.

Amarrado así, empecinadamente, al extremo mismo del pino con los colmillos, el Señor Scroggins empezó a inflarse. La parte de la cara que le quedaba se hinchó, sus patas se inflaron como las ruedas de un todoterreno y su tripa se agrandó a lo largo y a lo ancho. Si uno hubiera estado cerca —que por suerte no lo estaba—, habría oído quebrarse sus costillas como palillos, una tras otra, rotas por la tremenda presión del aparato gástrico.

Mooney, que ignoraba la existencia del *Cordyceps novus*, y más aún cómo había llegado al maletero de su coche, miraba anonadado cómo se hinchaba el gato antes muerto en la copa del árbol.

—¿Cómo narices…?

El Señor Scroggins explotó.

De no haber sentido el impulso, completamente comprensible, de expresar en voz alta su asombro, Mooney no habría tenido la boca abierta cuando las tripas del gato le dieron en la cara.

ONCE

El pasillo central que atravesaba la planta baja de los trasteros Atchison tenía sesenta metros de largo y estaba flanqueado por puertas de garaje blancas, treinta a cada lado. Era de una belleza impoluta si a uno le gustaban la simetría y el punto de fuga, esa ilusión óptica que hace que dos líneas paralelas parezcan converger a lo lejos, en el horizonte. Si tenías que recorrer aquel pasillo y unos cuantos parecidos doce veces cada noche, por trabajo, era de un aburrimiento mortal.

Pero esa noche Teacake iba con Naomi y se dirigían al ascensor del otro extremo del pasillo, que estaba lejísimos. Naomi tenía en el teléfono la foto del plano e iba moviéndola en la pantalla, buscando el ascensor y, desde ahí, el subsótano uno, donde parecía estar la entrada superior de la escalera tubular.

Teacake hablaba por los codos de puro nerviosismo.

—Pensándolo bien, es una idea pésima. Pagar por almacenar cacharros en un trastero. Nunca pagues por eso. He visto meter en este sitio una montaña de cosas, y casi ninguna vuelve a salir, menos las de los trasteros de alquiler por horas. La gente paga entre cuarenta y quinientos dólares mensuales, dependiendo del espacio y de la climatización, por guardar porquerías que no necesita para nada.

—Eso es pasarse un poco, ¿no?

—Qué va. Esa gente está enferma, en serio, la mayoría lo está, y los de la empresa son muy listos, ¿sabes? Saben lo que se traen entre manos. Gestionan esto como si pasaran crack en una esquina.

Pongamos por caso que alguien tiene que mudarse, ¿vale? Porque le han desahuciado o lo que sea. Aquí te dan gratis los primeros treinta días. Y la gente pica y se dice: «Genial, así no tengo que tirar nada, traigo aquí lo que me sobra, me lo pienso tranquilamente un mes, sin prisa, voy vendiendo lo que sea por eBay y el resto lo tiro sin tener que pagar ni un centavo». Pero eso no pasa nunca. De aquí no sale nada. Así que ese sofá asqueroso que ya ni siquiera te gusta y los adornos de Navidad y las sábanas de tus padres que no se sabe por qué guardaste cuando se murieron, acaban expuestos en tu museo de los horrores. Eh, oye, pero ¿qué cojones es esto?

Se había parado bruscamente al ver algo en una de las puertas blancas. Se acercó a un armario de herramientas, lo abrió usando su llave, sacó una cizalla de buen tamaño y regresó al tercer trastero de la izquierda. Había un candado colgando, torcido, del cerrojo: un cierre extra puesto por el inquilino. Teacake lo cortó con la cizaña.

—Se supone que no pueden poner candados ni otros cerrojos. Solo se pueden usar los nuestros, para que tengamos acceso. Por si guardan dentro algo ilegal.

—¿Cómo qué?

A modo de respuesta, Teacake sacó su llave maestra del llavero extensible que llevaba en la cadera, la metió en la cerradura del trastero y subió la puerta. Enseguida se arrepintió y, de paso, demostró la sabiduría del proverbio «No abras una puerta a menos que sepas lo que hay al otro lado», si es que tal proverbio existe.

Dentro del trastero había veinticuatro televisores Samsung de pantalla plana de cincuenta y cinco pulgadas, todavía con el embalaje de fábrica, cuidadosamente puestos en fila y apoyados contra las paredes.

—Perdón —dijo—. No pasa nada.

Volvió a cerrar la puerta y siguieron pasillo adelante. Naomi le miró.

Él se encogió de hombros.

—Me la trae floja lo que tengan, pero a mí no me la dan. Cuidadito.

Naomi siguió mirándole.

—¿Por qué hablas así?

—¿Cómo?

—Como un macarra.

—Toda la gente que conozco habla así.

—Yo no, y me conoces.

—¿Tienes algún otro pero más que ponerme?

Ella se lo pensó un momento.

—Todavía no.

Llegaron al fondo del pasillo y pulsaron el botón del ascensor. Teacake la miró mientras esperaban.

—No hablas mucho, ¿no? —dijo.

—No tanto como tú.

—Nadie habla tanto como yo.

Ella volvió a mirar su teléfono y movió la imagen hacia abajo siguiendo el trazado de la escalera, a través de la zona de tierra, hasta el subsótano 4.

—Entonces estás estudiando —continuó Teacake— y además trabajas aquí algunos días. ¿Qué más?

—¿No te parece suficiente?

—Pues no. No haces muchos turnos.

—¿Cómo lo sabes?

Él se encogió de hombros.

—Mi trabajo consiste en mirar los monitores.

—Sí, yo también te veo.

Llegó el ascensor y ella entró primero. Teacake la siguió. Las puertas se cerraron.

—¿Qué haces? ¿Dos noches a la semana? —preguntó.

—De momento, sí.

—Entonces, ¿tienes otro trabajo?

—Algo parecido.

—¿Tienes gente?

—¿Que si tengo «gente»? Claro que tengo gente. Teacake, estás… ¿Cómo dices que te llamas?

—Travis Meacham.

—Travis, le estás quitando a esto la gracia que tenía.

100

La verdad era que él ya sabía que tenía «gente» y cuánta gente tenía, pero no había forma de decírselo sin darle un susto de muerte. Hacía exactamente dos semanas que Naomi había hecho su primer turno de noche en los trasteros, y Teacake se había fijado enseguida en ella a través de los monitores. Estaba sustituyendo a Alfano Kalolo, un samoano gigantesco que pesaba ciento treinta kilos, fácil.

La cámara de la zona de recepción este estaba colocada muy cerca del mostrador y Alfano dominaba hasta tal punto la pantalla que Teacake notó al instante su ausencia aquella noche. Pero ¿quién no iba a fijarse en una cosa así? Cuando Alfano, aquella montaña de carne, se sentaba en el taburetito de metal, parecía que un insecto metálico de cuatro patas le salía por el culo. Cuando, aquel martes de hacía dos semanas, Teacake levantó la vista y vio allí a Naomi, en su cabeza comenzó a sonar música celestial.

Esa noche estuvo observándola con la pasión con que un adolescente vigila sus *likes* de Facebook. Naomi se sentaba, se levantaba, hacía sus rondas y siempre caminaba bella como la noche. Teacake había memorizado aquel poema en Ellsworth. Tenían que escoger uno y aprendérselo de memoria para Introducción a la Poesía y era el más corto que había. Se sabía el poema, pero no lo entendió hasta que vio a Naomi en el monitor.

Dos días después, cuando ella volvió a hacer el turno de noche, Teacake la observó durante horas a través de los monitores, fijándose en todos los detalles hasta donde lo permitía una imagen de 540 píxeles. Esa noche, Naomi se llevó un libro al trabajo. Él no alcanzó a leer el título, pero le encantaba lo concentrada que estaba en la lectura y cómo arrugaba la frente en algunos pasajes. Le encantaba cómo pasaba las páginas, y hasta que leyera y no se pasara las horas muertas mirando el móvil como los demás. Como no volvió a verla por allí hasta el domingo siguiente, llegó a la conclusión de que era una suplente que hacía turnos cuando podía y que cabía la posibilidad de que no volviera nunca más.

Así que, se dijo, no es que la hubiera seguido después del trabajo. Sí, se marchó cinco minutos antes de su hora para dar la vuelta hasta el otro lado de los barrancos y estar cerca del aparcamiento cuando ella saliera. Y sí, tomó el mismo desvío que ella y se mantuvo a una distancia prudencial en todo momento, y aceleró cuando ella aceleraba y frenó cuando ella frenaba, y dobló las mismas esquinas, hasta que por fin llegó a su lugar de residencia. Pero él sabía que no había nada siniestro en ello: solo intentaba propiciar un encuentro fortuito.

Lo malo es que no lo consiguió. Al salir del aparcamiento de Atchison, solo recorrieron insulsas carreteras rurales hasta llegar al edificio de apartamentos donde vivía Naomi, y allí difícilmente podía aparcar a su lado y decirle: «¡Anda, hola! ¿No trabajas en el mismo sitio que yo? Me ha parecido verte... Sí, te he visto por el monitor un par de veces. Qué casualidad que vivas aquí, a treinta kilómetros de distancia. Yo venía por este camino y mi coche ha empezado a hacer un ruido raro y he tenido que parar aquí, justo en el aparcamiento de tu edificio. ¿Verdad que es curioso?».

No, no podía decirle eso. Ni el mayor caradura de la historia (Wilt Chamberlain, por ejemplo) habría conseguido colar esa trola.

Así que, en lugar de asustarla, Teacake se quedó sentado en el coche y esperó a que ella entrara fingiéndose absorto en su teléfono. Era un teléfono sin pantalla táctil, por cierto, de modo que, si Naomi se fijó en él, quizá se preguntara qué demonios estaba mirando. Esperó hasta que ella entró en el portal y luego esperó un rato más para ver qué luz se encendía, y un poquitín más para ver si... Bueno, porque sí, y antes de que se diera cuenta había pasado media hora y de verdad que estaba a punto de marcharse cuando volvió a abrirse la puerta del portal y la vio salir con una niña pequeña.

No había duda de que la niña era hija suya. Se notaba a simple vista. Para empezar, se parecían, pero también se notaba por cómo la agarraba de la mano. Nadie te agarra así de la mano, aparte de tu mamá.

La niña era una monada y llevaba la ropa limpia y bien planchada. Teacake se fijó en ese detalle porque él de pequeño siempre llevaba la ropa llena de mierda. Se sonrojó allí en el coche, avergonzado no por estar espiando a aquella pobre mujer y también a su hija, sino por todas las veces que había ido al colegio con la ropa sucia y la cara sin lavar. Aquella niña, en cambio, tenía el aspecto que debía tener una niña de su edad. Iba limpia, radiante, y su mamá le había dado un buen desayuno —de eso Teacake estaba seguro— a pesar de que acababa de hacer un turno de doce horas y no había dormido desde hacía vete tú a saber cuánto tiempo. Naomi había vuelto a casa y le había hecho el desayuno a su hija, y quizá hasta le había puesto azúcar con canela en la tostada como a ella le gustaba.

La niña hablaba a mil por hora y Naomi la escuchaba. No distraídamente, diciendo «Ajá, ajá, sí, vale» sin hacerle caso, sino tratando de verdad de entender lo que decía la niña, que debía de ser una sarta de chorradas. Porque ¿cuántas cosas de importancia puede decir una niña de cuatro años? Teacake no tenía ni idea, pero, por lo que había oído, era un porcentaje bajísimo. Sobre todo, decían «Quiero más nata» y cosas así.

Teacake bajó la ventanilla un poquito. Estaba lo bastante cerca como para captar algunas palabras. No oyó lo que decía la niña, que hablaba a toda velocidad, con una vocecilla chillona, pero sí lo que le respondió Naomi tras esperar a que su hija hiciera una pausa para respirar.

—Te entiendo, cariño. Es un rollo.

Y entonces cerró la puerta.

Eso fue lo que le mató. Que no le dijera «Venga ya, no es para tanto» o «Cariño, por favor, llegamos tarde» o «Qué gilipollez, a ver si aprendes a no ser tan bocazas», sino «Te entiendo, cariño, es un rollo». Eso era lo que él había querido siempre: que le escucharan. Y aquella mujer escuchaba a una niña de cuatro años después de haber pasado toda la noche en pie.

Y lo mejor de la oscuridad y de la luz se da cita en su apariencia y en sus ojos.

De modo que lo que Teacake se moría de ganas de decirle esa noche, mientras bajaban en el ascensor, era lo alucinante que era con su hija, pero ¿cómo iba a decirle algo así cuando se suponía que él ni siquiera sabía que tenía una hija?

Así que al final no dijo nada.

Las puertas del ascensor se abrieron.

El Subsótano 1 era, presuntamente, el único que había, y a nadie se le había ocurrido nunca cuestionar la necesidad de agregarle el número. Lo de SS-1 quedaba bien en el panel del ascensor, tan bien como cualquier otro número. No era ningún secreto que aquellas instalaciones habían pertenecido al gobierno, de modo que tampoco habría sido una sorpresa descubrir que había más niveles subterráneos, si alguien se hubiera molestado en pensarlo. En cambio, averiguar que había tres niveles más y que estaban conectados por toda una serie de complicados sensores y alarmas a un panel de control escondido desde hacía décadas detrás del mostrador de recepción, eso sí habría hecho fruncir el ceño a más de uno.

Según el plano, la entrada superior de la escalera tubular estaba situada al final de un corto pasillo sin salida, a unos treinta metros de los ascensores. Naomi fue la primera en llegar al fondo del pasillo, se volvió y miró a su alrededor en aquel rincón de paredes de cemento pintadas de blanco. No había nada que sugiriera una entrada. Al contrario, todo en aquel espacio parecía decir a gritos «Este es el final».

Había tres trasteros a cada lado del pasillo. Eran de los más grandes, de los de veinte metros cuadrados que usaban algunas fábricas para almacenar sus excedentes. Pero no había ninguna puerta, ni trampilla, ni ninguna entrada visible, salvo un armario pequeño y estrecho entre dos trasteros con el letrero *SOLO PERSONAL AUTORIZADO*.

Naomi miró sucesivamente el plano, el pasillo y otra vez el plano.

—No lo entiendo.

—¿Seguro que es aquí?

Ella le enseñó el plano.

—Mira.

Teacake cogió el teléfono, giró el plano a un lado y a otro y lo movió un poco. Naomi se acercó a la pared del fondo y le dio un par de golpes con la palma de la mano. Era maciza. Luego dio unos golpecitos con el puño.

—Bloques de cemento —dijo—. Si está detrás de esta pared, necesitaríamos un mazo. O un martillo neumático.

—Sí, ya, yo por ahí no paso.

Teacake dio la vuelta al teléfono y volvió a mirar el plano. Luego echó un vistazo al suelo. «Qué interesante, tío».

Sacó otra vez las llaves de su llavero extensible (tenía que reconocer que le encantaba el ruidito metálico que hacían cada vez que tiraba de ellas, y él nunca había tenido más de una llave antes de trabajar allí) y se acercó al estrecho armario de mantenimiento. Lo abrió, sacó un martillo de carpintero del panel portaherramientas y volvió al mismo punto del pasillo en el que estaba un momento antes, más o menos a un metro de la pared del fondo. Se puso de rodillas, de espaldas a la pared, y tocó el suelo con el martillo una sola vez. Se oyó un ruido sordo nada prometedor.

—Eso es cemento —dijo Naomi.

—Sí.

Teacake avanzó un poco y volvió a golpear el suelo con el martillo. El mismo sonido. Siguió gateando y tocando con el martillo cada quince centímetros aproximadamente, pero el sonido era siempre el mismo.

—Es un suelo de cemento, Travis.

—Qué raro es oír mi nombre.

Siguió adelante, dando golpecitos con el martillo en el suelo.

—Perdona —dijo ella—, ¿te molesta?

—No estoy seguro.

Sí que lo estaba, y no le molestaba. Al contrario, le encantaba. Le daba un brinco el corazón cada vez que Naomi decía su nombre. Estaba deseando que lo dijera otra vez. «Por favor, vuelve a decirlo, solo una vez más».

CLONC. Había llegado al centro del pasillo y, al tocar con el martillo, se oyó un eco metálico.

Miró a Naomi. Ella sonrió y se agachó a su lado. Teacake levantó el teléfono y tocó la pantalla para agrandar una parte del plano.

—Justo aquí. Este semicírculo de rayitas grises, ¿lo ves?

—Sí, más o menos.

—Es la entrada. Pero pintaron encima.

Inspeccionaron el suelo y Teacake hizo girar el martillo en la mano un par de veces, pensativo. Se puso en cuclillas.

—Vale, mira, no podemos ocultar lo que estamos a punto de hacer.

—¿Y qué estamos a punto de hacer?

—Romper más cosas —contestó él—. Pero así lo veo yo: nuestro trabajo es en parte velar por la seguridad y aquí ha saltado una alarma, ¿no? Es muy tarde para llamar a Griffin, que ya estará pedo y que de todos modos no sabría lo que es. Se limitaría a llamar a la empresa, pero en la empresa tampoco habrá nadie, no hay ningún servicio de emergencias atendido por operadores, ¿entiendes lo que te digo? Aparte de eso, solo se me ocurre llamar a la policía.

—¿Decirles que ha saltado una alarma de incendios antigua o algo parecido en el sótano?

—Exacto. Es ridículo. Pero aquí estamos nosotros, y ha saltado una alarma y este sitio está lleno hasta arriba de efectos personales increíblemente valiosos.

—¡Exacto! De cosas que a la gente le importan.

—Eso que dices es cierto. Es lo que siempre he opinado. —Empezaba a animarse, notaba el hormigueo creativo de quien apuntalaba una historia para hacerla más convincente—. Ha saltado una alarma y nosotros somos guardias. Nos dedicamos a la seguridad.

—Bueno, somos dependientes, más bien.

—Tú hazme caso. Sí, es un trabajo de mierda, pero es nuestro trabajo.

—Es nuestra responsabilidad.

—¡Sí!

—Y además tenemos curiosidad —añadió ella.

—Ya, pero eso mejor no mencionarlo. —Naomi no era una mentirosa nata, saltaba a la vista. Pero no pasaba nada: él era capaz de mentir por los dos—. ¿Vale? ¿Vamos a ello?

—Ya sabes que por mí sí.

—Cuidado con los ojos.

Ella levantó una mano y se volvió, y él dio la vuelta al martillo y golpeó con fuerza el suelo con el extremo hendido. Se oyó un fuerte ruido metálico. Estaba claro que allí abajo había algo y que no era cemento. Saltaron esquirlas de pintura seca. Teacake golpeó de nuevo, dos, tres, cuatro veces seguidas, con rapidez, y la pintura siguió desconchándose. Con el último golpe, saltó un fragmento de unos diez centímetros cuadrados y pudieron ver lo que había dejado.

Allí, debajo de varias capas de pintura de suelo satinada y reseca, se veían las rugosidades inconfundibles de una tapa de alcantarilla.

DOCE

Hacía cinco o seis años que Roberto Díaz no recibía una llamada en plena noche. Fue pura casualidad que el teléfono sonara en su mesilla de noche: desde que estaba jubilado, había adquirido la costumbre de apagarlo en torno a las nueve de la noche y no volver a encenderlo hasta por la mañana, después de haberse tomado al menos una taza de café. Desde entonces era mucho más feliz. O estaba más relajado, en todo caso. Annie no conseguía desconectar sus dispositivos: siempre dejaba su móvil encendido por si alguno de los chicos necesitaba algo, pero su hijo pequeño tenía ya veintiocho años, así que la probabilidad de que eso ocurriera era casi nula. Aun así, le gustaba echar un vistazo al *New York Times* a primera hora de la mañana, nada más despertarse, para ver si el mundo había mejorado durante las ocho horas anteriores. Curiosamente nunca mejoraba, pero Annie no renunciaba a la esperanza.

Esa noche, por casualidad, Roberto se olvidó de apagar su móvil, y es curioso cómo se activaron sus antiguos reflejos nada más sonar el aparato poco después de la medianoche: se espabiló antes de que dejara de oírse el eco del primer timbrazo, agarró el teléfono antes de que empezara a sonar el segundo y ya se había incorporado y plantado los dos pies en el suelo cuando contestó.

—Dig… —intentó decir.

Pero no le salió la voz. Al parecer, había perdido parte de sus reflejos. Carraspeó y lo intentó otra vez.

—Diga.

—¿Roberto Díaz?

Era una voz de mujer.

—Al habla.

—Le llamo por el Plymouth Duster del setenta y ocho que tiene a la venta.

Roberto se quedó callado.

—¿Señor Díaz?

—Deme cinco minutos.

Colgó y dejó el teléfono sobre la mesilla de noche. Se quedó allí sentado unos segundos, pensando. Se arrepentía de haber tomado una segunda copa de vino con la cena, pero aparte de eso no sentía casi nada. Así sabía uno que estaba bien: cuando la llamada no producía ninguna alteración emocional. Respiró hondo unas cuantas veces contando para sus adentros, procuró mantener la calma y dejó que el mantra budista que había descubierto pasados los cincuenta años surcara su mente.

«Estoy aquí, ahora».

Quería tomarse una taza de té antes de devolver la llamada.

Annie se volvió en la cama y le miró por encima del hombro, guiñando los ojos en la oscuridad.

—¿Quién era?

—Mi otra mujer.

—¿Cómo puedes hacer un chiste a estas horas de la noche?

—Es un don que tengo.

Ella palpó su mesilla buscando algo sin encontrarlo y tirando un par de cosas.

Roberto la miró.

—¿Qué haces?

—Estoy buscando las gafas.

—¿Para qué?

Ella se giró y le miró.

—No lo sé.

Recorrió la habitación con la mirada como para asegurarse de que todo seguía en su sitio y se volvió hacia él.

—¿Era alguno de los chicos?

—No. No te preocupes.

Annie se quedó callada un momento.

—Ay, Dios.

Si no era uno de los chicos y Roberto no le había dicho aún que algún conocido suyo había muerto, solo podía tratarse de Ellos. El «Ay, Dios» que pronunció era más de fastidio que de miedo: el tipo de «Ay, Dios» que uno exclama cuando descubre que ha vuelto a caerse la conexión de la tele por cable.

—Sí.

—¿Quién?

—No he reconocido la voz. Alguien que tenía un ataque de pánico.

Se inclinó y besó a su mujer en la frente. Después de aquella experiencia en Australia, nunca la había engañado, ni se le había ocurrido volver a coquetear con nadie. Daba gracias por ello, y por tener a Annie, todos los días de su vida.

—Vuelve a dormirte —dijo—. Solo tardo un momento.

Se levantó y se puso la camisa limpia y los pantalones que siempre dejaba colgados en la silla para que fuera fácil encontrarlos a oscuras (hablando de viejas costumbres).

Annie volvió a acurrucarse en la cama.

—No te des mucha prisa. Espera a que vuelva a dormirme, ¿vale?

—No nací ayer, preciosa.

Ella farfulló una palabra cariñosa e inaudible y se durmió antes de que Roberto cerrara la puerta. Lo inesperado seguía siendo el pan de cada día en aquella casa incluso después de tanto tiempo, y hacía muchos años que las llamadas de madrugada habían dejado de quitarle el sueño.

A Roberto le gustaba estar en aquella casa de Carolina del Norte más que en ningún otro sitio que hubiera comprado, alquilado o visitado. No era una casa estupenda, ni mucho menos. Era una construcción de finales de los años ochenta y las paredes eran demasiado finas: se oía el agua de las tuberías estuvieras donde estuvieras. Seguramente deberían haberla echado abajo y haber construido una

110

nueva hacía diez años, cuando la compraron, pero aparte de que habría costado un dineral que no tenían, les parecía un desperdicio derribarla. Una maldad, incluso. La casa se había portado de maravilla, había cumplido su papel sin apenas quejarse durante veinte años y merecía algo mejor que un buldócer.

La compraron tal y como estaba, asumiendo sus defectos, e hicieron planes para remodelarla en dos fases. Primero arreglaron y pintaron el interior, nada más comprarla, y pospusieron la reforma del exterior todo lo que pudieron, hasta que no pudieron seguir ignorando la podredumbre del porche, las goteras del tejado y los desconches del revestimiento cuajado de avisperos. Por fin, hacía cuatro años, respiraron hondo, sacaron la chequera y empezaron las obras de la fachada justo antes de jubilarse. Se quedaron sin dinero con la mitad del tejado sin reparar y los porches como estaban.

No es que se quedaran sin dinero literalmente, pero había líneas económicas que se habían comprometido a no traspasar hacía mucho tiempo, préstamos que no estaban dispuestos a pedir y letras del tesoro que no pensaban vender, y ni locos pensaban quebrantar sus propias normas ahora que estaban a punto de tener lo suficiente para dejarles a sus nietos un buen fondo para pagar la universidad.

Así que Roberto aprendió a reparar tejados y a construir una terraza de madera, y a sonreír y a aguantar la condescendencia masculina cuando volvía a la ferretería por tercera vez en un día para hacer más preguntas tontas. Justo antes de Acción de Gracias del año anterior, dos años y medio después de que el último operario profesional se marchara, casi cuatro después de empezar las obras y una década después de firmar las escrituras, la casa del número 67 de Figtree Road estuvo por fin acabada.

En el porche de atrás, a la izquierda de la puerta mosquitera, había una mecedora que a Roberto le venía bien para sus problemas de espaldas. Aquel era su lugar preferido del mundo, y había estado en muchos sitios. Allí se sentó ahora mientras esperaba a que hirviera el agua para el té, extrañado por el ambiente caliente y húmedo, demasiado caliente y húmedo para el mes de marzo.

Volvió a la cocina y apartó la tetera del fuego antes de que se pusiera a chillar a voz en grito. Echó el agua caliente en la taza con colador. Miró por la ventana mientras reposaba el té —6200 dólares por trasladar la ventana de la cocina del lado delantero de la fachada al que daba al jardín de atrás, el mayor derroche que se había permitido nunca, y no se había arrepentido ni un segundo desde entonces— y, al cabo de tres minutos exactos, añadió unas gotas de leche al té. La costumbre de tomar el té con leche la adquirió mientras estuvo destinado en Londres. Resulta que la leche corta el puntito de acidez de las hojas de té. Cosas de las que se entera uno.

Bebió un sorbo y se acercó al escobero del otro lado de la cocina. El armario tenía un ángulo extraño y no servía para guardar casi nada, pero era la solución de compromiso a un espinoso problema eléctrico que se le había presentado cuando se empeñó en diseñar y construir por su cuenta los armarios de aquel rincón de la cocina. No había aceptado ninguna ayuda. Ni siquiera había dejado entrar a nadie en la habitación mientras estaba trabajando.

Sacó las escobas y las mopas del armario, retiró los jarrones guardados al fondo y sacó la pequeña batidora que no parecía encontrar acomodo en ningún otro sitio de la casa. Usó una llave escondida para abrir la cerradura del panel interior, lo abrió y marcó la combinación de la caja fuerte.

Notó una ligera efusión de adrenalina cuando accionó el tirador de la caja fuerte y oyó su chasquido tranquilizador. No era entusiasmo, ni mucho menos, sino una especie de instinto de supervivencia: el viejo mecanismo poniéndose de nuevo en marcha por si era necesario. Luchar o luchar.

La caja fuerte era pequeña. No tenía que guardar muchas cosas, solo algunos billetes en moneda extranjera y varios pasaportes que seguramente habrían caducado. Ya no era una caja de emergencia, solo un sitio donde guardar el teléfono seguro y la bola de nieve que compraron en una gasolinera de Vermont, esa un poco hortera pero a la que no pudieron resistirse porque tenía dentro tres niños en un trineo, dos niñas y un niño, como los suyos. Sacó el teléfono, lo encendió y la pantalla mostró la silueta de una batería atravesada por una gruesa raya roja. Le sorprendió que le quedara algo de batería. Cogió el cable, lo enchufó junto al fregadero y volvió a mirar por la ventana mientras se bebía el té y esperaba a que se cargara el teléfono.

Pasado un rato, el teléfono emitió un pitido y se encendió. Roberto se quedó mirándolo un momento, sin dudar demasiado pero sin precipitarse a cogerlo. No quería darse prisa. Hacía poco más de cinco minutos desde que había pedido que le concedieran ese plazo, y el mundo no iba a acabarse porque él se tomara treinta segundos más. Era una de las ventajas de hacerse mayor, que uno asumía sin ningún problema la idea de la conservación de la energía, del estilo parsimonioso. La juventud era toda ella un derroche de movimiento y ruido: uno pensaba que cuanto más pareciera estar haciendo algo, más hacía, cuando en realidad sucedía más bien lo contrario. ¿Tienes paciencia para quedarte completamente quieto hasta que se aposenten las aguas turbias y puedas ver con claridad? Si tienes menos de cincuenta años no, no puedes.

A su debido tiempo, Roberto marcó. El teléfono sonó una sola vez y contestó la misma voz de mujer.

—Importaciones Fenelon.

—Cero-cuatro-siete-cuatro azul índigo.

—Gracias, señor Díaz.

—¿Qué ocurre?

—Hemos recibido una alerta de elevación de temperatura en unas instalaciones desmanteladas en las minas de Atchison, al este de Kansas.

Roberto se quedó callado. «Estoy aquí, ahora».

—¿Señor Díaz?

—Sí. No me sorprende, teniendo en cuenta el cambio climático.

—¿Está usted…?

—En 1997 escribí un informe sobre ese tema precisamente —añadió él.

—No lo veo en el expediente.

—Y llamé unos cinco años después. Y otra vez más adelante, pasados seis o siete años.

—Entonces, ¿está usted al corriente de la situación? —preguntó.

—Sí.

—¿Es algo de lo que debamos preocuparnos?

—Sí, es algo de lo que deben preocuparse.

—Pensábamos que como las instalaciones estaban desmanteladas...

—¿A qué hora saltó la alarma? —preguntó él.

Se hizo un silencio. Luego, Roberto oyó que la mujer tecleaba algo en un ordenador.

—A las tres y once de la tarde, hora central.

—¿Y me llaman ahora?

—Hemos tardado un tiempo en averiguar a quién había que avisar.

—¿Y si yo no hubiera contestado? —preguntó él—. ¿Quién era la siguiente persona en la lista?

—No hay nadie más.

Roberto respiró hondo y miró por la ventana.

—De acuerdo. Estoy a ciento veinte kilómetros de la base aérea de Seymour Johnson. Puedo estar allí dentro de hora y media. Voy a necesitar un avión que despegue de allí y un coche que esté esperándome cuando aterrice. Conduciré yo mismo. No va nadie más.

—¿En su opinión esto justifica una Alerta Máxima?

—En mi opinión, justificaba una Alerta Excepcional ya a las tres y once de la tarde.

Ella se quedó callada un momento.

—Veré lo que puedo hacer respecto al transporte.

—No he terminado. No tengo ninguna equipación.

—¿Qué necesita?

—Todo lo de la lista.

—Lo siento, señor Díaz, no estoy familiarizada con...

—En el año 92 escribí un libro blanco dedicado a este tema. Está debidamente etiquetado y guardado en la cámara de seguridad. Fue hace veinticinco años, así que necesitarán otro *software* para leerlo, pero archivé el programa junto con el informe y un disquete para arrancarlo. Pídale acceso a Gordon Gray. Solo a Gordon Gray, no hace falta que llame a nadie más. Lea el informe y asegúrese de que todo lo que enumeré en la lista del apéndice A, y digo

114

todo, hasta la última cosa, esté en el coche cuando aterrice en Kansas. ¿Entendido?

—No puedo hacer eso sin múltiples autorizaciones.

—¿Cómo se llama?

—Ya sabe que no podemos…

—Solo su nombre de pila. Aunque sea inventado. Para llamarla de alguna forma.

Ella titubeó.

—Abigail.

No era, desde luego, su verdadero nombre: la leve elevación de su voz al pronunciar el nombre lo delataba. Pero se notaba que le gustaba aquel capricho fantasioso. Bien por ella, seguramente por eso se había metido en aquel oficio, y sin duda no tenía muchas oportunidades de llamar de madrugada a Fort Belvoir para pedir que desenterraran un informe.

—Bien, Abigail. ¿Recuerda las buenas notas que sacaba en el instituto? ¿Y cómo se mataba haciendo deporte? ¿Y cuánto se esforzó para entrar en la universidad que quería? ¿Y las veces que dijo que no cuando sus amigos la invitaban a salir de fiesta y usted sabía que tenía que quedarse a estudiar? ¿Se acuerda de la cara que pusieron sus padres cuando les dijo a qué quería dedicarse, y los desprecios que tuvo que aguantar el primer año de trabajo, y la vida personal a la que ha tenido que renunciar en los últimos…? No sé, por su voz yo diría que en los últimos diez o doce años.

—Ocho.

—Vale, entonces es que le está pasando factura rápidamente. Son cosas que pasan. Pero todos esos sacrificios, todos esos marrones que ha tenido que comerse solo porque quería servir a su país, eran para esto, Abigail.

—Sí, señor.

Roberto notó por el leve temblor de su voz que aún podía soltar una buena arenga cuando era necesario.

—Consiga todo lo de la lista. Estaré en Seymour a las dos y cuarto de la mañana, hora del este —dijo.

Y colgó.

Annie se despertó por sí sola unas dos horas después. Estaba profundamente dormida y de un momento para otro se espabiló. Fue a la cocina, donde había una luz encendida encima del fregadero. Ya antes de entrar sabía lo que encontraría allí. Roberto habría fregado y secado la taza de su té y la habría guardado, igual que el colador. La cocina estaría igual que la habían dejado al irse a la cama, salvo por la bola de nieve, que estaría en la encimera, junto a la cafetera, encima de una hoja de papel blanco en la que su marido habría dibujado un corazón con rotulador rojo.

Así era, en efecto.

Annie miró un momento la bola de nieve. La cogió y le dio una sacudida. La nieve cayó sobre los niños y sus trineos. Por una parte, era agradable volver a ver la bola. Hacía más de tres años que no salía de la caja fuerte.

Pero, por otro, deseó con todas sus fuerzas que hubieran escogido otro objeto como señal.

LAS CUATRO HORAS SIGUIENTES

TRECE

A Teacake y Naomi les llevó mucho más tiempo del que esperaban quitar media docena de capas de pintura seca y una fina película de cemento del reborde de la tapa de alcantarilla. Si no hubieran encontrado un destornillador de punta plana en el armario de mantenimiento, quizá no habrían conseguido abrir la tapa.

Se fueron turnando con las herramientas. No se podían dar más de seis o siete martillazos seguidos sin necesitar un descanso, debido a la dolorosa vibración que producía en las manos, como al golpear una bola rápida con el extremo más fino de un bate de béisbol. En dos ocasiones, Teacake golpeó demasiado fuerte el destornillador, soltó las dos herramientas y se revolcó por el suelo con las manos entre los muslos mientras exhibía la amplitud y la originalidad de su repertorio de palabras malsonantes. Naomi era más metódica, calculaba con cuidado cada golpe y graduaba el impacto. Avanzaba con firmeza y regularidad y fue ella quien dio el golpe final, el que arrancó el último trozo de pintura y cemento e hizo que la tapa se moviera unos milímetros.

—Ya está —dijo Teacake.

—Trae la palanca.

Él sacó la palanca del armario y metió la punta en una de las cuatro ranuras que había en la circunferencia de la tapa. El disco metálico se levantó con un ligero silbido de descompresión y el aire fétido de abajo ascendió, intercambiando su lugar con el aire limpio de arriba. Teacake metió la palanca más adentro y empujó hacia abajo todo lo fuerte que pudo, llevando el extremo de la barra de hierro casi hasta el suelo.

—¡Súbete encima! —le dijo a Naomi.

Ella obedeció, apoyó primero un pie y luego el otro y sujetó la palanca contra el suelo con todo el peso de su cuerpo. Teacake introdujo los dedos en el hueco de unos siete centímetros que quedó entre la tapa y el suelo.

—No metas los dedos ahí —dijo Naomi, pero él no contestó porque ya habían llegado hasta allí y no se le ocurría otro modo de hacerlo. Además, ella no lo había dicho con mucha convicción, y él sabía que lo que en realidad quería decir era «¡Mete la mano ahí dentro!».

Pero no importaba, porque iban en el mismo barco y se habían metido en aquello de lleno, juntos.

Tensó los brazos todo lo que pudo y lamentó no haber seguido haciendo musculación, como durante el año y medio que había pasado en Ellsworth. Le habría encantado que Naomi viera aquellos músculos, porque estaba hecho un cachas y muy orgulloso de sus bíceps, menudo cambio, él que siempre había sido un enclenque. Pero casi en cuanto salió de la cárcel se sintió inflado y ridículo, dejó de hacer ejercicio y no lo echaba nada de menos. Bueno, sí, quizá echaba un poco de menos la sensación de después, cuando todo fluía y te sentías entre contento y rabioso al mismo tiempo, esa sensación molaba, pero, en serio, si Naomi lo hubiera visto entonces… «Aunque ahora tampoco estoy tan mal, ¿sabes? ¿Me estaba mirando los bíceps hacía un momento? ¡Ay, mierda!». Se había distraído y se le estaba escapando la tapa, se le resbalaba, iba a dejarla caer.

Espabilándose de golpe, flexionó las rodillas, agarró con fuerza la tapa y la levantó, poniéndola de canto. Pensaba depositarla en el suelo con cuidado, pero sus músculos le gritaban «¡¿Por qué no hiciste esto cuando estábamos en forma, capullo?!» y, tan pronto como hubo levantado del todo la tapa le dio un empujón y salió rodando hacia la pared.

No llegó muy lejos, sin embargo. Debía de pesar cien kilos o más y, tras recorrer dos o tres metros, empezó a inclinarse y, describiendo un arco, regresó hacia ellos. Se quitaron del medio precipitadamente y aquella cosa los persiguió un trecho, furiosa porque la hubieran despertado de su cómodo sopor. Pasó a escasos centímetros de sus pies y, describiendo un último círculo agónico, estuvo a punto de caer sobre el mismo agujero que había cubierto hasta hacía unos instantes. Eso sí que habría sido la pera.

La tapa giró como una moneda sobre una mesa, haciendo un ruido chirriante, y por fin se paró del revés justo delante de ellos.

Cuando el eco de aquel estrépito se desvaneció, Teacake dijo:

—¿Sabes qué?, que pensándolo bien quizá habría sido mejor que la corriera un poquito hacia un lado.

—Sí, bueno, ahora ya lo sabemos.

Si no se había enamorado de ella ya, se enamoró en ese instante porque no le había dicho que era un puto idiota, como habría hecho su viejo. Naomi no hablaba mucho, pero cuando hablaba no era para meterse con nadie, ni siquiera en broma.

Ella cogió la linterna que había traído Teacake y la encendió. Se acercaron al borde del agujero, se pusieron a gatas y echaron un vistazo.

La linterna tenía la batería cargada y emitía una luz potente, pero ninguna linterna podía iluminar un pozo cilíndrico vertical de noventa metros de profundidad. La escalerilla metálica estaba adosada a un lado del pozo. La retirada de la tapa había levantado una tonelada de polvo que flotaba en el aire enrarecido, pero aparte de eso solo se veía oscuridad.

Naomi y Teacake se miraron. Ninguno de los dos quería echarse para atrás, pero tampoco quería ser el primero en bajar.

—¿Bajamos quince metros y luego vemos qué hacemos? —propuso ella.

—¿Cuántos peldaños tiene la escalera?

Ella alumbró los travesaños metálicos.

—Unos cincuenta —calculó—. ¿Por qué?

—No sé, pensaba que a lo mejor nos ayudaba saberlo.

Naomi volvió a alumbrar el agujero, recorriendo las paredes del pozo con la luz de la linterna en lugar de apuntar hacia el fondo. Un poco más abajo se veía la confusa silueta de un entrante en la pared. Estaba demasiado lejos para distinguirlo con claridad, pero al menos allí había algo, una especie de meta.

—Vale, mira, vamos hasta esa cosa…

—¿Qué cosa?

—Esa de ahí.

Naomi le indicó que se pusiera a su lado y él obedeció, arrodillándose junto a ella. Sus piernas se rozaron apenas, pero aun así Teacake sintió su contacto. Ella movió la linterna para alumbrar los bordes del entrante.

—Eso de ahí. ¿A cuánto está? ¿A unos nueve o diez metros? Podemos bajar hasta ahí y ver qué es.

—¿Y luego qué?

—Luego hablamos. Si nos apetece, seguimos bajando. Si no…

—Ya —dijo él, indicándole con un gesto que la entendía.

Cogió la linterna, se giró y empezó a descolgarse por el agujero.

—No hace falta que vayas tú primero —dijo ella.

—Soy un caballero. Voy yo primero, alumbrando hacia arriba para que veas.

—Reconocerás que esto mola, de momento —dijo Naomi.

—De momento, reconozco que mola.

—¿De verdad lo crees?

—No, solo estoy repitiendo lo que me has dicho que diga. Nos vemos dentro de diez metros.

Ella se rio, y él empezó a bajar por el pozo.

Agarrarse con una sola mano era más difícil de lo que pensaba, pero le daba tanto miedo que se le cayera la linterna que ni siquiera intentó usar la otra. Agarrándose con todas sus fuerzas a la barra vertical y sujetando la linterna con la otra mano, bajó por la escalera, pero a los diez o quince peldaños empezó a sudar de miedo.

Su mente se desbocó entonces y comenzó a desvariar, pensado en lo que pasaría si se caía. Primero, se le resbalaría el pie en un peldaño, luego se daría un golpe en la espinilla, sentiría un tirón doloroso en los tendones al abrirse de piernas, movería las manos frenéticamente tratando de agarrarse a las barras y se rompería quizá uno o dos dedos al intentar parar la caída mientras su cuerpo ganaba impulso. Y luego, el momento del distanciamiento: flotar como un dibujo animado agitando las manos en el vacío, con los pies en el aire. ¿Gritaría o se quedaría callado? ¿Dejaría de oír cuando sus ojos se desencajasen de terror y su boca se abriera formando una O perfecta en un grito silencioso de socorro cuando empezara a caer al vacío, en la oscuridad, treinta metros, cien, trescientos, hasta que se estrellase contra el suelo de cemento del fondo, con los pies por delante? Las piernas se le doblarían como un acordeón y se le incrustarían en el cuerpo, los largos huesos se ensartarían en sus órganos internos, el fémur o la tibia o como se llamase el más grande le atravesaría los intestinos y el corazón y se le clavaría en el cogote.

Causa oficial de la muerte: *lo mató su propia pierna.*

Entonces se le ocurrió otra posibilidad, un escenario en el que no se desplomaba en caída libre. En aquella sucesión de acontecimientos, no se le resbalaba el pie, sino que se le enganchaba en un peldaño. Caía hacia atrás, se le doblaba la rodilla izquierda y oía el chasquido de los ligamentos al romperse, tensados por un peso y una torsión para la que no estaban preparados. En aquella versión de los hechos sí que gritaba: aullaba como un animal herido, allí colgado, boca abajo, sujeto por la rodilla hecha trizas, golpeándose la cabeza con los peldaños metálicos. La linterna se le escaparía de la mano y caería al vacío, su luz giraría descontrolada al caer, rebotando en las paredes del pozo, hasta que por último se hiciera añicos contra el suelo.

Naomi gritaría desde arriba y trataría de salvarle. Bajaría tres peldaños, se engancharía con un brazo a uno de ellos y se estiraría todo lo que pudiera, intentando alcanzarlo en la oscuridad casi total. Pero no conseguiría agarrar la mano que él le tendía, perdería su asidero y caería a plomo encima de él. Del golpe, a él se le dislocaría la rodilla y se le rompería la tibia de la pierna atrapada (en ambas versiones la tibia salía malparada), y la pierna fracturada resbalaría, fofa, entre los peldaños de la escalera. Caerían los dos al vacío. El final sería más o menos como el otro. No sería el descenso lo que acabara con ellos, sino la brusca parada final, solo que esta vez Teacake aterrizaría cabeza abajo y la causa de la muerte sería *cayó de cabeza* y, en el caso de Naomi, *acompañaba a un cretino que bajó por un pozo vertical de cemento agarrándose con una sola mano.*

Su mente no solo se había desviado, se había hecho todo un viajecito, pero al menos había conseguido distraerse un rato y ya habían bajado treinta y cuatro escalones y llegado al entrante grisáceo que habían visto desde arriba. Pasando un brazo por los peldaños, Teacake juntó los pies, se afianzó y alumbró la pared del pozo con la linterna.

—Es una puerta.

Naomi bajó hasta estar justo encima de él y echó un vistazo a la puerta. Vio tres caracteres y, pensándolo bien, no habría hecho falta que bajaran hasta allí para adivinar lo que decían: *SS-2.*

Asintió.

—Lo que me imaginaba —dijo—. ¿Quieres seguir bajando?

Teacake calculó que, de momento, no había recibido una justa recompensa a sus esfuerzos. No había destrozado una pared, martilleado un suelo de cemento e imaginado con toda viveza dos versiones de su propia muerte solo para ver una puerta cerrada en la que ponía *SS-2* en letras negras descoloridas.

Sin molestarse en contestar, se metió en el bolsillo del pantalón la linterna encendida, con la luz apuntando hacia arriba para alumbrar a Naomi. Con las dos manos libres, bajaría mucho más deprisa.

Continuaron el descenso.

CATORCE

Después de vomitar en la gravilla, junto al tubo de escape, después de esputar y sonarse la nariz hasta dejársela en carne viva y de limpiarse las salpicaduras de tripas del gato con la toalla de playa sucia que llevaba en el asiento de atrás, Mooney pudo por fin pensar con claridad. Más o menos. No se explicaba qué había pasado porque era inexplicable, pero al menos había conseguido respirar con calma, reducir sus pulsaciones cardiacas a un nivel casi normal y dejar de gimotear «Ay Dios, ay Dios, qué cojones es esto», o cosas parecidas, cada pocos segundos.

En cuanto se hubo limpiado, se apoderó de él una sed insoportable y se alegró al ver que la única botella que le quedaba estaba casi llena: acababa de aflojar el tapón cuando atropelló al ciervo. Recogió la botella del charco que había dejado en la alfombrilla del lado del copiloto y se la bebió de un solo trago. Como estaba caliente, se notaba más el alcohol, justo lo que necesitaba. Notó que una pequeña oleada de coraje inundaba su cerebro, un sentimiento con el que estaba familiarizado, aunque era ligeramente distinto. Sintió que se volvía más fuerte, más sereno, mejor.

Mooney se estaba convirtiendo en un agente de dispersión del *Cordyceps novus*. Era el vigésimo octavo humano infectado por el hongo, pero entre él y los demás había una diferencia sustancial. Los refrescos con vino Bartles & Jaymes, como todos los de su clase y como los productos vinícolas en general, contienen la cantidad máxima de dióxido de azufre permitida por la normativa de la FDA como conservante. El SO2 es uno de los antimicrobianos más potentes del planeta y un agente muy eficaz contra la proliferación biológica. En su forma gaseosa puede ser letal para cualquier organismo que respire y es, de hecho, la principal causa de muerte en una erupción volcánica. Es el gas venenoso lo que te mata, no la lava.

Pero en su forma líquida, y en la concentración adecuada, el SO2 puede ser muy útil. No solo impide la proliferación de microbios invasores en el sistema digestivo humano, sino que por sí solo puede limpiar y mantener limpio un recipiente de vidrio tanto durante la fermentación del vino como durante el proceso de almacenamiento.

La última botella de refresco alcohólico con sabor a frutos del bosque que tomó Mooney, aparte de dulce y embriagadora, también era un potente inhibidor del crecimiento. Mientras que la conquista de sus anteriores víctimas humanas por parte del hongo había sido una guerra relámpago, en el caso de Mooney, ahíto de refresco aderezado con alcohol, fue más bien una lenta y empecinada carga de infantería a través del barro. El ejército invasor del *Cordyceps novus* acabaría ganando y Mooney perdiendo, pero la batalla tardaría un tiempo en decidirse.

Tras haber ganado, sin saberlo, un par de horas más de vida, Mooney se retiró del coche para reflexionar sobre lo sucedido durante esas últimas horas.

Había mucho en lo que pensar. El ciervo estaba muerto, de eso no había duda. Y el Señor Scroggins igual: al gato le faltaban la mitad de la cara y del cráneo. Era absurdo pensar que hubiera sobrevivido a esas lesiones, lo que solo podía significar que se trataba de un fenómeno paranormal, de un acontecimiento contrario a las leyes divinas. O algo así. El universo era un sitio chungo, lleno de movidas que nunca entendería.

«Pero ¿y yo qué? ¿Yo concretamente, Mooney? ¿Qué pinto yo en todo esto? ¿Y qué he hecho, en realidad?». Tenía una mente analítica —a veces—, y decidió ponerla en funcionamiento. «¿Qué es lo peor que puede pasarme? Sí, he atropellado a un ciervo. Sí, lo he acribillado a balazos. Y sí, he matado a un gato enfermo, pero nada de eso es delito». Enterrar sus cadáveres en una finca de propiedad privada seguramente sí lo era, pero eso no lo había hecho, no le había dado tiempo. El ciervo muerto se había ido corriendo y el medio gato se había subido a un árbol y había estallado. «Es así de sencillo, agente».

De modo que podía descartar el Miedo a la Policía. No había hecho nada ilegal. Así que solo quedaban el Miedo al Rechazo Social y el Temor de Dios. Pero la sociedad solo le rechazaría si se enteraba de que era un bicho raro y un asesino de animales, y de eso no había ninguna prueba, aparte de las que quedaran en el coche. Se acercó con cautela al maletero, al que no se había asomado desde que sus ocupantes lo desalojaran. No había tripas esparcidas dentro, lo que era una suerte, pero el ciervo había sangrado bastante. También había dejado una especie de pringue marrón verdoso que cubría la mitad del fondo. Sería la mierda que se te escapa cuando te mueres o algo así.

El caso era que todo aquello podía limpiarse, era perfectamente factible. Una manguera, un par de toallas viejas y unos veinte minutos de su tiempo, y listo. Nadie se enteraría. De modo que el Miedo al Rechazo Social también podía tacharlo de la lista.

Por desgracia, quedaba el marrón principal. Dios lo sabía. Dios había visto todas aquellas movidas y seguro que no estaba contento. No era que Mooney temiera por su alma. Su idea de Dios era un poco más barroca, más al estilo del Antiguo Testamento. Tenía suficiente experiencia de la vida como para saber que a Dios nada le gustaba más que tomarse la revancha, y cuanto más sórdida y paradójica fuera esa revancha, tanto mejor. Sí, Dios era bondad y amor, pero también había inventado el cáncer colorrectal y ¿existe acaso algún supervillano que haya dado con una forma más diabólica de cargarse a alguien? No se molesten en buscarlo: la respuesta es no.

Sí, sin duda Dios había tomado nota de lo que había hecho Mooney y, torciendo el gesto, había empezado a desatar su cólera. Devolver a la vida a aquellas criaturas inocentes para torturarle había sido solo el primer paso. Salpicarle la cara con sus tripas, el segundo.

Si de algo estaba seguro Mooney era de que no quería esperar a ver cuáles eran los pasos tres, cuatro y cinco.

Tenía que disculparse.

La última vez que pensó que le debía a Dios un *mea culpa*, le costó casi cuatro años de su vida, pero confiaba en solventar esta vez la papeleta pasando un par de horas hincado de rodillas. La abadía de Saint Benedict, en la calle Segunda, estaba abierta toda la noche, y ya la había visitado otras veces cuando necesitaba hacer acto de contrición. La regentaban monjes de verdad, de la orden franciscana, y el ascetismo severo que evocaban sus hábitos negros con capucha les daba un toque muy auténtico. Los modernos bancos de madera no parecían muy en la onda del Vaticano, pero había una losa de granito que ocupaba todo el ancho de la iglesia frente al altar, y Mooney había pasado muchas horas arrodillado allí, pidiéndole perdón a Dios por una cosa o por otra. La piedra era desigual y granulosa, de modo que a los cinco minutos empezaban a dolerle las rodillas y pasada una hora el dolor era tan agudo que le costaba concentrarse. Cuando la falta que había cometido era lo bastante grave, pasaba tanto tiempo arrodillado que la piel se le pegaba a la parte de dentro de los pantalones y, cuando se levantaba, se le desgarraban varias capas de la epidermis. Para cuando llegaba al coche, la sangre le había calado en las rodilleras, lo que era señal de que había hecho bien las cosas y estaba en paz con Dios.

Estaba, claro, aquella vez que no bastó con que hiciera penitencia en la abadía. A todas sus plegarias, Dios contestó: «Que no, joder». ¿Media hora de rodillas pidiendo fuerzas para resistirse a la tentación? No. ¿Una hora entera arrodillado para pedir perdón por habérsela follado y, lo que era más importante, porque la cosa no tuviera consecuencias y ella no se hubiera quedado embarazada? Nanay. ¿Otras dos horas para pedirle a Dios que la guiara con Su sabiduría y Su buen criterio y la convenciera de que se casara con él? Vas tú listo, gilipollas. Al final, se pasó tres días de rodillas y además hizo un ayuno tan estricto que se desmayó. Se desmayó tantas veces que el padre Dennis le pidió que dejara de venir o que por lo menos usara un reclinatorio.

Aun así, Dios se negó rotundamente a atender sus plegarias. El bebé no murió en el útero, ni nació muerto, era una niña sana y era su hija, su hija ilegítima con Naomi Williams. Aunque el resto de la familia Snyder le había perdonado, estaba clarísimo que Dios no lo había hecho y que no pensaba hacerlo en un futuro cercano.

Mike —en aquel entonces todavía era Mike— se topó con Lucas 12,48 al día siguiente de que ella volviera del hospital con la niña:

Mas al que sin conocer hace cosas dignas de castigo, pocos golpes se le darán. Porque a quien se le ha dado mucho, mucho se le exigirá, y a quien se le ha confiado mucho, más se le pedirá.

Evidentemente, esta vez Dios no se andaba con tonterías. Estaba exigiendo un sacrificio en plan Isaac en el desierto, y Mike Snyder solo tenía que descubrir cuál era.

Las ventajas de unirse al Cuerpo de Paz eran numerosas: poder escapar, la posibilidad de servir al prójimo, la de escapar, saldar deudas con Dios y, en fin, escapar.

Por desgracia, le rechazaron. Resulta que el Cuerpo de Paz busca graduados universitarios con un currículum decente y probadas capacidades. Ya se sabe, gente que de verdad tenga algo que ofrecer. ¿Quién iba a imaginarlo?

La empresa Service Brigade, en cambio, aceptaba casi a cualquiera, siempre y cuando no estuvieras imputado en tu país de origen. La brigada tenía un contrato con el gobierno de Uganda para construir viviendas asequibles a un precio modesto, lo que en términos locales venía a ser un precio muy inflado, parte del cual iba a parar al bolsillo de los funcionarios encargados de asignar las viviendas. Pero el caso era que Mike quería escapar del problema que tenía en casa, Service Brigade estaba dispuesta a pagarle una cantidad interesante bajo cuerda y su familia pensaba que era un santo, así que aceptó el trabajo.

A las pocas semanas de su llegada a Uganda, los trabajadores autóctonos con los que trabajaba empezaron a llamarle Muni, abreviatura de *muniyaga*. A él le gustó cómo sonaba, y aunque luego se enteró de que *muniyaga* significa «el que molesta a los otros» en no sé qué idioma africano, se quedó con su nuevo apelativo.

Era Mooney. Un nuevo comienzo.

Hacía solo unos meses que había vuelto a casa. Su familia le recibió como un héroe y volvió a acogerlo en su estrecho y agobiante seno. Él se arrepintió de haber vuelto nada más llegar, en cuanto sintió los ojos rebosantes de sus padres fijos en él, juzgándole a saco, diciéndole que se lo perdonaban todo: sus debilidades, su cobardía, su absoluta falta de talento artístico.

Intentaron que se interesara por Sarah, su hija, que al menos fuera a verla, pero no quiso ni oír hablar del asunto. A la madre sí, claro, eso sería genial, pero a la niña no, a la niña ni hablar. Y Naomi se negaba a verle.

Tres días después de volver a casa, Mike empezó a planear cómo podía largarse otra vez. Quizá pudiera irse a trabajar con su colega Daniel Mafabi a Budadiri, donde Mafabi había conseguido un contrato muy ventajoso con el Ministerio de Trabajo y Transporte para construir escuelas en todo el país al doble de su coste normal. Desde que gobernaba Nakadama había mogollón de chelines ugandeses rebosando del presupuesto, y Mike conocía a gente con contactos. Un par de años más allí y tendría pasta suficiente para cortar con su familia de una vez por todas y no tener que volver a oír que le perdonaban.

Dios era otro cantar. Sus ojos le seguían a todas partes, así que esa noche no le quedaba más remedio que pasarse por Saint Benedict, pedir disculpas y dar carpetazo a aquella noche horrorosa.

Subió al coche, giró la llave y oyó un *clic*.

Cómo no.

Lo intentó otra vez.

Ni siquiera un chirrido, solo un *clic*. El motor de arranque se le había muerto. Salió del coche y cerró la puerta con todas sus fuerzas. La puerta rebotó, así que la cerró todavía con más saña, y luego le dio una patada en el medio, haciéndole un buen abollón. Otro parte del seguro. Miró a su alrededor para cerciorarse de que, en efecto, estaba en medio de la nada.

Volvió a fijarse en el coche que había al pie de la ladera. Estaba aparcado junto a los trasteros, justo debajo de una farola de vapor de mercurio que iluminaba el aparcamiento. A la luz amarillenta de la farola, alcanzaba a ver la parte de atrás del coche, un Toyota Celica de hacía diez años. Le sonaba vagamente. Echó a andar por la carretera de acceso, hacia el coche, y al acercarse vio una pegatina en el parachoques trasero, a la izquierda. Al acercarse aún más, distinguió lo que ponía.

ORGULLOSOS PADRES DE UNA ALUMNA DEL CUADRO DE HONOR DEL INSTITUTO DE ATCHISON, PROMOCIÓN 2012.

Increíble. Conocía aquel coche. Era el de los padres de Naomi, o lo había sido. Seguramente ahora era de ella. Había pasado muy buenos ratos en aquel coche. Mike sonrió y apretó el paso, atraído por el coche como por el fantasma de pasados escarceos amorosos. Le habían dicho que Naomi había vuelto a estudiar y que trabajaba de noche en algún sitio. Evidentemente, estaba allí, justo allí, donde la necesitaba y cuando la necesitaba, y si eso no era una señal de la Providencia, ¿qué era? Respiró una profunda bocanada de aire húmedo. De pronto se sentía mejor, muchísimo mejor. Pensaba con más claridad…

«Entra ahí y busca a Naomi, sí, eso voy a hacer, buscar a Naomi, buscar a Naomi».

Se sentía cada vez más a gusto con su cuerpo y su mente, mejoraba minuto a minuto. Apretó el paso y estiró el cuello.

Todo iba a salir bien. Naomi se pondría contentísima al verle.

Las cosas empezaban a aclararse.

QUINCE

Teacake y Naomi habían llegado al final de la escalera y ¡jo, qué bien sentaba volver a poner los pies en el suelo! La linterna que llevaba en el bolsillo no había dejado de apuntar hacia arriba mientras bajaban, y Teacake, moviéndose mecánicamente, había caído en una especie de trance: apoyar el pie en el peldaño de abajo, deslizar las manos, apoyar el pie, deslizar las manos, apoyar el pie, deslizar las manos. No tenía sentido mirar hacia abajo porque allí solo había un enorme charco de tinta negra. Apoyar el pie, deslizar las manos. Había dudado un momento al llegar a la trampilla del nivel SS-3, pero Naomi ni siquiera se había molestado en mirar hacia abajo y, si lo hubiera hecho, él le habría sonreído y habría seguido bajando, sabiendo perfectamente que, a esas alturas, ninguno de los dos se habría conformado con no llegar hasta abajo del todo.

Así que habían seguido adelante, y ahí es donde el descenso había empezado a hacérseles largo. Larguísimo, de hecho. Por el diagrama, Teacake calculaba que el piso inferior tenía que estar unos treinta metros por debajo del SS-3, pero ahora que lo pensaba esa parte del plano estaba partida por una línea aserrada atravesada por un espacio en blanco, lo que seguramente significaba que había un buen tramo de tierra que no aparecía en el esquema. Apoyar el pie, deslizar las manos, y así una y otra vez. Su mente se fue a dar un paseíto, uno muy agradable esta vez, dado que la única zona iluminada quedaba justo encima de él y desde allí lo único que distinguía con claridad era el trasero de Naomi. Se refrenaba para no llamarlo «culo», ni pensar en él como tal. Era su trasero, y era muy bonito además, pero espera, en eso era precisamente en lo que estaba intentando no pensar, por puro respeto.

Se preguntaba qué harían si salían juntos por ahí, teniendo en cuenta que ella no bebía. La verdad era que a él tampoco le gustaba tanto el alcohol como antes, porque le descontrolaba el ánimo: se enfadaba cuando no venía a cuento o se ponía eufórico sin ningún motivo. Y los borrachos le molestaban cada vez más a medida que se hacía mayor. Y luego estaba lo de despertarse por las noches: no conseguía dormir doce horas de un tirón, como hasta hacía unos años. Era una pena, echaba de menos esos tiempos, pero se había fijado en que molaba un montón estar despejado al cien por cien por las mañanas. Así que no pasaba nada porque Naomi no bebiera, pero, cuando la gente no bebe ni se droga, ¿qué hace cuando tiene una cita?

Se imaginó a sí mismo y a Naomi poniéndose hasta las trancas de café, pero ¿a quién le apetecía eso? Luego se imaginó en el gimnasio con ella, y ella estaba toda sudorosa y le brillaba la piel, y tío no veas lo maciza que estaba, pero espera, que otra vez te estás yendo por las ramas… Se imaginó yendo al cine con Naomi y con su hija. Y a lo mejor la niña se asustaba en cierto momento de la película y se subía de un salto sobre sus rodillas y él le decía que no pasaba nada, tranquila, cielo, tú no mires, tápate los ojos y yo te tapo los oídos, yo te aviso cuando puedas volver a mirar, yo te protejo, y Naomi le miraba sonriendo, a él se le daban muy bien los niños, la verdad es que no le molestaban en absoluto, quizá incluso pudiera…

Al final, se cayó. Pero fue solo un escalón. Su pie derecho se estrelló contra el suelo sin previo aviso, perdió el equilibrio y su pie izquierdo resbaló en el último escalón. Soltó un resoplido de dolor, Naomi se giró y él extendió el brazo para ayudarla a bajar.

—Cuidado.

Ella le dio la mano, Teacake la ayudó a bajar el último escalón y por fin se encontraron en el fondo del pozo. Allí abajo hacía más frío, unos quince grados, y había, curiosamente, mucha humedad. Él se sacó la linterna del bolsillo y apuntó hacia arriba, hasta que la luz desapareció en el larguísimo túnel negro que ahora quedaba encima de ellos. Alumbró la puerta que tenían delante. Era otro entrante gris, solo que más grande que los otros y reforzado con una serie de barras y palancas. Pintado en negro con plantilla y pintura en espray se leía: *SOLO PERSONAL DTRA*.

—¿Qué significa DTRA? —preguntó Teacake.

—Vamos a verlo.

Naomi sacó su móvil para buscarlo en Google.

—No tengo cobertura.

—No me digas.

Teacake se quedó pensando. Miró la puerta, que parecía más bien una escotilla de submarino, cruzada por un complicado entramado de listones de hierro unidos por las esquinas y, en el centro, una gruesa palanca negra. Tirabas de la palanca, se accionaba el mecanismo de los listones y la puerta se abría.

—¿Quieres seguir? —le preguntó Naomi.

—Me gustaría saber qué significan esas siglas.

—A mí también.

—Tengo la sensación de que, si lo supiera, me picaría aún más la curiosidad.

—¿Y si significan «Dosis Tóxica de Radiación, Animal»?

—Sí, eso sería supergracioso —contestó Teacake.

—Si quieres que volvamos a subir, por mí no hay problema.

Sí, claro. Ni hablar. Teacake fue a agarrar la palanca, pero Naomi le agarró del brazo y le miró a los ojos.

—Lo digo en serio.

Él la miró y se lo pensó una milésima de segundo o dos, pero había que reconocer que estaba saliendo todo a pedir de boca, ¿o no? Se aproximaba el momento beso, tenía que haber un momento beso o por lo menos un momento de agarrarse de las manos del susto, y ¿acaso esos momentos con mujeres como Naomi crecían en los árboles?, se preguntaba Teacake. En el yermo pedregoso que había sido su vida amorosa, desde luego no. Allí las semillas del amor no tenían agarre desde… ¡Uf!, desde tiempos del instituto.

No, no pensaba volver a subir. Iban a llegar hasta el final.

Mover la palanca fue mucho más fácil de lo que pensaba: el mecanismo de apertura de la puerta era una maravilla de la ingeniería. Bastaba con tirar un poquito del mango negro para que el resto de las piezas se pusieran en acción, tirando las unas de las otras con la fuerza justa y el ángulo preciso. Gracias a la altísima calidad de la aleación, el metal de la puerta no había sucumbido a la herrumbre a pesar de la humedad ambiente y de llevar décadas en desuso. Las múltiples piezas móviles comenzaron a tocar su sinfonía, y ocho cerraduras de seguridad se desencajaron de las ranuras metálicas del marco en las que llevaban insertas treinta años. Teacake empujó la puerta y esta se abrió.

Algo salió de golpe y chocó contra ellos, pero no era ni mucho menos tan horrible como lo que habían imaginado. Solo era aire frío. Fresco, más bien, a unos doce grados. La bajada les había hecho sudar de lo lindo, y aquella bofetada de aire frío los espabiló de golpe.

Lo segundo que notaron, después del frío, fue el ruido: un susurro justo encima de sus cabezas, como agua corriendo por una cañería. Teacake apuntó con la linterna hacia arriba y vio que, en efecto, se hallaban debajo de una docena de tuberías adosadas en paralelo al techo del túnel subterráneo. Por ellas circulaba el agua con fuerza. El techo era bajo y, al estirar el brazo para tocarlas, Teacake se mojó la mano. Las cañerías rezumaban.

Naomi le miró.

—¿Caliente?

—Fría. Helada.

—No se oye ninguna bomba.

Teacake se miró la mano húmeda.

—Pues están mojadas. Debe de haber mucha humedad aquí abajo.

—La hay, lo noto.

—¿Por qué habrá tanta humedad? —preguntó él.

—¿Me dejas? —Se refería a la linterna.

Teacake se la pasó y Naomi alumbró a su alrededor. Estaban en otro largo túnel, un gigantesco pasadizo subterráneo recubierto de cemento. Miró las tuberías en las que resonaba el agua.

—¿De dónde viene tanta agua? —preguntó—. ¿De un manantial subterráneo?

—Supongo que sí.

Al fondo del corredor oyeron un sonido conocido.

BIP.

Otra vez aquel dichoso pitido, acompañado por un punto de luz blanca, una luz superbrillante que parpadeaba a unos veinte metros de distancia.

Naomi miró a Teacake.

—Tío, estamos muy cerca.

BIP.

Él volvió a empuñar la linterna.

—Yo la llevo.

Echó a andar por el pasadizo, alumbrando delante de él y siguiendo la dirección de las tuberías. Naomi iba pisándole los talones. El pitido sonaba cada vez más fuerte y la luz brillaba más a medida que se acercaban. Un poco más adelante distinguieron la silueta de varias puertas. El pasillo en el que se hallaban no era únicamente un largo túnel: parecía formar parte de todo un complejo de almacenamiento. Había una docena de puertas a cada lado del corredor, todas ellas de acero reforzado y provistas, al igual que la de entrada, de complicados mecanismos de cierre. Al lado de cada puerta había paneles y sensores, pero estaban todos desactivados.

Dos de las puertas estaban abiertas de par en par, pero al echar un vistazo con la linterna vieron que las habitaciones de toscos muros de cemento a las que daban acceso estaban vacías. Quizá hubiera algo más en ellas, pero a Teacake no le apetecía entrar, ni desviar la luz de la linterna para examinarlas más atentamente. Tenía un plan, un plan muy claro, tanto a corto como a largo plazo: alumbrar el camino, seguir en línea recta, averiguar qué narices era aquel pitido, volver a subir a toda pastilla, pedirle a Naomi su número y dar por finiquitada la noche.

De momento, las fases uno y dos de su plan iban bien. El pitido se oía cada vez más alto y la luz intermitente brillaba más. Pero, al aproximarse al lugar de donde procedía el sonido, la fase tres empezó a complicarse. Se pararon al llegar a la última puerta a la derecha, donde había un panel vertical parecido al de arriba, pero más detallado, que parecía representar la sala que había al otro lado de la puerta. Los sensores e indicadores estaban desactivados, pero había uno que todavía funcionaba y estaba encendido: Alarma Termistor NTC.

Teacake miró hacia arriba. El ruido del agua corriendo por las tuberías metálicas sonaba aún más fuerte en aquel extremo del corredor. Alumbró el techo y vio que las cañerías torcían a la derecha justo encima de ellos y entraban en aquella sala a través de una docena de orificios abiertos con ese fin en el grueso muro de cemento.

BIP.

Solo quedaba una puerta. Teacake y Naomi se miraron. ¿Abrir o no abrir?

Ella fue la primera en hablar.

—No, por mí nos vamos.

—Lo mismo digo.

Se dieron la vuelta casi al mismo tiempo, como un par de nadadores sincronizados. Ya estaba bien. Aunque Teacake tenía que reconocer que había sido divertido, la verdad es que había pensado que iba a ocurrir algo horrible, pero, mira tú por dónde por una vez no había pasado, y aunque seguían sin saber qué se estaba descongelando, ya habían averiguado bastante, los dos estaban vivos y él iba a sacar de aquello un número de teléfono, eso estaba claro.

Fue entonces cuando oyeron el chillido. En realidad habían estado oyéndolo todo el tiempo, pero no se dieron cuenta hasta que estuvieron de espaldas a la puerta. Era el chillido de un animal. O de muchos. Teacake giró bruscamente la linterna y la luz cayó sobre una bola de pelo que había en el suelo, aproximadamente a un metro detrás de ellos.

Al principio les pareció solo eso, un montoncillo de lana o de pelo de algún animal, pero aquella cosa se movía, reptaba por el suelo. Se acercaron con cautela, instintivamente, y el foco de la linterna se fue haciendo más pequeño y brillante al acercarse al objeto. Había mucho movimiento allí: el centro estaba casi quieto, pero a su alrededor, por todo el borde, había formas irregulares que se movían autónomamente, estirándose y emitiendo chasquidos.

Eran cabezas de rata. Había una docena, dispuestas en círculo en torno a un amasijo informe de cartílago viscoso. Era como una ilusión óptica: imposible descubrir de un solo vistazo qué demonios era aquella cosa.

Era una rata. Era una rata, pero también era una docena de ratas fundidas en un solo cuerpo por la cola, que chillaban, gruñían y se lanzaban mordiscos entre sí. Dos o tres cabezas estaban inmóviles, devoradas por sus vecinas. La sangre goteaba de los dientes de las ratas y les brotaba de las orejas arrancadas. Un extraño engrudo verdoso, parecido a la pus, mantenía unidas las colas de los roedores enloquecidos.

Teacake expresó sus sentimientos.

—¡JODER!

Naomi sentía asco, pero también estaba fascinada.

—Es un rey de las ratas.

—¡¿Un qué?!

—Un rey de las ratas. Es… Bueno, eso —dijo, señalando con la mano aquella cosa horrible, cuya imagen era mucho más elocuente que cualquier descripción—. Escribieron sobre eso en la Edad Media, durante la peste negra. La gente pensaba que era un mal augurio.

—¡Pero cómo no va a ser de mal augurio, joder! ¡Si lo llaman rey de las ratas!

Naomi se inclinó para verlo más de cerca. Poseía una especie de desapego intelectual. Iba a ser una buena veterinaria si alguna vez conseguía sacarse la carrera. Era capaz de mirar de frente el dolor y la deformidad y ver solo su lado clínico, no el emocional.

Teacake no tenía lado clínico: era todo sentimiento, y estaba asustado, así que mantuvo las distancias.

—¿Cómo acaban así?

—Nadie lo sabe con seguridad. Se les enredan las colas y se les pegan. Por la resina de los pinos o algo así.

Naomi miró a su alrededor y cogió una larga varilla de metal que había tirada en el suelo, allí cerca. Tocó con ella el amasijo de colas enredadas.

—Antes, cuando aparecía uno de estos, lo conservaban y lo guardaban en un museo.

—Ya, bueno, pero ese no está muerto, así que ¿te importaría retirarte, por favor?

—¿Qué crees que van a hacer? ¿Subirme por la pierna? Ni siquiera pueden moverse.

Se acercó, encendió de nuevo la linterna del móvil y alumbró las colas apelmazas. Desde aquella distancia, vio que las colas sonrosadas de las ratas estaban recubiertas por una excrecencia de color verde lima.

—Eso no es resina —dijo, inclinándose un poco más—. Es… una especie de moho mucilaginoso.

—¿Ah, sí? Genial. —Teacake miró alrededor—. Me parece que es hora de largarse.

Pero Naomi se inclinó un poco más hacia al revoltijo de ratas, que chillaron y se retorcieron, no se sabía si tratando de tirarse a ella o de escapar.

—Eh, creo que se están cabreando —dijo Teacake.

Naomi inspeccionó la maraña de colas a la luz del móvil.

—No, es un moho mucilaginoso, no tiene espuma. Y parece que… se mueve un poco. Como un hongo supurante, pero, Dios, es mucho hongo.

Teacake se acercó un poquitín y apuntó con la linterna el amasijo pululante. Al mover la luz para verlo desde otra perspectiva, notó que aquella excrecencia micótica no estaba solo en las colas de las ratas: había también una fina capa que atravesaba un lado del rey de las ratas, cubriendo por completo a dos o tres de los animales enredados, y llegaba hasta el suelo. Un reguero verde y zigzagueante conducía de los roedores a la pared. Teacake levantó la linterna y siguió el rastro por la pared, por donde subía —o bajaba— y llevaba luego hasta el borde de la puerta de la habitación sellada siguiendo una ranura entre las losas de cemento.

Se acercó y comprobó que el reguero verde de materia micótica se introducía por la rendija de una de las cerraduras y desaparecía en el interior de la habitación. A esa distancia, sintió que algo emanaba de la puerta.

Calor.

Muy despacio, acercó la mano y la apoyó sobre el metal.

BIP.

Al oír el pitido, dio un respingo y retiró bruscamente la mano de la puerta. Estaba a escasos centímetros de la alarma del termistor, y el pitido le había sonado casi en la oreja. Gritó, sorprendido.

Naomi levantó la mirada.

—¿Qué pasa?

—La puerta está caliente. O sea, muy caliente. Y esta porquería verde sale de esa habitación, y hay un puto rey de las ratas, y la curiosidad será estupenda y todo lo que tú quieres, pero yo me quiero largar de aquí cagando leches.

Naomi se incorporó.

—Yo también.

—Vámonos.

—Pero no podemos dejarlas así —dijo señalando a las ratas.

Él la miró atónito.

—¿Qué quieres? ¿Que nos las llevemos?

—Claro que no. Pero están sufriendo.

—Sí, ya, pues yo no llevo oxicodona encima.

—Puedo hacerlo yo —dijo ella.

Teacake miró la varilla metálica que tenía en la mano.

—¿Hablas en serio?

—¿Quieres dejar sufrir a una docena de animales? ¿Que se mueran de hambre?

—No, preferiría largarme de aquí de una puñetera vez y olvidarme de ellas.

—Espérame en la puerta, enseguida voy.

—Vale. Genial. Eres rara de cojones, pero oye, a mí me da igual, ¿sabes? —dijo Teacake mientras empezaba a alejarse.

—¿Me dejas la linterna?

—Joder, no.

Naomi le miró.

—Quiero decir —dijo Teacake—, eh, que ¿no sería mejor sin luz? Ya sabes, hacerlo y ya está. ¿No tener que mirar esa cosa asquerosa?

140

—Vale, no pasa nada. Tú vete.

Teacake se sintió como un cobarde y un capullo, pero estaba deseando alejarse de allí todo lo posible. En el combate entre sus necesidades en conflicto, el impulso de poner distancia entre su persona, la sala caliente y aquel moho repulsivo venció al primer asalto a su deseo de impresionar a Naomi. Recorrió todo el túnel en treinta segundos y la única vez que echó un vistazo atrás vio a Naomi inclinada sobre el rey de las ratas, mirándolo fascinada. Llegó a la escotilla del final del corredor y salió al espacio a oscuras del que arrancaba el tubo de la escalera vertical.

Nunca se había sentido tan feliz de estar al fondo de un pozo de cemento de noventa metros de profundidad. Cerró casi del todo la puerta, dejando una rendija para ver u oír a Naomi, y esperó. Estaba tardando más de lo que esperaba. Claro que él nunca había tenido que liquidar a una docena de ratas enmarañadas, así que ¿cómo iba a saber cuánto tiempo se tardaba?

Pasados unos minutos, empezó a impacientarse y abrió la puerta para echar un vistazo, pero solo vio el débil resplandor de la linterna del móvil de Naomi, que se acercaba, bamboleándose al ritmo de sus pasos. Al acercarse, ella apagó la luz y él movió su linterna para alumbrarle el camino. Cuando casi había llegado a su lado, la levantó para verla mejor.

—¿No te habrás pringado de esa mierda? —preguntó.

—No.

—¿Seguro?

—Seguro.

Naomi cruzó la escotilla y Teacake la cerró y empujó el grueso mango negro de la palanca para colocarlo en su sitio. El mecanismo de cierre volvió a accionarse: debía de estar encantado de poder abrirse y cerrarse dos veces en diez minutos, después de décadas de inactividad. Selló herméticamente el túnel con un *clanc* tranquilizador.

Teacake iluminó la escalerilla, apuntando la linterna arriba para evaluar la escalada que tenían por delante.

—¿Quieres ir tú primera esta vez o…?

El beso le pilló desprevenido y, si hubiera tenido oportunidad de revivirlo, lo habría hecho de otra forma. Estaba mirando hacia arriba y hablando y de pronto sintió los labios de Naomi en la mejilla, ella le puso la mano en la otra mejilla y le hizo volver suavemente la cara. Luego, se besaron. Bueno, fue ella quien le besó a él, en realidad: un beso dulce y suave, con toda la boca, como es debido. Se terminó antes de que Teacake tuviera tiempo de reaccionar y quizá por eso fue el primer beso perfecto, uno de esos besos que hacen que te sientas vivo y exultante, y con ganas de repetir.

Como no pudo reprimirse, dijo:

—Espera, ¿qué?

Ella sonrió.

—Gracias. Ha sido muy raro, pero mola.

Sin decir nada más, Naomi se apartó de él y empezó a trepar por la escalera.

Teacake sonrió. Hay veces que te lo ponen a huevo.

—Igual que usted, señorita.

Volvió a meterse la linterna en el bolsillo y la siguió. No dejó de sonreír en todo el ascenso, y no le miró el culo ni una sola vez.

DIECISÉIS

En cuanto llegó a la base, Roberto comprendió que, al final, Abigail no había avisado a Gordon Gray. De haberlo hecho, no le habrían parado en la entrada trasera de Andrews, ni le habrían mandado dar la vuelta hasta la puerta principal en Pope. No tendría que haber esperado diez minutos a que los dos zopencos de los guardias de seguridad le hicieran montar en un *jeep* para llevarle a la pista de despegue y, desde luego, el STRATCOM no le habría dejado en manos de la Escuadrilla de Cazas 416, con un nivel de prioridad y un manifiesto de pasajeros que aparecía en todas las pantallas de Omaha.

Gordon habría actuado con rapidez y sigilo, y haría ya un cuarto de hora que Roberto habría despegado en un vuelo programado de la 916.ª Ala de Reabastecimiento Aéreo, como un oficial retirado más que aprovechaba un vuelo gratis para ir a ver a su hijos. Habría llevado una de esas bolsas de deporte viejas en las que los pilotos casi ni se fijan y de las que, desde luego, no dejan constancia en el registro de vuelo. En cambio, iba completamente solo en la cabina de pasajeros de un C-40A: no había, en la fuerza aérea, forma más conspicua y rastreable de volar.

Menuda mierda. Y con el discurso tan bueno que le había endosado a Abigail… Creía que de verdad le había metido el miedo en el cuerpo.

A los seis o siete minutos de despegar, sonó el teléfono en el armario de nogal bruñido que había junto a su sillón de cuero ridículamente cómodo y Roberto contestó.

—Diga.

—¿Identificador, por favor?

—Tenía tantas esperanzas puestas en ti, Abigail.

—¿Puede por favor decirme su identificador?

—Supongo que yo habría hecho lo mismo a tu edad. Pero, en fin, podemos recuperarnos. Lo complica todo un poco, pero lo arreglaremos.

Ella colgó.

Roberto, claro, sabía que iba a colgar: tenía que hacerlo. Solo se estaba divirtiendo un rato a su costa. Tenía que reconocer, a pesar de su cansancio y aunque el destino de todos estuviera en juego, que era agradable volver a sentirse útil. Hasta el momento, la jubilación le había resultado un poco desconcertante. La había anhelado durante años, pero en realidad no estaba preparado para ella. Sabía, en el fondo, que las obras en la casa habían sido una especie de maniobra de distracción. Y ahora hasta eso se había terminado. Después de cuarenta años de movimiento y actividad, conviviendo en forzada pero grata camaradería con un elenco de personajes increíblemente variado y procedente de todos los rincones del globo, no podías pasar de golpe y porrazo a…, en fin, a quedarte sentado en el sillón. Por lo menos, no de la noche a la mañana y sin que ese frenazo súbito te produjera daños severos, al margen de lo cómodo que fuera el sillón. Adoraba a su mujer, consideraba un buen día cualquier día que pasara charlando con ella, pero uno tiene sus costumbres y Roberto Díaz estaba acostumbrado a estar siempre en movimiento.

El teléfono volvió a sonar. Roberto, que todavía lo tenía en la mano, tocó el botón con el pulgar y contestó cuando aún no había acabado de sonar el primer timbrazo. Esta vez, decidió no tocarle las narices.

—Cero-cuatro-siete-cuatro azul índigo.

—Gracias.

—¿*Qué pasó*[2], Abigail? Fui muy preciso en mis instrucciones.

---

[2] En español en el original. (N. del. E.).

—¿Hay algún problema con el transporte? Según mi monitor, ya está sobrevolando Fayetteville.

—No ha avisado a Gordon Gray —dijo Roberto.

—No estaba disponible.

—Claro que no estaba disponible, son las dos de la mañana, nadie esta disponible a estas horas, hasta que lo está. Dio conmigo, así que seguro que podría haber...

—El señor Gray falleció en enero.

Su cerebro procesó aquella aseveración en tres pasos claramente diferenciados. Los dos primeros le eran, por desgracia, muy familiares porque se habían repetido a menudo esos últimos diez años. El paso uno consistía en absorber la información. Gordon Gray había muerto. El hombre que en cierta ocasión se negó a cruzar un piquete a la puerta de un casino por motivos morales había fallecido. «Gordon», le dijo Roberto aquella vez, «estás borracho como una cuba, te estás jugando el dinero del alquiler, acabas de romperle la nariz a un tipo porque te ha pisado y estás en Las Vegas. ¿Me puedes explicar por qué ahora te plantas con ese tema?».

Gordon se limitó a encogerse de hombros con una sonrisa. «Estoy lleno de contradicciones».

Tenía miles de recuerdos más, la mayoría mucho menos gratos, pero le gustaba recordar así a Gordon, como un manojo de rasgos de carácter dispares que, en conjunto, resultaban divertidísimos. Ahora, esa peculiar combinación molecular de alma y locura había dejado de existir. Cuando Roberto olvidara aquel momento enternecedor en Las Vegas, desaparecería para siempre en el éter. Nunca habría ocurrido. Ese era el paso uno: el súbito y vertiginoso vacío que producía la muerte.

El paso dos, la compasión, llegó enseguida. Le entristecía el agujero que la muerte de Gordon tenía que haber dejado en su familia, en su círculo de amigos, en sus compañeros y compañeras de armas. Ahora, Roberto tenía varias personas a las que consolar aunque fuera a destiempo, unas cuantas llamadas que hacer.

Y eso fue lo que desencadenó el paso tres, que era un pensamiento enteramente novedoso, una idea que no se le había ocurrido nunca antes al enterarse de la muerte de un amigo: tuvo la horrible sensación de que acababa de entrar en una nueva fase de proximidad con la muerte. Porque nadie lo había telefoneado para decirle «Gordon ha muerto». Cuando eres joven, la reacción es «¡Ostras! Fulanito se ha muerto, ¿te lo puedes creer?». Luego envejeces y empiezas a echar un vistazo a las necrológicas para ver si viene el nombre de algún conocido, pero esa fase no te pilla por sorpresa porque todas las personas de edad madura que conoces te cuentan que hacen lo mismo. Después, cuando envejeces aún más, comienza la triste letanía de llamadas telefónicas, a medida que el francotirador de la naturaleza va quitando de en medio a amigos y familiares, uno por uno. Te compras un traje para los entierros y luego un par de corbatas distintas, para no ir vestido igual cada vez. Te acostumbras a todo eso.

Esto, en cambio… Esto era nuevo. A sus sesenta y ocho años, Roberto había llegado a la edad en que, cuando alguien se moría, nadie te llamaba, no porque no les importara, sino porque es Demasiado Deprimente.

Una novedad absoluta.

Pero eso no se lo dijo a Abigail. A ella le dijo:

—Entiendo.

—En enero —repitió ella.

—¿A quién ha llamado entonces?

Contestó una voz de hombre en su lugar.

—Gracias, Belvoir, ya puede colgar.

Roberto se maldijo por haber creído que estaban solos. Solo llevaba unos años fuera del oficio y ya se le habían embotado los sentidos. Se oyó un suave chasquido cuando colgó Abigail, y Roberto oyó respirar al coronel al otro lado de la línea.

—Hola, Roberto.

—Hola, Jerabek, ¿qué tal ese sarpullido?

—Tu mujer me dijo que me pusiera una crema y ya va mejor.

¿Por qué se hablaban así los hombres? ¿Por qué no quedaban sin más para partirse la cara, hasta que se sintieran mejor?

Jerabek, que parecía disfrutar del cambio de papeles, continuó

146

hablando. Al jubilarse Roberto, el coronel había ascendido y ahora le miraba desde esa posición de superioridad.

—Creía que habías solucionado este asunto hace treinta años.

—Por lo visto, no del todo —repuso Roberto.

—A mí esto me suena a termistor averiado.

—Sería bonito pensarlo.

—Voy a serte sincero, Roberto. Vas en ese avión por respeto a Gordon Gray. Única y exclusivamente.

Otra vez, ¿por qué coño no le había llamado nadie para decirle que había muerto Gordon? La gente tenía muy mala idea.

—Valoración del grado de riesgo y un informe escueto. Es lo que quiero. Lo único que quiero. ¿Entendido?

—Entendido —respondió Roberto—. Oye, ¿tienes el número de móvil de Loeffler?

—Mira, Roberto, sé que dices eso para irritarme y lo entiendo. Yo haría lo mismo. Me gusta ese toma y daca que nos traemos tú y yo. Pero ahora estoy hablando en serio. Esto hay que zanjarlo rápidamente y con el menor ruido posible. Evalúa el riesgo e informa. Nada de salirse del reglamento.

—Phil, te estoy tomando el pelo. Seguramente no es nada. Echo un vistazo y me vuelvo a casa. Y, ah, por cierto, de nada. Ya no estoy precisamente de guardia.

Jerabek dudó un momento, tratando de decidir si se fiaba de él o no, y optó por ambas cosas.

—Lo sé. Gracias por ponerte a nuestra disposición.

—Seguramente deberías borrar mi nombre de ese expediente.

—Lo haré. Mantenme informado.

La llamada se cortó. Roberto siguió con el teléfono en la mano un momento, pensando. Al mirar por la ventanilla vio las luces de Charlotte allá abajo, a su derecha. Un termistor averiado, y un cuerno.

Que le dieran por culo a Jerabek. No pensaba respetar el reglamento.

En menos de dos horas aterrizaría en Kansas. Tenía el tiempo justo, pero, si Trini respondía, aún había una posibilidad. El truco estaba en codificar la llamada, y eso no podía hacerlo con el teléfono del avión. Abrió su bolsa, sacó el MacBook Air que le había regalado su hijo Alexander por Navidad (demasiado caro, hace que todo el mundo se sienta incómodo, modérate, Alexander) y lo encendió. La conexión wifi del avión no era del todo mala y entró en Tor2web sin toparse con un cortafuegos del Departamento de Defensa, primer golpe de suerte. JonDonym y los otros dos o tres redireccionadores .onion que conocía habían dejado de funcionar. En la red oscura las corrientes se movían a toda prisa, y no le sorprendió ver que ya estaba desfasado. Estaba intentando decidir qué hacía cuando notó que algo vibraba dentro de su bolsillo.

Era el teléfono satélite, el que había sacado de la caja fuerte de la cocina. Miró la pantalla y no reconoció el número. Dedujo quién le estaba llamando.

—¿Abigail?

—Puedo hablar dos minutos.

Era ella, en efecto. Roberto se llevó una alegría.

—Creo que se ha equivocado de número —contestó él, y colgó.

Era casi seguro que el teléfono satélite estuviera vigilado. Tocó un par de teclas del portátil, accedió a una página DeepBeep de la que se fiaba —menos mal que todavía quedaba alguna— y pinchó el primer número con al menos diez nodos de cifrado que vio pasar. Volvió a llamar a Abigail y ella contestó al primer pitido de la línea.

—Estoy hablando por mi móvil privado en el aseo de señoras.

Roberto oyó el eco de su voz en las paredes de azulejos.

—Deduzco que ha leído mi libro blanco.

—Sí —contestó ella.

—Y lo ha creído.

—¿Qué necesita que…? —Se interrumpió, y Roberto oyó que la puerta del baño se abría. Había entrado alguien.

—Muy bien —dijo—, yo hablo, usted preste atención. El wifi del avión no es lo suficientemente seguro para hacer las llamadas que tengo que hacer, ni siquiera con el cifrado, así que va a tener que hacerlas usted en mi lugar. Busque una excusa para salir de ahí enseguida, vaya a comprar un teléfono de tarjeta y llame a una exagente llamada Trini Romano. Le repetiré ese nombre antes de colgar. Cuando conteste, dígale «Margo está resfriada».

—¿Margo está resfriada? Cuánto lo siento —dijo ella con voz tensa: seguía sin estar sola en el aseo.

—Eso es. Dígale lo que sabe, ella la ayudará con la lista. Hasta con el número siete. Especialmente con el número siete. Tenemos menos de dos horas, así que tendrá que darse prisa. —Oyó sonar una cisterna de fondo—. Mándeme el número del móvil de tarjeta en un mensaje de texto a través de un Mixmaster y la llamaré cuando aterrice.

Oyó correr agua. Alguien se estaba lavando las manos.

Abigail suspiró.

—Lo entiendo, mamá. Pero es que me parece un poco pronto después de la operación de rodilla.

Roberto sonrió. Era bastante buena, a fin de cuentas.

—Me muero por saber por qué ha decidido creerme, pero eso puede esperar. De todos modos no importa, supongo.

Oyó que la puerta del aseo se abría y volvía a cerrarse.

El tono de Abigail cambió.

—¿Es tan grave como escribió usted en su informe?

—Sí, tanto. Y ninguna de las personas que lo entiende ocupan puestos de responsabilidad. Jerabek no va a irse a la cama, estará alerta y no será de ninguna ayuda. Pero, lo crea o no, no es la primera vez que hago estas cosas.

—¿Incluido el punto siete?

Roberto no contestó.

—Trini Romano —dijo.

Y colgó.

DIECISIETE

Teacake se enamoró por primera vez a los catorce años. Patti Wisniewski tenía diecisiete y en realidad él nunca tuvo ninguna oportunidad con ella, pero empezó a relacionarse con las chicas mayores en el primer año de instituto gracias a su impulso sexual arrollador. Como cualquier chaval de catorce años, Teacake tenía erecciones poderosas y seguía a su polla allí donde le llevaba. Un día le condujo a las audiciones para la función teatral del instituto, nada menos. Era lo último que a un gañán como él le habría interesado en circunstancias normales, pero tenía sus motivos para estar allí. El instituto en pleno tenía que asistir a la representación del musical de otoño, y Teacake tendría que haber estado ciego para no fijarse en que había un porcentaje extraordinariamente elevado de chicas atractivas sobre el escenario, casi todas ellas rodeadas por pringados. Tres semanas después, se presentó a las pruebas para la nueva obra.

Como era un chico y estaba vivo, le seleccionaron inmediatamente. Era una obra cutre acerca de unas cuantas actrices que se pasan la vida sentadas en un apartamento de Nueva York esperando su gran oportunidad. Teacake casi ni se aprendió el título entonces y menos aún lo recordaba ahora. Él hacía de Frank el Mayordomo y tenía dos frases, exactamente:

«¿Quiere que llame a un taxi, señorita Louise?».

Y, en el segundo acto, este giro inesperado: «El taxi está esperando, señorita Louise».

Una noche se lio y cambió el orden, lo que debería haber parado en seco la obra, pero nadie lo notó. De todos modos, hablaba demasiado bajo. En las otras dos funciones, consiguió decir ambas frases en el momento adecuado y sin reírse.

Pero su verdadero logro fue conseguir que le admitiesen en el paraíso de sexo y drogas de las chicas de diecisiete años. Era bastante mono para su edad y lo suficientemente listo como para espiar a su hermano mayor, aplicar la oreja y saber qué decir y qué no, y las mayores le acogieron bajo su ala como una especie de mascota. Aún no se había desarrollado del todo, de modo que su sexualidad no era especialmente amenazadora, lo que le permitía tener acceso a mujeres mayores que él. Se lo curró como nunca y en la fiesta del elenco, la noche del estreno, Patti Wisniewski le hizo una paja por piedad en el cuarto de baño de la casa del padrastro de Kres Peckham. La pena era que estaba tan borracho que no se acordaba de nada.

Ese era el problema, de hecho. Que, si alguien le hubiera preguntado, le habría costado recordar un solo encuentro sexual o romántico en el instituto que no tuviera como combustible el alcohol o las drogas. Empezó a fumar maría en séptimo, como la mayoría de la gente que conocía, pero eso era algo que hacías con tus colegas, cuando no te importaba quedar como un idiota. Con las mujeres lo interesante era emborracharse. La coca tampoco estaba mal si podías conseguirla, pero para eso había que pagar un precio muy alto y desagradable: relacionarte con algún gilipollas de veintitantos años que daba un poco de miedo, birlar dinero de la caja registradora en el trabajo, o mangárselo a los padres de algún amiguete. Demasiado lío. El crack era más barato, claro, pero no hacía falta ser un genio para darse cuenta de que fumar esa mierda no conducía a nada bueno. Y, además, esos colocones no tenían nada que ver con correrse: perdías el interés por el sexo casi inmediatamente.

Su vida amorosa siguió casi la misma tónica después del instituto, cuando se puso a trabajar en lo del asfalto. Para entonces sus padres ya se habían separado y su padre disfrutaba de una relación íntima con la priva. Siempre había bebido mucho su viejo, pero Teacake no le daba importancia porque por allí todo el mundo bebía más de la cuenta. Atchison era deprimente de cojones en invierno, la cara oculta de la luna, no había nada que hacer aparte de pillarse un pedo y luego, claro, no ibas a dejarlo en primavera y verano. Como mucho, las borracheras de su padre eran un poco más alegres a medida que mejoraba el tiempo, y al menos con la excusa de celebrarlo podía disimular un poco.

A Teacake no le molestaba. Si él hubiera sido su padre, también se habría agarrado una cogorza cada noche. El tipo era un perdedor con una serie de trabajos de mierda de los que siempre acababan despidiéndole, un cornudo que no había conseguido conservar a su esposa y que tenía que cargar con un hijo al que no tenía nada que decirle. Solo compartían algo parecido a un momento de intimidad cuando, estando todavía medio pedo, se topaba por casualidad con un maratón de *Los tres chiflados* en la tele y le gritaba a Teacake desde la planta de abajo: «¡Baja a ver esto conmigo! ¡Me encantan estos mamones!».

Procuraban cruzarse lo menos posible y casi siempre lo conseguían. Los dos le daban al frasco. Un montón.

¿Y para qué iba uno a mantenerse sobrio? Atchison había sido un sitio bonito antes, pero ahora era el típico pueblucho con la calle mayor desierta y un treinta por ciento de paro. La mayoría de la población veía la embriaguez, de una especie u otra, como un mecanismo de supervivencia legítimo. Y no se equivocaban. Funciona. Al menos a corto plazo.

Unos meses después de acabar el instituto, Teacake alquiló una casa con un colega. Se las arreglaba casi siempre para pagar su parte del alquiler con distintos trabajillos y, aparte de eso, se embolingaba. No salía con ninguna chica. Se enrolló con algunas, pero siempre estando borracho. Al año y medio de graduarse lo llevaron al juzgado por cogerse un pedo, montar un escándalo público y resistirse a la autoridad, y fue entonces cuando el juez le dio a elegir entre ir a la cárcel y enrolarse en el ejército. Teacake contestó: «Hola, sargento instructor». Aunque, dado que escogió la Marina, fue más bien «Hola, comandante de reclutamiento».

Después pasó dos años yendo de puerto en puerto, en el extranjero, donde había un número sorprendente de mujeres y oportunidades.

Las periodistas, en concreto, estaban siempre por la labor, pero les gustaba incluso más que a él ponerse hasta el culo de alcohol.

Ahora Teacake tenía veinticuatro años. Una década de historial amoroso que era una nebulosa, una neblina, una ráfaga de sensaciones embotadas y recuerdos confusos.

Y luego esto. 15 de marzo, 2:26 de la madrugada, al fondo de un pozo de cemento de noventa metros de profundidad. Era el momento y el lugar, era la hora.

Era la primera vez que Travis Meacham besaba a una mujer estando sobrio.

Y había mucho que decir en favor de esa experiencia.

Para Naomi, el beso fue un impulso momentáneo que llevaba varias horas gestándose. Esa noche había llegado al trabajo con un humor de perros, atascada en la bruma de la rabia y la desesperación, tal y como se había despertado esa tarde. Había tenido turno la noche anterior, cosa rara porque casi nunca trabajaba dos días seguidos, y aunque eso equivalía a más dinero, también le restaba horas de sueño. Cuando hacía el turno de noche, llegaba a casa, preparaba a Sarah y la llevaba al colegio y, con un poco de suerte, podía estar en la cama a las ocho y media. O sea que dormía unas cinco horas y media, porque a las tres menos diez tenía que ir a recoger a Sarah. Eso, los días que ella no tenía clase. El año anterior habría podido dejar a Sarah en las meriendas del cole y no pasar a recogerla hasta las cuatro y media (¡un lujazo!), pero el colegio había perdido su subvención federal a finales del curso anterior y ahora las meriendas del cole se llamaban «Oportunidades de ampliación del aprendizaje» y las impartía una empresa privada que cobraba cuarenta dólares por sesión, o sea, la mitad de lo que cobraba Naomi al día después de pagar impuestos. No le salía a cuenta. Para eso, más valía no hacer ningún trabajo extra.

El caso es que hoy se había levantado a las dos de la tarde, muy cansada, y lo último que le hacía falta era caer en uno de esos accesos de tristeza que la atormentaban desde hacía unos años. Pero en cuanto abrió los ojos se dio cuenta de que el Perro Negro había vuelto. Así era como llamaba para sus adentros a la depresión que se apoderaba de ella cada cierto tiempo, y no se trataba precisamente de un simpático labrador. Era un chucho sarnoso esquelético, todo huesos y dientes, y cuando llegaba, Naomi lo veía salir del bosque y acercarse renqueando, con la lengua colgando a un lado y los ojos amarillos fijos en ella.

El Perro Negro solía quedarse, de media, tres o cuatro días. A veces había un día de falsa esperanza entremedias, un día en que se sentía a gusto y se convencía de que el chucho había vuelto al bosque primordial en el que moraba. Pero no, solo se había escondido para confundirla y despistarla, y al día siguiente volvía para rematar su ataque y hundirla en la desesperación. Ella sabía que se ponía insoportable durante esos periodos, pero no le importaba. De todos modos era culpa de los demás, no suya: eran ellos quienes habían llamado al perro desde el principio. Cómo lo habían hecho exactamente, no lo sabía, pero no andaba sobrada de racionalidad cuando caía en uno de esos arrebatos. Pasados unos años, aprendió que lo mejor durante esos días era mantenerse alejada de los demás en la medida de lo posible, esconderse en su habitación, cerrar la puerta y acurrucarse en la cama.

«Si no puedes aportar nada agradable», solía decirle su madre cuando era pequeña, «tienes que irte a otra parte y dejarnos en paz».

Eso fue antes de que su madre decidiera que la que no podía aportar nada agradable era ella y se largara para siempre.

De modo que el Perro Negro había seguido a Naomi hasta el trabajo esa noche y se había quedado merodeando por allí hasta que había empezado a hablar con Teacake. Eso nunca le había pasado: ninguna persona había conseguido nunca disipar la negrura. Ni una ni cincuenta. Pero Teacake sí. Naomi lo había intuido nada más empezar a hablar con él en el muelle de carga. Le había acompañado a investigar lo del pitido en parte porque tenía curiosidad y en parte porque se sentía mejor estando con él. El Perro Negro de su mente se había escabullido, había vuelto a meterse entre los árboles y se había internado poco a poco en el bosque a medida que ella hablaba con Teacake. ¿Por qué? Teacake no era sexualmente irresistible, ni especialmente listo, y además era, dicho sin tapujos, un expresidiario.

Pero la hacía reír y mantenía el perro a raya. Poseía ese don misterioso, y Naomi quería quedarse a su lado, al menos por esa noche, para ver si era real.

Así que sí, un beso es solo un beso, pero este tuvo importancia para los dos. Se había abierto un nuevo camino. Y los dos esperaban más.

Salieron del tubo de la escalera por la alcantarilla abierta del SS-1. Iban riéndose, eufóricos por su roce con lo inaudito. No pararon de hablar mientras subían a toda prisa, emocionados. El siguiente paso, obviamente, era llamar a Griffin. Estaban dispuestos a reconocer que habían roto la pared porque habían encontrado algo y había un problema de verdad allá abajo que seguramente iba a requerir la intervención de la policía, la dirección de la empresa y Dios sabía qué más. Quizá incluso les premiasen por haber descubierto una fuga de gas o una plaga, o alguna otra calamidad en ciernes.

Naomi fue la primera en salir por la alcantarilla. Se giró para dejar sitio a Teacake y se sentó con las piernas cruzadas en el suelo de cemento mientras le esperaba. Enseguida se sacó el teléfono del bolsillo y tecleó las cuatro letras estampadas en la puerta del fondo del tubo. DTRA.

El primer resultado que encontró en Google era una asociación de corredores de *motocross*. Lo descartó al instante, sin pensárselo. Ni siquiera lo dudó durante la fracción de segundo que tardó en saltar al siguiente enlace de la página.

—Agencia de Reducción de Amenazas de la Defensa —leyó en voz alta.

Teacake, que acababa de asomar la cabeza por el agujero, no respondió enseguida, pero Naomi no le habría oído aunque hubiera respondido porque ya estaba abriendo el enlace y echando un vistazo a la página oficial de la DRTA. Encontró titulares tan poco tranquilizadores como *Informe sobre la planta de producción de biotoxinas de Stepnogorsk*, *La Organización Conjunta de Lucha contra Amenazas Sorpresivas del Pentágono se alía con la DTRA* o *Muertes por gas nervioso: dos detenidos, múltiples interrogantes*.

—¡Ostras! —dijo.

—¡Ostras! —contestó él.

Habían dicho lo mismo más o menos al mismo tiempo porque los dos estaban viendo algo inesperado. Naomi, la página web de la DTRA.

Teacake, el ciervo hinchado.

El animal estaba al final del corto pasillo, mirándolos fijamente, lo que en sí mismo no tenía nada sorprendente: eso era lo que hacían los ciervos, se quedaban ahí plantados mirándote y preguntándose cómo habían llegado a esa situación. Pero a aquel ciervo se le movían las entrañas, se veía cada vez que respiraba. O estaba a punto de parir o había comido algo que se resistía a servirle de alimento.

Al verlo, Naomi se levantó despacio, con el teléfono en una mano y el otro brazo extendido hacia el ciervo como diciendo: «Espera, tú no deberías existir».

El ciervo levantó la cabeza y soltó un sonido grotesco, como si tratara de escupir.

Teacake salió de la alcantarilla lentamente y se puso junto a Naomi.

—¿Qué le pasa? —preguntó.

—Está enfermo. Tiene el vientre inflamado.

El ciervo dio un par de pasos hacia ellos, haciendo aún aquel ruido. Teacake cogió la palanca que había usado para abrir la tapa de la alcantarilla.

—No —dijo Naomi.

—Dile que no se acerque.

Ella le miró.

—¿Crees que hablo con los animales?

—Espera un momento —dijo él, y el ciervo volvió a pararse como si le obedeciera.

Teacake se quedó pensando. Vale, había un ciervo enfermo mirándolos fijamente, pero aquel ciervo enfermo estaba en una planta subterránea de almacenaje, había bajado al subsótano 1. Y solo podía haber llegado allí de una manera: en el ascensor.

—¿Cómo coño ha llegado aquí?

El ciervo ladeó la cabeza de repente, como si sintiera una llamada, luego dio media vuelta y volvió trotando hacia la entrada del pasillo. Echó una mirada hacia atrás, volvió a hacer aquel ruido, dobló la esquina tambaleándose un poco —sus pezuñas no estaban hechas para el suelo de cemento— y se perdió de vista. El eco de sus pasos resonó en las paredes del corredor.

Teacake y Naomi se miraron, pero ninguno de los dos dudó. Siguieron al ciervo.

Doblaron la esquina, pero aquel bicho les llevaba ya mucha ventaja. Había echado a trotar y ya estaba doblando la siguiente esquina, al fondo del pasillo. Apretaron el paso. Torcieron otra vez y por fin llegaron al pasillo sin salida del ascensor. El ciervo se dirigía al trote hacia el ascensor.

Teacake y Naomi aminoraron al paso y se acercaron con precaución.

—Eh, ¿qué vamos a hacer cuando lo cojamos? —preguntó él.

—No quiero cogerlo —dijo ella—. Quiero ayudarlo a salir de aquí.

El ciervo llegó a las puertas del ascensor, se detuvo y los miró.

Teacake aflojó más aún el paso.

—No pienso subirme al ascensor con esa cosa.

En ese momento, las puertas del ascensor tintinearon y se abrieron suavemente. El ciervo se volvió como si no le pillara por sorpresa, entró en el ascensor, dio media vuelta hasta quedar frente a ellos y, aunque pareciera mentira, miró los números de las plantas mientras se cerraban las puertas.

Teacake y Naomi lo miraban pasmados.

Él fue el primero en hablar.

—Joder, el puto ciervo acaba de coger el ascensor.

Naomi miró a su alrededor como si viera aquellas paredes por primera vez.

—¿Qué demonios es este sitio?

DIECIOCHO

Pensemos en la nochecita que estaba teniendo el ciervo. Después de que Mike lo rematase en la cuneta de la carretera 16 había pasado por un periodo de negrura del que despertó bruscamente en el maletero de un coche junto a un gato demente al que le faltaba media cara. El *Cordyceps novus*, tras ingeniárselas para llegar inexplicablemente al maletero del coche, había pasado más de ocho horas fermentando dentro del cerebro del animal indefenso. El hongo se había dedicado a reparar los daños causados por las balas y, de paso, a trastocar las conexiones neuronales para alterar la conducta del animal. Expandió la amígdala e inhibió el córtex frontal. Los instintos básicos del ciervo —alimentarse, reproducirse, escapar— quedaron supeditados a un único objetivo: ayudar al hongo a esporular y dispersarse.

El ciervo no tenía mucha imaginación, ni interés en tratar de averiguar cómo un hongo patógeno y mutante conservado en un entorno subterráneo herméticamente sellado había acabado en el maletero de un Chevy Caprice del 96. Aun así, es una pregunta que merece la pena hacerse.

A principios de los años noventa, la muestra de *Cordyceps novus* recogida en Australia y conservada en Atchison estaba sumamente descontenta. Es muy deprimente tener un único imperativo biológico y que ese imperativo se vea frustrado. Pero aunque la temperatura dentro del tanque sellado era de catorce grados bajo cero y el hongo se hallaba casi inerte, catorce bajo cero es una temperatura mucho más benigna que cero absoluto. Y casi inerte no es lo mismo que totalmente inerte.

Sepultado a gran profundidad, en un tubo de muestras sellado y guardado en una caja metida, a su vez, dentro de un cajón hermético, el hongo prosiguió con su pauta de desarrollo consuntivo, si bien más lentamente, habida cuenta de la temperatura y de la inhóspita composición química del propio tubo de acero inoxidable. Abundaban en su composición el manganeso y el aluminio, pero eran casi inservibles para el hongo debido a su falta de reactividad. El tubo era de cromo —un inhibidor del crecimiento para el *Cordyceps novus*— en un 16 por ciento, lo que resultaba desalentador, mientras que el carbono —que era lo que de verdad ansiaba el hongo— solo constituía un 0,15 por ciento de su composición.

El hongo creció, pero muy poco.

Aun así, fue pasando el tiempo y en 2005, tras casi veinte años de esfuerzo constante, había conseguido ocupar y transformar una superficie de unas micras cuadradas dentro del tubo. A través de ese minúsculo orificio, salió al contenedor en el que descansaba el tubo. La espuma de poliuretano en la que estaba encajado el tubo le proporcionó ciertos nutrientes: al menos el poliuretano tenía más de dos grupos hidróxilos reactivos por molécula, y eso le bastaba para alimentarse. Pero solo cuando consiguió perforar el estuche del kit de muestras portátil, a finales de 2014, cobró fuerzas al fin.

Porque el recipiente exterior, el grande, el cajón que Roberto y Trini habían vigilado con tanto cuidado en la trasera del camión veintisiete años antes, era de fibra de carbono.

Un superalimento.

A partir de ese momento, el hongo se halló suelto en la sala sellada, pero la baja temperatura subterránea ralentizaba su crecimiento. Lo ralentizaba, no lo detenía. El poderoso manantial alimentado por la capa freática del río Misuri había ido calentándose, junto con el resto del planeta, desde principios del siglo XXI. La superficie del río aumentó de temperatura, y el manantial también. La temperatura ambiente dentro del subsótano 4 había subido siete grados desde que el hongo se hallaba allí encerrado, y aumentó aún más debido a las reacciones químicas provocadas por el propio hongo, que culminó su conquista de la sala sellada a mediados de verano de 2018.

El hongo perforó el cableado de la pared en otoño de ese año y en noviembre se había extendido por el corredor principal del SS-4. Un invierno excepcionalmente frío retrasó su crecimiento durante una temporada, pero a principios de marzo de ese año, gracias a una ola de calor que batió récords de temperatura, el *Cordyceps novus* consiguió los escasos grados que aún necesitaba para acelerar su maquinaria metabólica. Por primera vez desde su nacimiento en Australia volvió a infectar materia orgánica.

Fue entonces cuando encontró a la cucaracha.

La cucaracha americana tiene varios rasgos evolutivos impresionantes, aparte de su capacidad para sobrevivir a un invierno nuclear. Uno de ellos es que puede vivir sin cabeza hasta una semana. Respira a través de pequeños orificios situados en ambos segmentos de su cuerpo, de modo que incluso cuando el primer híbrido de cucaracha y *Cordyceps novus* quedó decapitado en una refriega con otra docena de cucarachas infectadas que trataban de devorarse entre sí, CCn-1 pudo seguir su camino con implacable determinación.

Porque tenía una meta. Desde el momento de su infestación, CCn-1 tuvo un propósito biológico más poderoso que ninguna otra cucaracha de la historia. Y eso es mucho decir, tratándose de un género de 280 millones de años de antigüedad.

El *Cordyceps novus* estaba muy motivado. Tras más de treinta y dos años de aislamiento había cambiado muy poco, salvo para notar que su entorno era una mierda, en términos de crecimiento. De su primera expansión, en Kiwirrkurra, guardaba un recuerdo epigenético de extrema fertilidad. El primer organismo vivo con el que entró en contacto fue el tío de Enos Namatjira, en el que se introdujo por un arañazo en la piel, debajo de una uña rota de la mano derecha. El calor y la hediondez del interior de un cuerpo humano provocaron una proliferación explosiva.

Además, los seres humanos se movían mucho y, como especie, tenían tendencia a congregarse. Era como si Dios hubiera diseñado expresamente a aquella criaturas para facilitarle la vida al hongo. La conquista absoluta de veintisiete lupanares humanos resultó fácil y rápida. ¡Y qué maravilloso era todo entonces, antes de que lo encerraran en aquella lata de metal! Si hay algo que te proporciona la cárcel es tiempo de sobra para reflexionar y añorar los viejos tiempos.

El *Cordyceps novus* había probado la carne humana y quería más.

Pero primero tenía que salir de allí, y CCn-1 iba a servirle para ese fin. El insecto sin cabeza se desplazó metódicamente arriba y abajo por el suelo del SS-4 durante cuatro días, sorteando al rey de las ratas chillón y caníbal, hasta que por fin logró dar con el extremo del corredor. Allí, al pie de la pared, descubrió la abertura de un tubo de cuatro centímetros de circunferencia tapado con una rejilla metálica. El tubo era obligatorio por ley en cualquier infraestructura subterránea que estuviera a más de quince metros de profundidad, a fin de evitar la acumulación de CO_2 que había matado a tantos mineros en el siglo XIX. Desde el punto de vista de su hermetismo, aquella abertura era una idea pésima, pero el subsótano no había sido diseñado para albergar sustancias tóxicas y el orificio era tan pequeño que el equipo que se encargó de emparedar al hongo treinta y dos años antes no reparó en él.

A CCn-1 le traía sin cuidado qué hacía aquel tubo allí. Solo percibió oxígeno fresco, se metió por él y siguió una curva ascendente por la tubería, que iba empinándose poco a poco hasta alcanzar la vertical.

El insecto siguió trepando.

Dos días después, casi al final de su vida pero a punto de lograr su mayor éxito —y el éxito postrero es, sin duda, el más dulce—, CCn-1 llegó a la rejilla del tubo de ventilación de la planta baja del complejo y salió a la tierra caliente y margosa del exterior, a unos cincuenta metros de la entrada de los trasteros Atchison, una cálida tarde de finales de invierno.

¡Qué prodigio de la naturaleza era aquella cucaracha! No solo había soportado la colonización de un hongo hostil, sino que había sobrevivido a su decapitación y buscado metódicamente y hallado una forma de escapar de una prisión ideada por intelectos muy superiores al suyo. Pero la pequeña CCn-1 no pudo pasar de ahí. Sin cabeza, deshidratada y moribunda, había trepado casi cien metros en vertical y sobre una superficie resbaladiza. Teniendo en cuenta su tamaño, aquella hazaña equivalía, en términos humanos, a escalar el Kilimanjaro de rodillas después de pasar por la guillotina. La cucarachita había realizado quizá la mayor proeza física de la historia de la vida terrestre.

Entonces, un coche aparcó encima de ella.

CCn-1 murió bajo la rueda trasera derecha, con un suave y pringoso *pop*.

El coche era el de Mike, y aquello había sido esa misma tarde, cuando fue a los trasteros Atchison con idea de enterrar al gato y al ciervo que había matado. Mientras Mike subía por la ladera en busca de un sitio adecuado, el *Cordyceps novus* afrontó el último obstáculo de su viaje de treinta y dos años: una goma de neumático de 8 mm de grosor. Pero ya se había enfrentado a algo parecido antes y sabía cómo solucionarlo.

La pátina de Benceno-X que vivía en la superficie del hongo se activó casi de inmediato. Invadió la goma del neumático, la carcomió hasta perforarla y abrió una puerta para que el hongo pasara al aireado interior de la rueda. El *Cordyceps novus* ascendió y el hongo y su endosimbionte replicaron el proceso de perforación de la goma en la parte superior del neumático. Desde allí, recorrieron un cable que conducía al maletero del Chevy Caprice, donde el *Cordyceps novus* descubrió abundante materia orgánica de la que alimentarse en forma de un ciervo muerto y un gato, el Señor Scroggins.

Eso estaba mejor.

DIECINUEVE

—Joder, el puto ciervo acaba de coger el ascensor.

Naomi, que seguía mirando anonadada las puertas cerradas tratando de comprender qué había pasado, ni siquiera miró a Teacake.

—Ya lo has dicho —murmuró.

—En mi opinión vale la pena repetirlo. Joder, el puto ciervo acaba de coger el ascensor.

Naomi miró el teléfono que tenía en la mano derecha. No sabía exactamente a qué se dedicaba la Agencia de Reducción de Amenazas de la Defensa, pero estaba casi segura de que un rey de las ratas y un ciervo capaz de manejar un ascensor eran asuntos que entraban dentro de su competencia. Dio la vuelta al teléfono y se lo enseñó a Teacake.

—Tenemos que llamar aquí.

—Adelante, joder.

—¿Te importaría no decir tantos tacos?

—Perdona —dijo contrito. Por ella, cualquier cosa—. Llámales, por favor.

Naomi bajó hasta donde decía *Contacto*, pulsó el enlace y se abrió un listado de números de teléfono.

—Aquí hay como cien números.

—¿Cuáles?

Naomi fue pasando los números y los departamentos a los que pertenecían.

—Dirección, Subdirección, Departamento de Operaciones, Tecnologías Anti-ADM…

Teacake miró a su alrededor con nerviosismo.

—¿No dice nada de una pringue verde que rezuma por todas partes y de animales enloquecidos?

—¿Centro de Análisis Bioquímico? ¿Programa de Exposición a Radiaciones del Departamento de Justicia?

De pronto oyeron un maullido inhumano procedente del hueco del ascensor que rebotó en las paredes de cemento. Dieron un paso atrás.

—O quizá deberíamos alejarnos unos cuantos kilómetros de este sitio y llamar entonces —dijo Teacake.

—Por mí bien.

Se oyó otro aullido procedente del hueco del ascensor.

—¿Vamos por la escalera? —sugirió Naomi.

—Sígueme.

Teacake la condujo por el pasillo a la carrera, doblaron la primera esquina y llegaron a la puerta cerrada de la escalera. Sacó su llave maestra del llavero extensible (seguía encantándole aquel sonido, al margen de lo que estuviera pasando), abrió la puerta y la cruzaron a toda prisa. Subieron a saltos dos tramos de escalera, llegaron a la planta baja y Teacake abrió la puerta con la llave maestra. Salieron al pasillo blanqueado, llenos de alivio por estar otra vez en superficie. Teacake cogió a Naomi de la mano («Jo, qué piel tan suave tiene, unas manos suaves pero fuertes, se nota, puede que sea de llevar a la niña en brazos, no, qué va, eso lo que fortalece son los brazos, no las manos, ¿por qué tendrá las manos tan fuertes?, pero espera, hombre, concéntrate, que hay que salir de aquí») y la condujo hacia el vestíbulo.

No muy lejos de allí, el ciervo seguía en el ascensor, esperando instrucciones. No es que tuviera capacidad de raciocinio. Tampoco tenía conciencia de sí. Tenía, en cambio, un propósito muy concreto. Y cuando avanzaba hacia el logro de ese propósito, el dolor de su abdomen disminuía. El ciervo no tenía ni la menor idea de por qué era así, pero tampoco entendía nada de lo que había pasado en esas últimas cuarenta y ocho horas.

* * *

Las puertas del ascensor se abrieron al fondo del pasillo de la planta baja de los trasteros Atchison y Teacake y Naomi gritaron a la vez. Habían subido por la escalera precisamente para evitar a aquel ciervo desfigurado y sagaz que parecía saber manejar un ascensor, y ahora lo tenían justo delante.

—¡¿Cómo COÑO…?! —le gritó Teacake al ciervo, que dio tres pasos temblorosos hacia ellos y volvió a hacer aquel carraspeo, como si intentara desalojar una flema.

Teacake y Naomi lo miraron horrorizados. Desde aquella distancia, vieron que tenía varios disparos en la cabeza y uno de los cuartos traseros deformado, como si se lo hubieran aplastado por completo y vuelto a inflar. El vientre del animal parecía hincharse a ojos vistas, y sus extremidades, antes esbeltas, tenían ahora la forma de patas de piano.

Naomi extendió los brazos, uno hacia el ciervo y otro hacia Teacake.

—Espera, espera, espera…

Teacake la miró.

—¿Qué? —preguntó con voz aguda.

—No, no, no…

—¡¿Hablas conmigo o con esa cosa?!

Naomi no estaba segura.

El ciervo dio unos pasos más y ellos, a su vez, retrocedieron y siguieron caminando de espaldas hacia el cruce del pasillo.

Dentro de la cabeza del ciervo se estaba librando una guerra civil. Su instinto natural le gritaba que diera media vuelta y huyera de aquellas temibles criaturas de dos patas, pero un instinto aún más fuerte, uno nuevo que se había apoderado de él recientemente, insistía en lo contrario. Y aquella nueva voz era más alta y firme.

«Avanza», le decía. «Acércate todo lo que puedas, acércate a ellos, acércate, camina, camina, camina. Y luego parará el dolor».

El *Cordyceps novus* sabía lo que quería y no era una cucaracha, ni un gato, ni un ciervo, sino aquellos organismos inteligentes, sociales y extremadamente andariegos que tenía a diez metros de distancia, al fondo del pasillo.

El ciervo siguió avanzando y Teacake y Naomi siguieron retrocediendo hasta llegar a la pared de cemento del final del corredor. Podrían haber dado media vuelta y haber huido en una u otra dirección, pero para eso tendrían que haber apartado la mirada del espectáculo antinatural que estaba desplegándose ante sus ojos, y se sentían incapaces de hacerlo.

El ciervo seguía hinchándose, su cuerpo se agrietaba, crujía y chasqueaba por dentro. Se estaba inflando como un umpa lumpa: faltaban pocos segundos para que le explotaran las tripas. Naomi y Teacake estaban dentro de su radio de salpicadura y no sabían lo cerca que se hallaban de una muerte dolorosa y segura.

Pero, en el último momento, Sarah, la hija de cuatro años de Naomi, intervino y les salvó la vida.

La niña llevaba tres meses obsesionada con *Willy Wonka*. Había visto la película de 1971, a trozos o entera, tantas veces que Naomi ya había perdido la cuenta. Naomi a veces estaba despierta y la veía con su hija. Otras veces estaba dormida y soñaba con ella, o estaba doblando ropa en la otra habitación y el sonido de la película rebotaba en las paredes y dentro de su cabeza. Se sabía todos los diálogos, todas las letras de las canciones, todos los pasajes de memoria, y las partes que mejor se sabía eran las que le daban miedo a Sarah. Las partes en que la niña necesitaba que su mami viniera a sentarse con ella, la cogiera en brazos, le acariciara el pelo y le dijera que era todo de mentira.

A Naomi no le importaba. De hecho, era en aquellos momentos cuando más a gusto estaba con su hija, porque tenía la sensación de que era, más o menos, una buena madre. Las partes de *Willy Wonka* que daban miedo eran de los momentos más apacibles de su vida, lo que, naturalmente, la hacía sentirse culpable. «¿Es que mi hija tiene que pasar miedo y aferrarse a mí como una lapa para que yo esté contenta?». Pues no, pero a veces ayudaba.

Pero lo importante ahora era la secuencia de la película que más asustaba a Sarah: esa en la que Violet Beauregarde robaba el chicle de la comida de tres platos y empezaba a hincharse y a crecer como un arándano gigante. Sarah se tapaba los ojos y gritaba aterrorizada: «¡Va a explotar! ¡Va a explotar! ¡Mamá, va a explotar!».

El ciervo iba a explotar.

Naomi agarró a Teacake del brazo y tiró de él hacia un lado, doblaron la esquina y chocaron contra la pared en el preciso momento en que el cuerpo inflamado del ciervo alcanzaba su punto máximo de expansión. Sería inexacto afirmar que el ciervo reventó, como habían reventado el Señor Scroggins y el tío de Enos Namatjira. Esto fue distinto. El ciervo estaba allí, tan hinchado que casi se había vuelto redondo como Violet Beauregarde, y de pronto desapareció y una espesa capa de hongo verde y espumeante cubrió el techo, el suelo y las paredes del pasillo. En el instante en que aquel engrudo salió volando por los aires, Naomi estaba apretando a Teacake contra la pared, a salvo detrás de la esquina.

Hubo entonces un segundo durante el cual Teacake pudo mirarla a los ojos desde tan cerca sin parecer un obseso, con una mirada de pura gratitud y complicidad. La primera mitad de ese segundo fue emocionante: los ojos de Naomi eran su hogar, el único lugar donde quería estar, y los últimos versos del único poema que se le vinieron a la cabeza.

Una mente en paz con todo,
un corazón con inocente amor.

Luego, sin embargo, llegó el otro medio segundo y su mente ya no estaba en paz, solo sentía pena. Porque sabía que, fuera lo que fuese lo que sentía ella esa noche, al margen de la emoción o el peligro o la euforia del descubrimiento, la mañana llegaría inexorablemente y esos sentimientos se evaporarían, y Naomi se daría cuenta de que no podían estar juntos. Una madre soltera —no, una madre soltera excepcional— no querría, no podía, elegir como pareja a un empleaducho que cobraba el salario mínimo y que además tenía antecedentes penales.

Más concretamente, no querría estar con él. Quererlo sería impropio de ella y Teacake no la respetaría por ello. Le ahorraría el bochorno de tener que decírselo cuando salieran de aquel apuro. Se iría, sin más. Ella no sabría por qué, pero quizá sí se diera cuenta de que le había ahorrado ese momento penoso.

Oyeron abrirse de nuevo las puertas al otro lado de la esquina y un ruido de pasos en el duro suelo de cemento.

¿Y ahora qué? Naomi tiró de Teacake y se miraron el uno al otro, confundidos y alarmados. Escondidos todavía al otro lado de la esquina, guardaron silencio y se comunicaron por signos. Ella arrugó la frente y ladeó la cabeza como preguntando «¿Quién demonios ha venido?» y él levantó las manos y meneó la cabeza rápidamente como si contestara «Y yo qué sé».

Los pasos fueron acercándose. Eran humanos, no había duda, pero a aquellas horas no había ningún otro trabajador en los trasteros y ellos no habían dejado entrar a nadie.

—¿Hola? —llamó Teacake desde el otro lado de la esquina. Intentó que su voz sonara imperiosa, pero se quedó donde estaba, oculto a la vista.

Los pasos se detuvieron y un instante después se reanudaron. Naomi y Teacake oyeron un suave chapoteo cuando los pies del desconocido pisaron el borde de la alfombra húmeda de hongo que había en medio del pasillo y siguieron avanzando hacia ellos.

—¿Quién es? —preguntó Naomi más fuerte.

Los pasos se detuvieron otra vez, pero solo un segundo. Después volvieron a ponerse en marcha, más deprisa, chapoteando entre el hongo. Estaban ya justo al otro lado de la esquina. Teacake y Naomi retrocedieron unos pasos en medio del pasillo y se pararon a una distancia prudencial para poder darse la vuelta y huir si era necesario.

Un hombre dobló la esquina y se detuvo con la vista clavada en ellos.

Naomi tardó un instante en comprender lo raro que era lo que estaba viendo.

—¿Mike?

Él contrajo los labios y enseñó los dientes, lo que no equivalía a una sonrisa pero se le aproximaba hasta cierto punto.

—Hola, cariño.

Teacake los miró a ambos y tres preguntas lógicas cruzaron su mente. Optó por saltarse las dos primeras, que eran más prosaicas —«¿Os conocéis?» y «¿Cómo que "cariño"?»— y pasó directamente a la más enigmática.

—¿Estabas en el ascensor con esa cosa? —le preguntó a Mike.

Mike volvió la cabeza como si acabara de reparar en su presencia.

—Estaba en el ascensor con esa cosa.

Teacake le miró y luego miró a Naomi como diciendo «O sea, que conoces a este rarito». Pero añadió volviéndose a Mike:

—Entonces, ¿has apretado tú los botones?

Mike pestañeó.

—He apretado yo los botones. Un ciervo no puede apretar botones.

Teacake entornó los ojos. Tenía una forma de hablar muy rara aquel tipo, y acababa cada frase con aquel gesto tan raro, con la boca medio abierta, como si intentara sonreír pero se le pegaran los labios a los dientes.

—¿Qué haces tú aquí, Mike? —intervino Naomi—. ¿Y qué demonios le ha pasado a esa cosa?

Señaló la capa de engrudo que Mike acababa de cruzar y luego le miró a él y notó que tenía las mangas de la camisa manchadas de rojo y que le manaba sangre de una serie de cortes largos y desiguales que tenía en ambos brazos.

—¿Y qué te ha pasado en los brazos?

Eran demasiadas preguntas para el poco cerebro que le quedaba a Mike. Se había sentido muy bien fuera, sobre todo al ver el coche de Naomi y darse cuenta de que había otro ser humano por allí cerca. Y no un ser humano cualquiera, sino uno al que conocía y al que podía acercarse. «Y eso es lo que debo hacer, ¿no?», le había preguntado a aquella sensación que notaba dentro de la cabeza. «Debería hacerlo enseguida, ¿verdad?».

«Ya lo creo que sí», le había contestado aquella sensación. El *Cordyceps novus*, tras su fracaso en Australia y su éxito limitado con el Señor Scroggins, había perdido el interés por las alturas como prerrequisito para el contagio y empezaba a ver las ventajas del desplazamiento lateral.

«Sí, acercarte todo lo que puedas y enseguida. Sí, por favor».

Así que Mike se había movido. Tenía confianza en sí mismo y una meta, cosa que no le pasaba desde hacía muchísimo tiempo. La entrada cerrada de los trasteros no le había detenido. Había encontrado una puerta lateral con un panel de cristal, había roto el cristal con una piedra y se había colado dentro. Los cristales rotos no le habían hecho tanto daño al cortarle los brazos y, al aterrizar al otro lado de la puerta y levantarse, se había llevado una alegría al ver al ciervo a través del cristal roto. Estaba al borde del bosque, a unos diez metros de distancia, mirándolo fijamente.

Mike estaba encantado. Llevaba dos días sufriendo por el ciervo y allí estaba, vivito y coleando, y además —no sabía cómo lo sabía, pero lo sabía— estaba de su parte. Le abrió la puerta y el ciervo entró trotando en el edificio. Juntos recorrieron los pasillos de Trasteros Atchison durante veinte minutos, buscando a Naomi sin encontrarla, ni a ella ni a ninguna otra persona. Siguieron avanzando en silencio y tomaron el ascensor para bajar un nivel y seguir su búsqueda. Naomi tenía que estar en alguna parte. Mike y el ciervo tenían el mismo imperativo —encontrar un humano e infectarlo, y repetir el proceso tantas veces como fuera posible hasta morir—, y no pensaban cejar hasta llevarlo a cabo. Aquello, al menos, iba a hacerlo bien.

Fue al llegar al SS-1 y abrirse las puertas del ascensor cuando Mike se quedó helado. Había oído la voz de Naomi al otro lado de la esquina, hablando con Teacake, y el 49 por ciento de su cerebro que aún albergaba sentimientos humanos como la culpa y el remordimiento entró en acción. Se acordó de lo que había hecho, de que había huido y de que tenía una hija a la que le había fallado y, al oír que la voz de Naomi se acercaba, se pegó a la pared del ascensor, junto al panel de control, y rezó por estar en cualquier parte menos allí. La oración es una fuerza psíquica poderosa, más poderosa incluso que el *Cordyceps novus*, o al menos lo fue durante un minuto aproximadamente. Escondido en el ascensor, donde Naomi y Teacake no podían verle, Mike pudo resistirse momentáneamente al impulso de acercarse a ellos.

Cuando el ciervo volvió a entrar en el ascensor y Mike pudo pulsar el botón de cierre, le embargó una oleada de alivio. No tendría que volver a verla, no tendría que afrontar el peso de sus pecados. Luego llegaron a la planta baja y el ciervo —«¡Dios te bendiga, bella e intrépida criatura!»— salió del ascensor y se acercó a los dos humanos, se hinchó e hizo lo posible por cubrirlos de hongo.

Pero falló. Y la rebelión religiosa del cerebro de Mike pereció aplastada bajo el tacón de la bota del *Cordyceps novus*, que ordenó «¡El siguiente!» y empujó a Mike a cumplir con su deber biológico.

Ahora, Naomi esperaba a que contestara a sus preguntas. A alguna de ellas, al menos.

Mike pestañeó sin apartar los ojos de ella.

Teacake seguía esforzándose por entender la situación.

—¿Estás bien, tío? —preguntó, pero Mike se limitó a abrir la boca y a cerrarla otra vez. Teacake miró a Naomi—. ¿Le conoces?

—Sí —contestó ella después de titubear un momento, porque odiaba reconocerlo.

—¿Sí? —Teacake seguía esperando.

—Es el padre de mi hija.

Mike abrió y cerró la boca tres veces chasqueando los dientes.

Teacake encajó la noticia y se volvió hacia Naomi.

—Eh… ¿en serio?

Mike avanzó hacia Naomi.

—Abre la boca.

Ella dio un paso atrás.

—¿Qué?

Teacake se puso delante de ella y extendió el brazo hacia Mike.

—Oye, tío, pero ¿qué dices? ¿Se puede saber qué mosca te ha picado?

Mike abrió la boca de par en par, como si estirara los músculos de la mandíbula, y volvió a chasquear los dientes mirando a Naomi.

—Abre la boca.

171

De todas las cosas desagradables que Naomi había visto y oído esa noche, esa fue probablemente la más desagradable de todas. ¿Cómo era posible que alguna vez hubiera hecho caso a aquel capullo, que hasta hubiera tenido una hija con él? ¿Y por qué ahora movía la tripa adelante y atrás, como un gato intentando expulsar una bola de pelo? ¿Y por qué estiraba el brazo hacia atrás?

Teacake había manejado armas de fuego en el ejército y había pasado bastantes horas en la galería de tiro, pero sobre todo veía muchas películas y sabía que solo había un motivo para hacer aquel gesto, y no era porque de pronto te picase la raja del culo. Mientras Mike metía y sacaba tripa y agarraba con la mano derecha la empuñadura de la pistola del calibre 22 que llevaba metida en la cinturilla de los pantalones, Teacake inspeccionó su entorno. Mike se interponía entre ellos y la salida, pero justo detrás de ellos estaba el corredor abierto que conducía a las unidades 201-249, y al final había otro trecho de pasillo a la derecha. Quizá pudieran ganar algo de tiempo, algunos trasteros tenían cerrojo por dentro y los dos llevaban sus teléfonos móviles, así que tal vez...

Mike intercalaba palabras entre resuello y resuello.

—Abre. —Resuello— La. —Resuello— Boca. —Resuello.

Sacó la pistola, pero Teacake ya había dado media vuelta y había echado a correr tirando de Naomi. El vómito que Mike consiguió sacar por fin de su estómago llegó a casi tres metros de distancia, pero se quedó corto y salpicó el suelo de cemento en el lugar que acababan de desocupar.

Teacake y Naomi doblaron la esquina en el momento en que Mike levantaba el arma y disparaba. El balazo arrancó un trozo de cemento no muy lejos de sus cabezas.

A ninguno de los dos les habían disparado antes. Y no era agradable. Corrieron por el pasillo sin decir nada, pensando solo en huir, y oyeron el grito angustiado y furioso de Mike cuando salió tras ellos. La única salida del edificio estaba en sentido contrario, pero no podían volver sobre sus pasos porque de nuevo se encontrarían con el tipo de la pistola, el vómito y los restos del ciervo. Teacake calculó de cabeza y no le gustó ni pizca la conclusión a la que llegó: aquellos pasillos eran larguísimos y nadie podía correr más rápido que una bala. Él se habría arriesgado si hubiera estado solo, porque ¿qué probabilidad había de que aquel mamarracho pudiera acertar a un blanco móvil mientras corría? Pero no estaba dispuesto a asumir ese riesgo estando en juego la vida de Naomi.

Dobló la siguiente esquina bruscamente y, tirando de Naomi, se detuvo enfrente de la unidad 231-232, un trastero doble de dos metros y medio de ancho por cinco de largo. Sacó la llave maestra, abrió la cerradura y de un tirón levantó un poco la puerta.

Comprendiendo que era su única salida, Naomi se tiró al suelo y rodó bajo la puerta, hacia la oscuridad del otro lado. Teacake no levantó más la puerta; no quería hacerlo por si tenía que cerrarla de golpe y dejar a Naomi dentro, cosa que estaba dispuesto a hacer. Si Mike hubiera doblado ya la esquina, lo habría hecho y se habría enfrentado cuerpo a cuerpo con aquel cabrón, con pistola o sin ella, pero al mirar vio que el pasillo estaba despejado, aunque los alaridos semihumanos de Mike sonaban cada vez más cerca.

Teacake se echó al suelo. Al caer, vio los pies de Mike doblando la esquina, a solo tres metros de distancia, y oyó el restallido de tres disparos y el estruendo de las balas al chocar contra el metal. Vio los pies del revés al rodar bajo la puerta hacia el interior del trastero. Después, los pies aparecieron justo al lado de la puerta y Mike agarró el filo de la puerta para tirar de ella hacia arriba. Teacake comprendió entonces que había calculado mal. Aunque solo fuera por un par de segundos, la había cagado. No podía levantarse y bajar la puerta antes de que Mike consiguiera subirla del todo. Mierda, un plan estupendo, gilipollas. Había llevado a Naomi a un callejón sin salida y estaban acorralados.

Pero ella ya se había levantado, por supuesto. Se había puesto en pie de un salto nada más entrar. Apoyó ambas manos en el tirador central de la puerta —«Te vas a enterar, hijoputa», pensó Teacake— y, empujando con todas sus fuerzas, cerró la puerta tan violentamente que el ruido retumbó en todo el pasillo.

Mike aulló de dolor: el filo de la puerta le había pillado las manos. Naomi levantó la puerta unos centímetros, no por compasión, sino para que sacara sus sucias manos de allí. Mike las apartó y ella volvió a cerrar la puerta de golpe. Teacake, que ya se había levantado, cerró el pestillo de uno de los lados de la puerta y corrió a cerrar el del otro lado.

Se quedaron allí parados unos segundos, a oscuras, respirando agitadamente mientras escuchaban aullar de rabia a Mike en el pasillo. Aporreó el metal con los puños y la puerta se zarandeó. Disparó otras seis veces y, al incrustarse las balas en la fina chapa, aparecieron abolladuras en el interior de la puerta. Le dio varias patadas y a continuación intentó de nuevo abrirla, frenéticamente. La luz de fuera entró un momento cuando consiguió levantar la puerta un centímetro, pero los pestillos de acero de ambos lados no cedieron más terreno.

Teacake fue el primero en hablar, casi sin aliento.

—Así que ese es papá, ¿eh?

—Sí, ya.

De pronto se hizo el silencio al otro lado de la puerta. Esperaron.

Pasado casi un minuto, oyeron alejarse los pasos de Mike. Esperaron otros treinta segundos. Luego, los dos sacaron sus teléfonos y las pantallas iluminaron sus caras.

—Griffin me ha llamado once veces —dijo Teacake al mirar el suyo.

—¿Y de verdad te importa eso ahora? —preguntó ella.

—Sí, es que… necesito conservar este trabajo.

—Ya me lo habías dicho. —Naomi miraba con los ojos entornados su teléfono, en el que seguía abierta la página web de la DTRA—. Aquí hay un número de un sitio llamado Fort Belvoir.

—¿Fort Belvoir? Eso es una base militar.

—¿Llamo ahí? ¿O a la policía?

Oyeron al otro lado de la puerta un leve tamborileo de pasos que se acercaban a toda prisa. Alguien corría derecho hacia ellos. Los pasos se detuvieron bruscamente cuando Mike saltó. Se hizo el silencio durante una fracción de segundo mientras se lanzaba hacia la puerta. Luego, al estrellarse contra ella, la chapa se sacudió violentamente y apareció una ligera abolladura en el interior. Pero la puerta aguantó.

Oyeron desplomarse el cuerpo de Mike sobre el suelo de cemento. Soltó un grito animal de rabia, un alarido que no parecían proceder de cuerdas vocales humanas.

Teacake miró a Naomi.

—Sí. Llama al puto ejército.

VEINTE

Al ver acercarse la pista de aterrizaje, Roberto se estiró una última vez. Había procurado moverse todo lo posible durante el vuelo, pero a los sesenta y ocho años el cuerpo se le agarrotaba mucho más rápidamente que antes, y en lugares sorprendentes. «Espera, ¿me ha dado un tirón en el culo? Pero ¿cómo es posible?». Annie y él hablaban de ello constantemente; habían empezado a hacerse esguinces en los sitios más extraños, o a tener contracturas por hacer cosas que antes eran tan inocuas como incorporarse o abrir un bote de mantequilla de cacahuete. Eso era lo que menos falta le hacía esa noche: que algún pequeño achaque muscular le obligara a aflojar el ritmo y como consecuencia de ello murieran treinta mil personas.

El avión tomó tierra y se dirigió al hangar más alejado, el que en el aeródromo de Leavenworth se reservaba para visitas de dignatarios y emergencias. «Muchísimas gracias otra vez, Jerabek, bonita forma de no llamar la atención». Roberto estaba deseando salir del avión gubernamental, meter su móvil en una bolsa de Faraday para impedir que detectaran la señal y pasar cuatro o cinco horas sin dar noticias. Hasta que aquello estuviera solventado. «Solventado». Esa expresión también se le había pegado en Londres y siempre le había encantado. Solventado. Arreglado, resuelto. Todo puesto en su sitio, sin armar ruido y con eficacia, como un empleado en una oficina. Lo de no armar ruido sería imposible en este caso, pero, si todo salía conforme a sus planes, la solución sería eficaz al máximo. Y permanente. Todo solventado.

Miró por la ventanilla y vio las puertas abiertas del hangar. Las luces de dentro estaban encendidas, pero el hangar parecía estar vacío. Solo se veía una gran extensión de suelo reluciente. Había un monovolumen aparcado delante y una persona con chaqueta oscura esperaba junto al coche. Por encima de su cabeza se veía una nube de humo, iluminada por los fluorescentes del interior del hangar.

La escalerilla de descenso se acercó al avión en cuanto este se detuvo. Roberto ya estaba en la puerta. El copiloto se acercó y le saludó con una inclinación de cabeza: nada de charla insustancial. Eso era algo que echaba de menos del ejército, que las expresiones de cortesía se reducían al mínimo, lo que evitaba hipocresías y además ahorraba tiempo. Esperaron unos segundos a que dejara de oírse el tableteo de fuera y luego el copiloto pulsó unos cuantos botones, accionó los tiradores y la puerta se desencajó con un sonido de succión y se abrió hacia un lado. El copiloto inclinó de nuevo la cabeza, dijo escuetamente «Buenas noches, señor» y Roberto salió a la niebla de las cuatro de la mañana en Kansas.

Bajó deprisa la escalerilla, correspondió al saludo del soldado que esperaba abajo y cruzó la pista en dirección al monovolumen. Al acercarse a Trini, a ambos les sorprendió cuánto habían envejecido. Hacía quince años que no se veían, lo que significaba que Trini tenía ya más de setenta años. Sus hábitos nunca habían sido muy saludables y no habían mejorado con el tiempo, a juzgar por el resplandor rojizo de la punta del cigarrillo mentolado al que le estaba dando una calada y del que daría cuenta en un abrir y cerrar de ojos.

Al llegar a su lado, Roberto se detuvo. Miró a su alrededor y vio la pista desierta.

—¿No te ha acompañado nadie de seguridad?

—Les he dicho que se volvieran a la cama.

—¿Y te han hecho caso?

Ella asintió.

—Soy muy persuasiva. —De pronto le dio un ataque de tos y levantó un dedo para indicarle que esperara.

Roberto esperó hasta que acabó de toser.

—¿Cómo es posible que no te hayas muerto aún?

Trini se encogió de hombros.

—Mala hierba nunca muere. —Dio media vuelta, abrió la puerta del conductor, montó y cerró de golpe.

Roberto rodeó el cuadrado monovolumen Mazda lanzándole una mirada de desdén y montó del lado del copiloto.

—Bonito coche —comentó al acomodarse en el asiento blanco de cuero sintético—. Es el tuyo personal, ¿no? No vas a dejar que conduzca yo.

Trini negó con la cabeza y arrancó el motor.

—Ni lo sueñes —dijo.

Pisó el acelerador, maniobró, cruzó la puerta abierta del hangar y salió por el otro lado. Luego torció a la izquierda y se dirigió a la salida de la base en Pope Avenue.

—En serio, Trini, estoy preocupado. ¿No tuviste cáncer de pulmón hace como diez años?

—Yo no tengo cáncer de pulmón ni lo he tenido nunca, pedazo de capullo. Tengo enfisema, que es completamente distinto, y además no es mortal —replicó ella, y dio otra calada al cigarrillo.

—¿No podrías abrir una ventanilla por lo menos?

Trini abrió la ventanilla de Roberto y todo el humo que había en el coche se desplazó hacia él.

—Venga ya.

—Perdona. —Ella cerró la ventanilla y bajó la suya—. Esa jovencita de Belvoir parecía acojonada. ¿Qué le has dicho?

—La verdad, solo un pelín.

—Bueno, con eso basta. —Trini señaló la parte de atrás del monovolumen—. Está todo ahí.

Roberto se volvió y miró hacia atrás. Los asientos traseros estaban plegados y sobre ellos, cubiertas con una lona, había varias cajas de almacenaje que parecían del tamaño adecuado.

—¿Incluido el número siete?

Trini hizo un gesto negativo.

—Eso tenemos que parar a recogerlo.

Roberto consultó su reloj.

—¿Me tomas el pelo? Sabes que la situación es crítica, ¿verdad?

Unos veinte años antes se había producido un cambio en la relación de poder entre ellos, cuando Trini dejó de ascender y Roberto continuó subiendo en el escalafón. Desde entonces, era él quien daba las órdenes, aunque a ella le importase muy poco.

Ahora se volvió hacia él, ofendida.

—¡Qué huevos tienes de quejarte! Hace dos horas estaba dormida. Y ahora te estoy llevando en mi coche, a las cuatro de la mañana, con media docena de objetos de contrabando por los que podrían mandarme a prisión para el resto de mi vida.

—O sea, ¿tres o cuatro días?

Trini se rio hasta que le dio otro ataque de tos tan fuerte que casi tuvo que parar el coche.

Roberto le sonrió.

—¿Lo echas de menos?

—Mogollón.

—¿Qué parte, exactamente?

Ella los señaló a ambos.

—Esto. Estas gilipolleces.

A él también le gustaban, y no se había dado cuenta de hasta qué punto la había echado de menos.

—Gordon ha muerto —dijo.

—Sí, lo sé. Fue un funeral precioso.

Roberto la miró molesto.

—¿Cómo es que lo sabía todo el mundo menos yo? ¿Por qué no me avisaste?

—No es cosa mía llamar a la gente cada vez que se muere alguien. Si no, estaría siempre colgada del puto teléfono.

Bueno, en eso tenía razón. Roberto miró por la ventanilla un momento, tratando de acordarse de cuándo había sido la última vez que había visto a Gordon o hablado con él, pero no lo recordaba. Volvió al presente y miró a Trini.

—¿Sabes?, la verdad es que tienes muy buen aspecto.

—Estoy hecha un asco, cabrón, y lo sabes. Tú sí que estás estupendo. Más guapo de la cuenta, como siempre. Como un muñeco Ken mexicano. Te imagino sin partes íntimas.

—No te imagines eso.

—¿Y qué debería imaginarme?

—¿Por qué tienes que imaginarte algo?

Trini se encogió de hombros. Llegaron a la entrada principal y ella bajó su ventanilla del todo y miró a Roberto con severidad.

—A ver si puedes callarte un minuto.

Mientras Trini firmaba el impreso para salir de la base y lanzaba una bocanada de humo al interior de la garita del guardia, Roberto sacó la bolsa de Faraday que llevaba en el bolsillo de la chaqueta y la abrió. Su móvil vibró justo cuando iba a meterlo dentro de la bolsa de material reforzado. Miró la pantalla. El número tenía un prefijo 703. Se puso el auricular en la oreja, pulsó *Responder* y escuchó un momento.

—¿Oiga? —preguntó una voz de mujer.

Roberto escuchó. Oyó al otro lado de la línea el ruido de unos neumáticos mojados sobre el asfalto.

—Dos minutos —dijo, y colgó.

Abrió la aplicación meteorológica de su móvil, introdujo el nombre de Fort Belvoir, Virginia, y vio que allí estaba lloviendo. Tras comprobar que la llamada procedía de donde debía y no había pasado por un redireccionador, metió el móvil en la bolsa de Faraday y cerró la cremallera. Sacó su portátil de la mochila, introdujo una tarjeta en uno de los puertos USB libres, se puso un auricular Bluetooth y abrió la página de DeepBeep en la que había entrado en el avión. Introdujo el número de teléfono desde el que acababan de llamarle. Ella contestó al primer pitido, pero Roberto fue quien habló primero.

—¿Ya está fuera?

—Sí —contestó Abigail—. Está lloviendo.

—Trini estaba aquí cuando he aterrizado y venía bien cargada. Buen trabajo. No necesito nada más.

Estaba a punto de colgar cuando Abigail volvió a hablar:

—Hay novedades.

Roberto se puso alerta.

—¿De qué tipo?

—De la planta de Atchison. Alguien ha llamado a Belvoir desde dentro del complejo.

—¿Quién?

—Una civil. Una mujer de veintitrés años.

—Mala suerte. ¿Cómo es que tenía ese número?

—Vio las siglas de la DTRA en una puerta y lo buscó en Internet.

—Vale, no es tonta. ¿Qué sabemos?

Abigail hizo una pausa y Roberto oyó voces al otro lado de la línea. Pasaba gente a toda prisa, bajo la lluvia. Cuando las voces se alejaron, Abigail contestó:

—Le colgué, salí y volví a llamarla desde uno de los teléfonos de tarjeta que he comprado. La tengo en la otra línea en estos momentos. ¿Quiere hablar con ella?

Roberto estaba de nuevo impresionado por la eficacia de Abigail, pero aquello iba a ser aún más complicado de lo que pensaba y sabía que iba a volver a necesitarla. No quería alabarla en exceso.

—Sí. ¿Cómo se llama?

—Naomi.

—Tire el teléfono en la trasera de alguna camioneta en marcha cuando acabemos y envíeme por mensaje de texto otro número.

—Entendido. No cuelgue.

Roberto esperó. Trini le miró e inclinó la barbilla: «¿Qué pasa?». Él tapó el micrófono del teléfono con el pulgar.

—Una civil. Dentro de las minas.

Trini hizo una mueca.

—Espero que haya tenido una vida plena.

La conexión empeoró y Roberto oyó por el auricular la voz asustada de una joven que se esforzaba por hablar con firmeza.

—Vale, ¿con quién hablo ahora?

—Hola, Naomi. Me llamo Roberto. Me gustaría hablar contigo de lo que está pasando.

—Ya, ¿y por qué me ha colgado la otra señora?

—Porque le preocupa tu situación y quiere que se resuelva cuanto antes, igual que yo.

Roberto oyó gritos de fondo. Una voz de hombre que decía «¡Pregúntale qué cojones está pasando!» o algo por el estilo.

—Veo que hay alguien más con usted. ¿Cómo se llama?

—Travis. Somos guardias de seguridad.

—Muy bien. Hágame un favor, dígale a Travis que se calle mientras hablo con usted.

La voz de la joven sonó apagada cuando giró la cabeza y dijo:

—Dice que te calles. —Se hizo un breve silencio, se oyó refunfuñar a alguien y ella volvió a ponerse al teléfono—. Tenemos un problema grave. Hay un virus o un hongo…

—Ha acertado a la segunda. Estoy al corriente. Sé más que nadie sobre ese hongo. ¿Están ustedes a salvo en estos momentos?

—Estamos encerrados en un trastero.

—Bien. Podría ser peor. No se muevan de ahí.

—No me diga. ¿Y cuánto tiempo vamos a estar aquí? ¿Van a mandar a alguien?

—¿Alguien ha entrado en contacto directo con el hongo? Se nota porque…

—Sí.

Roberto masculló «mierda» en voz tan baja que no se le oyó. Trini le miraba con tanta frecuencia como podía mientras conducía a más de ciento diez kilómetros por hora por Centennial Bridge.

—¿Oiga? —dijo Naomi.

—Sí, estaba mirando una cosa en mi pantalla —mintió él—. ¿Cuántas personas se han infectado?

—Solo una, creo.

—¿Y esa persona sigue en las instalaciones?

—Sí. Está intentando entrar aquí. Donde estamos nosotros.

Se oyeron más gritos de fondo: el hombre volvía a despotricar otra vez. Naomi conferenció con él rápidamente, dijo «Vale, vale, vale» y volvió a ponerse al teléfono.

—También había un ciervo —dijo—. Un ciervo infectado.

—¿Dónde está el ciervo ahora?

—Explotó.

—¿Dentro o fuera?

—¿Me ha oído? He dicho que explotó.

—Sí, la he oído. ¿Puede decirme dónde explotó?

—En el pasillo —contestó ella en un tono de exasperación que parecía querer decir «como si eso importara», pero Roberto exhaló un suspiro de alivio al saber que el hongo seguía dentro del edificio.

—Muy bien —dijo—, escúcheme, Naomi. No va a pasarles nada. Han llamado al sitio idóneo y están hablando con la persona indicada. Tiene usted un instinto excelente y hasta el momento le ha servido a la perfección. Ahora ha llegado la hora de confiar en otras personas. Voy de camino hacia allí y sé lo que hay que hacer para resolver esta situación. Somos varios los que nos hemos encontrado antes con este mismo problema y tenemos previsto un plan de acción por si teníamos que volver a vernos las caras con él. Estaré allí dentro de... —Miró a Trini.

—Menos de una hora —dijo ella.

—Poco más de una hora —dijo Roberto al teléfono—. Quédense donde están. No abran la puerta. No llamen a nadie más. Ni siquiera a Fort Belvoir. La persona que nos ha puesto en contacto les llamará cada diez minutos. Hable solo con ella o conmigo. No vuelva a usar el teléfono a no ser que suene. ¿Entendido?

—¿Qué van a hacer?

—Dígame que lo ha entendido.

—Lo he entendido.

—¿A quién tiene que llamar?

—A nadie. Me llamarán ustedes cada diez minutos.

—Eso es. Perfecto. Procure que Travis se calme. Da la impresión de que es el tipo de persona que tal vez intente huir. No se lo permita.

—El ciervo estalló.

—Lo sé. Es de locos, ¿verdad? Se lo contaré todo cuando nos veamos. No va a pasarles nada. Una hora.

Cerró el ordenador, se quitó el auricular y se rascó la cabeza. Trini le miró.

—¿Tres personas y un ciervo?

—Una persona infectada, todavía en el edificio. Las otras dos

183

están limpias, encerradas en un trastero. El ciervo estalló, pero en un lugar cerrado.

—Supongo que es factible.

Roberto la miró.

—¿Bromeas? Es un regalo del cielo. Espero que siga así dentro de una hora.

Trini asintió pensativamente, con los ojos fijos en la carretera. Por fin dijo:

—Podemos darlos por muertos, ¿verdad?

Roberto se lo pensó un momento.

—Probablemente.

No le gustó esa respuesta y siguió pensando. Repasó de nuevo la situación de cabo a rabo y llegó a la misma conclusión.

—Probablemente.

VEINTIUNO

Los primeros quince minutos fueron bastante bien. Mike se había sentado en el suelo del pasillo, frente al trastero 231-232 y miraba fijamente la puerta metálica. Lo único que sabía era que tenía que entrar allí.

«Tengo que entrar allí la puerta está cerrada tengo que entrar ahí la puerta está cerrada».

Su razonamiento lógico y su capacidad de resolución de problemas no estaban al cien por cien, pero trabajaban a marchas forzadas para encontrar una solución y ya habían dado con varias alternativas. La primera estrategia se había basado en un pasaje de una canción que a su padre le encantaba y cuyo eco sonaba en algún rincón del subconsciente de Mike. Tenía algo que ver con arrojarse contra un muro, pero no le había dado muy buen resultado. Posiblemente se había dislocado el hombre al estrellarse contra la puerta metálica y no había duda de que se había roto dos dedos al caer al suelo de cemento. Su meñique derecho estaba retorcido de una manera que Mike no había visto nunca, pero eso le traía sin cuidado. Ya solo podía pensar en una cosa.

«Tengo que entrar puerta cerrada entrar».

La estrategia número dos pasaba por vomitar de nuevo, esta vez levantando un poco la puerta del trastero y tratando de echar la pota a través de la rendija de un centímetro. Pero el atractivo de esa idea quedó empañado por el recuerdo sensorial del dolor de los dedos que Naomi le había pillado al cerrar la puerta, y ni siquiera intentó

185

ponerla en práctica. La estrategia número tres estaba todavía, como suele decirse, en fase de desarrollo.

Mientras esperaba a que se le ocurriera alguna idea, miraba sin pestañear la puerta de chapa, sentado en el suelo con expresión bovina. Y esperaba.

Detrás de la puerta, Naomi y Teacake estaban bastante más cómodos, pero sus cerebros funcionaban también a marchas forzadas. Había sido una suerte ir a refugiarse en aquel trastero, que parecía contener los muebles sobrantes de una familia que había tenido que mudarse a una casa más pequeña. Quizá los arrendatarios estaban convencidos de que era solo temporal, de que pronto mejoraría su situación y volverían a necesitar todas esas cosas. Los sofás y sillones llevaban ya varios años allí, pero no olían mal porque los dueños los habían tapado y habían puesto sobrecitos de sílice en los cojines, como hay que hacer. Incluso había un deshumidificador enchufado a la pared. Naomi y Teacake habían quitado las sábanas baratas a un par de sillones, los habían arrimado a la pared del fondo para estar lo más lejos posible de la puerta y habían encontrado una lámpara con una bombilla que aún funcionaba. Estaban allí sentados, con la lámpara apoyada en una caja entre los dos, y se miraban anonadados, preguntándose cómo habían llegado a aquella situación.

Teacake, que aborrecía el silencio, fue el primero en hablar.

—Así que ese es papá.

—Por favor, deja de decir eso.

—Perdona, es que me cuesta hacerme a la idea, nada más. ¿Cómo pudo ese tipo ligar contigo?

Naomi le miró.

—No siempre fue así.

—Bueno, sí, eso está claro. No creo que haya nadie en el planeta que haya estado así. Pero aun así algo tenía que parecérsele, ¿no?

—Supongo que sí.

—Y tú eres, ya sabes, tú.

—Gracias. —Naomi deseó que dejara de hablar de una vez.

—Y la niña es preciosa.

Ups.

Naomi ladeó la cabeza y le miró pensativa.

¡Dios, cuánto habría deseado Teacake poder atrapar esas cinco palabras en el aire antes de que alcanzaran sus oídos! ¡Cuánto le habría gustado poder retroceder en el tiempo! Con tres segundos bastaría. Pero no podía, ya lo había dicho, Naomi lo había oído y seguro que entendía lo que significaba.

Teacake barajó algunas opciones. Su instinto natural habría sido seguir hablando, ocultar su desliz bajo un aluvión de palabras, sepultarlo tan profundamente que Naomi no reparara en él u olvidara que acababa de reconocer no solo que sabía previamente que tenía una hija, sino que había visto a la niña en persona, un hecho del que ella no había tenido conocimiento hasta ese instante.

Estaba a punto de abrir la manguera contraincendios de su verborrea cuando algo lo detuvo. La noche había sido muy larga y extraña, y Naomi era distinta. De pronto se le ocurrió que quizá su instinto había estado equivocado todos esos años. Quizá por eso tenía un trabajo de mierda y no había encontrado pareja. Quizá, se dijo, debería optar por la verdad para variar, reconocer un hecho desagradable antes de que se le escapara esa posibilidad. Quizá debería hablar con franqueza y humildad, sin rodeos, en cuanto se hiciera necesario. Podía mostrar un poquitín de clase por una vez, joder, se dijo. Y tal vez pudiera hablar con tanto encanto y tanta gracia, con tal ingenio y estilo, que aquel instante, aquella confesión, aquella muestra de honestidad, conquistara a Naomi en lugar de hacerla escapar.

—Te seguí una mañana hasta casa, fue una putada, lo siento.

O también podía hacerlo así.

Entonces sonó el teléfono de Naomi. Ella lo cogió de inmediato, miró el número y dijo:

—Hola. —Se quedó escuchando, con la mirada fija en Teacake—. Sí. Sí. Igual que hace diez minutos. —Explicó sucintamente, sin dejar de taladrarle con la mirada—. No, no lo ha intentado. Supongo que sí, no le hemos oído marcharse. Sí. De acuerdo. —Colgó.

Teacake se dio unos golpecitos en la barbilla con el dedo.

—¿Alguna novedad?

—No.

—¿No ha dicho cuánto van a tardar? —Se puso a mirar la hora en su teléfono con gesto exagerado, profundamente agradecido por el cambio de tema. ¡Naomi se olvidaría, quizá se había olvidado ya! Siguió hablando—. Faltan… ¿unos cuarenta y cinco minutos? Eran como las cuatro cuando hablaste con ese tipo y…

—Tú eres el tío del teléfono plegable.

No, no se había olvidado.

Teacake suspiró.

—Perdóname, Naomi. Yo… a veces hago tonterías. No era… No quería… Ay, mierda.

—En el aparcamiento de mi edificio, ¿verdad? Hará una semana. Estabas mirando un teléfono plegable.

—¿Me viste?

—Sí, te vi. Hoy me he dado cuenta de que tu cara me sonaba, pero no me acordaba de dónde te había visto antes. Debería haberme dado cuenta cuando has sacado el teléfono. Ya nadie tiene de esos.

—Lo siento, yo…

—¿Eres un acosador, Travis?

—No, te lo juro.

—Porque eso da un poco de repelús.

—Lo sé. Perdona. No lo había hecho nunca.

—Espero que no.

—Solo quería hablar contigo. Y entonces me metí… en un apuro y no sabía cómo salir. Lo siento.

Naomi se quedó mirándole largo rato, analíticamente, como si evaluara cada uno de sus rasgos y diseccionara su carácter basándose en la cara que había puesto en ese momento. Por fin dijo:

—Vale. No lo vuelvas a hacer.

Y asunto zanjado. Teacake se quedó de piedra. No era eso lo que esperaba que ocurriera. Naomi le estaba dando cuartel. Le estaba dando de verdad otra oportunidad, y no parecía asqueada ni nada por el estilo. Había dicho la verdad y había funcionado. Sonrió y

188

durante casi un minuto se olvidaron de dónde estaban y de lo que estaba pasando.

Entonces lo oyeron: un sonido tenue y lejano, pero tan profundo que hizo vibrar todo el edificio de cemento y metal. La puerta del trastero se sacudió ligeramente en sus rieles. La miraron ambos y a continuación se miraron el uno al otro al mismo tiempo. «¿Así suena la caballería cuando llega?».

Teacake se levantó casi involuntariamente.

—¡Ya están aquí!

Naomi miró la hora en su teléfono. Tenía la sensación de que no se trataba de eso.

—No creo.

Al otro lado de la puerta, Mike también lo había oído. Era imposible no oírlo, allí fuera sonaba más fuerte, un estruendo amortiguado que retumbaba en los bloques de cemento de las paredes. Venía de fuera y se acercaba rápidamente. Eran vehículos aproximándose, Mike lo comprendió enseguida, y eso significaba que habría gente dentro, y la gente equivalía a amontonamiento y dispersión, lo que era mucho más fácil que enfrentarse a aquella puerta cerrada que hacía que le doliese todo el cuerpo con solo mirarla.

«No tengo que entrar ahí, después de todo no hace falta, hay más gente».

Dio media vuelta y se alejó por el pasillo, siguiendo aquel sonido.

Frente a la entrada del edificio, los faros recorrían la vía de acceso e iluminaban a ráfagas la fachada. Había nueve en total: los de la enorme camioneta *pickup* y los de las siete Harleys, que eran las que armaban aquel estruendo. La Fat Boy de Griffin, provista de un tubo de escape recto, era la que más ruido hacía, tanto que hasta a sus compañeros les parecía que se pasaba un poco de la raya. «Ya sabes, tronco, hay más gente en el mundo».

Griffin describió un semicírculo con su moto delante de la entrada, paró el motor, se apeó, tiró las gafas encima del manillar y escupió en la grava. Llevaba ya casi diez horas borracho, lo que no era gran cosa para él, pero si a eso se sumaban la marihuana que había fumado y el burrito de ternera de media libra que había engullido en torno a las dos de la madrugada, empezaba a notar cierto malestar. Hasta una barriga como la suya tiene sus límites. Las otras Harleys se pararon a su alrededor y los moteros se apearon uno a uno: Cedric, Ironhead, Wino, Cuba —la única chica—, Garbage y el doctor Steven Friedman.

El doctor Friedman era, como Griffin, una de esas personas a las que resultaba imposible poner un mote. Ninguno se le pegaba. Tenía algo que pedía a gritos llamarle «doctor Steven Friedman», y así le llamaba todo el mundo. Era un dentista bastante simpático al que le gustaba montar en moto y vestirse de cuero. Shorty y Rev se bajaron de la camioneta. Estaban casi todos ebrios en mayor o menor medida, con la excepción del doctor Friedman, que llevaba encima la monedita de Alcohólicos Anónimos que atestiguaba que llevaba sobrio un año y medio, y Shorty, que era abstemio.

La noche había empezado de forma bastante inofensiva en la casa que Griffin tenía alquilada cerca de Cedar Lake, una casita de dos habitaciones, de estilo ranchero y escaso mobiliario a la que se llegaba tras recorrer un largo camino sin salida. No había cerca vecinos que pudieran quejarse del ruido, y a Griffin no le importaban los desperfectos que sufriera la casa ni lo que hicieran sus invitados. Podías emborracharte, dormir la mona y ponerte ciego de lo que quisieras, y además Griffin tenía en el cuarto de estar y en las habitaciones sendas teles Samsung Ultra 4K Premium, todas ellas con conexión ilegal al cable, de manera que no había discusiones sobre lo que cada uno quería ver.

Precisamente por eso, por las teles, se habían presentado en los trasteros a las cuatro de la mañana. Después de cinco meses sin saber cómo colocar un alijo de dos docenas de Samsungs calentitas, Griffin por fin había vendido la mitad. No había sido fácil: llevaba trabajándose a aquel grupo desde medianoche, y solo después de sacar la poca coca que le quedaba y de invitar a una ronda habían aceptado darle cien pavos por barba y llevarse las teles a casa en la camioneta de Rev. En total, una tele para cada uno y cinco para Garbage, que creía que podía pasárselas a un colega suyo que trabajaba

en el departamento de electrónica de Walmart y venderlas allí de ta-
padillo, lo que era como para troncharse de risa, porque Griffin estaba casi seguro de que las tele procedían del almacén de Walmart
de Topeka. Pero más valía no hacer preguntas.

Griffin había aceptado guardar y vender las teles robadas en oc-
tubre y había acabado cogiéndoles tirria. Se vendían en las tiendas
por 799 dólares y se suponía que iban a ser la bomba cuando salieran al mercado, pero luego a la gente se la había traído al pairo que
la pantalla fuera curva. Ni que fueran 4K, o LED o Ultra de los cojones, porque podías comprar casi la misma tele en cualquier parte
por la mitad de precio y la imagen se veía prácticamente igual. Griffin
había quedado con el tío en repartirse las ganancias al cincuenta por
ciento. O sea, que esa noche iba a embolsarse seiscientos dólares
por las molestias. Era casi lo que le había costado el alquiler del trastero los cinco meses que lo había tenido, pero por lo menos saldría
un poco a flote y el problema estaría medio resuelto.

Había llegado cabreado a los trasteros. Debía de haber llamado
una docena de veces en la última media hora a aquel capullo de Teacake para decirle que iba para allá con Gente Seria y que, si sabía lo
que le convenía, se escabullera para no ver lo que no debía. Pero el
chaval no había contestado al teléfono. De todos modos el muy gilipollas debía de haber recibido el mensaje, porque cuando Griffin
se acercó a la puerta vio que el mostrador de recepción estaba vacío.
Luego, sin embargo, se quedó de piedra con la llave maestra en la
mano al ver la pared. Sus ojos saltones se desorbitaron un poco más
aún.

Había un agujero en la pared, detrás del mostrador. Dos agujeros, de hecho, bien grandes, dos boquetes de más de un metro de ancho en el pladur.

La sangre se le agolpó en la cabeza calva, que se le puso roja
como un tomate.

«¡¿Qué cojones ha hecho ese capullo?! ¡Joder! ¡Joder!», pensó.
Pasó su tarjeta por el lector, se abrió la puerta con un zumbido y entró a toda prisa. Encorvándose como un boxeador listo para soltar
un puñetazo, se acercó al mostrador y miró los agujeros, atónito.

Ironhead se acercó a él.

—Joder, Griffin, menuda movida. ¿Qué ha pasado aquí?

—¡Voy a arrancarle la piel a tiras a ese cabrón! ¡¿Qué cojones ha hecho con mi puto negocio?!

A Cedric y Garbage parecía hacerles mucha gracia. Ironhead saltó el mostrador, atraído por las luces parpadeantes de detrás de la pared.

—Aquí hay mogollón de chismes electrónicos. ¿Qué es esto?

El doctor Steven Friedman se acercó a Griffin, sobrio y compungido.

—Parece que tienes problemas personales, Darryl —dijo.

Griffin odiaba al doctor Friedman, principalmente porque era el único que le llamaba por su nombre de pila.

Sacó su teléfono y con su grueso dedazo volvió a marcar el número de Teacake, pero la voz de Rev retumbó, impaciente, en el vestíbulo.

—¿Vamos a hacer esto o qué?

Griffin colgó. Ya arreglaría cuentas con Teacake después.

—Sí. Por aquí.

Se acercó a la puerta que conducía a los trasteros y pasó de nuevo la tarjeta. La puerta se abrió y entraron sin pensárselo dos veces.

Mientras recorrían el pasillo haciendo ruido y se adentraban en las profundidades del complejo, Cuba oyó algo a su izquierda y se volvió para mirar. Estaban pasando por un cruce de pasillos. Vio de lejos a una persona: no era un guardia de seguridad, sino un tipo un poco gordito, con los pantalones muy apretados y una camisa de trabajo manchada de salpicaduras verdes y con los botones a punto de estallar, como si hubiera engordado mucho últimamente y se negara a comprarse ropa nueva. El tipo los miró mientras pasaba por otro cruce, a treinta metros de distancia. Sus miradas se encontraron y a Cuba le extrañó su aspecto: tenía la cara tan hinchada como el resto del cuerpo y una mirada un poco desquiciada. Solo le vio un segundo o dos. Luego, el tipo pasó de largo y siguió avanzando en paralelo a ellos, en la misma dirección, como si los siguiera por el otro corredor.

Cuba —que no tenía ni una sola gota de sangre latina, pero sí predilección por la *ropa vieja*— se preguntó qué clase de chiflado rondaba por un sitio de trasteros alquilados a las cuatro de la madrugada.

Apretó el paso para alcanzar a los otros.

VEINTIDÓS

Trini apagó las luces cuando estaban a media manzana de su destino y detuvo el coche suavemente en la calle residencial. Roberto, que la conocía lo suficiente como para no hacerle preguntas hasta que urgía una respuesta, formuló la pregunta obvia:

—¿Adónde vamos?

Ella apagó el motor, abrió su bolso y rebuscó en él hasta que encontró un estuche de cuero enrollado.

—Adonde está el objeto número siete.

Salió del coche, miró a un lado y otro de la calle desierta y echó a andar, procurando mantenerse alejada de la luz de las escasas farolas.

Roberto se apeó, cerró la puerta sin hacer apenas ruido y la alcanzó. No dijo nada, se limitó a seguir su ritmo mientras ella iba contando las casas. Todas tenían las luces apagadas: ninguna persona respetable estaba en pie a aquellas horas. Trini se detuvo delante de una bonita casa de dos plantas y cruzó el césped, hacia la casa. No se molestó en llamar a la puerta delantera. Entró en la estrecha franja de jardín, de unos quince metros de largo, que separaba la casa de la de al lado. Llegó a una puerta lateral, se puso de rodillas sobre la losa de cemento que había delante y comenzó a desenrollar el estuche de cuero en el suelo.

—Un poco de luz, por favor.

Roberto sacó un llavero con una pequeña linterna y se agachó para minimizar el foco de luz. Encendió la linterna y alumbró el estuche, que al desenrollarse dejó ver el brillo de un juego de ganzúas: media docena de herramientas metálicas de diversas formas y tamaños.

—¿Has olvidado las llaves? —susurró él.

Trini no contestó. Cuanto menos supiera Roberto, mejor, así que no dijo nada. Pasó los dedos por la llave de tensión y la ganzúa acodada, echó un vistazo al tipo de cerradura de la puerta y eligió una ganzúa en forma de L. La introdujo en la cerradura y la movió con cuidado, aplicando el oído.

Roberto miró a su alrededor y luego volvió a mirar a Trini, un poco molesto.

—¿En serio este es el mejor plan de aprovisionamiento que se te ha ocurrido?

—Funcionó treinta años, ¿no? —Ella siguió moviendo la ganzúa, pero al ver que no servía de nada la sacó, la cambió por una de diamante y probó con ella—. Lo malo fue cuando se mudaron. Fue un fastidio. Tuve que estar un mes y medio contándoles trolas para que me dejaran embalar lo del sótano a solas y… ¡Ya está!

Se había oído un chasquido en la cerradura. Trini la giró suavemente, sirviéndose de la ganzúa. La puerta se entreabrió. Guardó las herramientas en el estuche de piel, lo ató rápidamente, se lo metió en el bolsillo de atrás del pantalón y se levantó. Miró a Roberto como si esperara un halago, pero al ver que no decía nada se encogió de hombros. Con algunas personas no sabía una cómo acertar. Abrió del todo la puerta y entró. Roberto la siguió.

Estaban en la cocina, que parecía la de una familia numerosa. Incluso en la oscuridad se distinguía la encimera, llena de frascos de aceite de oliva, botes de especias, libros a medio leer, deberes y figurillas de plástico variadas. Trini hizo un gesto con la cabeza y Roberto cruzó tras ella la habitación, en silencio, hasta llegar a una parte de la pared tapada con un corcho lleno de dibujos infantiles, cintas, horarios y notitas. Trini buscó un pomo medio escondido, lo giró y abrió la puerta.

—Enciende otra vez.

Roberto encendió la minúscula linterna y apuntó con ella hacia delante, dejando ver una escalera que bajaba al sótano. Bajaron con cuidado y Roberto mantuvo la linterna encendida mientras Trini se movía por la habitación de abajo, arreglada solo a medias. Pasó frente a un sofá destartalado y un sillón reclinable roto, rodeó la mesa de billar y se acercó a la puerta del fondo.

Giró el pomo y entró en un trastero sin rematar. La familia llevaba bastante tiempo viviendo allí y debía de tener hijos de edades muy distintas, porque allí había de todo, desde varios triciclos viejos a un estante con esquíes muy usados. La parte de atrás del trastero estaba tapada con una cortina, detrás de la cual parecía haber algo muy abultado. Trini apartó la cortina.

Las cosas que había al fondo del trastero eran de otra índole. Allí no había cachivaches infantiles, solo un montón de cajas y maletas viejas y maltratadas apiladas una encima de otra y artilugios sin ningún valor sentimental, como varios arcones de campin y un viejo quitanieves manual. Había un pasillo estrecho entre las cajas, cierto orden en aquel amontonamiento de trastos, y Trini extendió la mano para pedir la linterna. Roberto se la dio y ella se puso de lado y pasó entre las cajas, hacia el fondo del todo.

Había allí un arcón grande, con tres cerraduras en el borde delantero. Trini sacó un juego de llaves, le devolvió la linterna a Roberto y abrió las cerraduras y a continuación la tapa. Dentro del arcón había una bandeja grande y plana con divisiones de todas las formas y tamaños, llena de trozos de papel de colores. Roberto pensó de inmediato que eran billetes extranjeros —quizá Trini tuviera allí su caja de emergencia—, pero al examinarlos más de cerca vio que no se trataba de dinero. Los papeles eran demasiado pequeños y cuadrados. Trini contuvo la respiración como si hubiera olvidado lo que contenía la caja y Roberto alumbró su cara con la linterna.

Sonreía como una niña de seis años.

—¡Mi colección de sellos! —Pasó los dedos ligeramente por las filas de sellos clasificados por países y continentes, cada uno pegado sobre un trozo de cartón rígido, con su fecha y su lugar de origen cuidadosamente anotados a un lado. Cogió uno, fascinada—. ¡Kampuchea! ¡Una rareza!

—Quizá este no sea el mejor momento —dijo Roberto.

—Perdona. Se me había olvidado que estaba aquí.

Trini extendió los brazos hasta abarcar el ancho del arcón y agarró los bordes de la bandeja de madera. La desencajó, la levantó y la sacó del todo. Luego dio media vuelta, buscó un sitio plano allí cerca y, mientras ella depositaba la bandeja, Roberto alumbró el interior del arcón. Debajo de la bandeja, había una montaña de plástico de burbujas. Roberto empezó a apartarlo, Trini volvió a su lado y retiró el resto, hasta que por fin destaparon lo que habían ido a buscar.

Era un objeto grande, en forma de medio bidón cortado verticalmente. La parte plana tenía una serie de tiras, cuerdas, hebillas y abrazaderas, sujetas a la carcasa por tres o cuatro tiras de cuero que lo rodeaban por completo. Como contenedor estaba ideado para ser ligero, pero con ese tamaño no había muchas posibilidades de que lo fuera. La parte exterior estaba cubierta por una lona de color claro con una especie de caparazón duro debajo.

Estaba exactamente igual que treinta años antes, tal y como lo recordaba Roberto. No sabía por qué había pensado que habría cambiado.

—Parece viejo.

Trini se encogió de hombros.

—Igual que nosotros. Y todavía funcionamos.

Cierto, pero ellos eran seres humanos, hechos para envejecer y averiarse de tanto en tanto, y aquella mochila en forma de medio bidón era un Cloudburst T-41, un arma nuclear portátil de corto alcance. Cuando a ellos se les averiara el cuerpo definitivamente, se morirían y algunas personas llorarían una temporada. Si el T-41 se averiaba, moriría todo el mundo en veinte kilómetros a la redonda.

El T-41 era producto de la Operación Nougat, una serie de pruebas nucleares llevadas cabo a principios de los años sesenta, después de que Eisenhower autorizase el desarrollo de armas nucleares tácticas. Los modelos subsiguientes fueron mejorados y desplegados a finales de los sesenta, en su mayoría en puntos estratégicos de Europa occidental. La idea era que aquellas armas se utilizaran para impedir una invasión rusa. Los equipos Luz Verde del ejército estadounidense —escuadrones de élite adiestrados en el manejo y la activación de armas nucleares portátiles— las llevarían donde fueran necesarias. Las armas estaban diseñadas para que pudiera transportarlas tras las líneas enemigas un solo hombre o un equipo de dos. Se activaban mediante un temporizador o un detonador por radio y su objetivo era destruir instalaciones estratégicas tales como puentes, arsenales o bases de tanques. También podían lanzarse con paracaídas, o sumergirse, o enterrarse hasta una profundidad de seis metros, aunque en esos casos la detonación era mucho menos fiable que si la efectuaba un técnico *in situ*.

El rendimiento del T-41, como el de la mayoría de las armas de la serie W54 de las SADM —municiones especiales de demolición atómica—, podía ajustarse entre diez toneladas y un kilotón, lo que bastaba para destruir, respectivamente, dos manzanas de una calle o la totalidad de Liechtenstein. En este último caso era muy dudoso que el Equipo Luz Verde pudiera escapar sano y salvo, y a los soldados que aceptaban esa tarea se les decía que se lo tomaran como una misión suicida.

Este T-41 en particular había sido fabricado en 1971 para usarlo en la llamada Brecha de Fulda, en la Alemania Occidental. Punto estratégico crítico durante gran parte de la era moderna, la Brecha de Fulda incluía dos corredores de tierras bajas por los que se temía que los tanques soviéticos lanzaran un ataque sorpresa sobre el valle del Rin, su entrada natural hacia Europa occidental. Para impedir una batalla de tanques prolongada, la idea era que un solo T-41 eliminara la amenaza mediante un solo estallido controlado. En aquellos primeros tiempos, parte del Pentágono veía las armas nucleares simplemente como versiones más grandes y efectivas de las bombas convencionales. En 1988 esa noción ya había cambiado, el Tratado INF había entrado en vigor y las últimas trescientas SADM fueron retiradas de Europa occidental, desactivadas y desmanteladas.

Salvo esta. Durante tres años, tras confirmarse el éxito del bombardeo de Kiwirrkurra con bombas incendiarias, Roberto, Trini, Gordon Gray y otros dos compañeros de la DTRA habían tratado incansablemente y en vano de advertir a sus superiores de la necesidad de tener un plan de emergencia en caso de que el *Cordyceps novus* escapara de su prisión bajo las minas de Atchison. La estructura de las instalaciones de almacenaje era la más idónea para hacer estallar en su interior un artefacto nuclear, argumentaban. Con una planificación adecuada, podían reducir al mínimo el número de víctimas. La explosión nuclear sería imposible de ocultar aunque fuera subterránea, eso tenían que reconocerlo, pero a fin de cuentas se trataba de una medida de excepción que seguramente no llegaría a ser necesaria. Aun así, ¿no deberían estar preparados para esa eventualidad?

Rechazados o ignorados a cada paso, decidieron actuar por su cuenta y riesgo. Mientras en Europa occidental se llevaba a cabo el desarme, falsificaron diversos registros internos de traslado del Grupo Conjunto de Coordinación del ejército y treinta años después allí estaba: el plan de contingencia, dentro de un arcón en un sótano, bajo la colección de sellos de Trini.

Roberto hizo amago de sacar la unidad del arcón y sintió un pinchazo en la espalda. Se detuvo de inmediato —«No te pases de la raya, cretino»—, dobló las rodillas, estiró el tronco y tiró. El T-41 pesaba veintiséis kilos, más de lo que esperaba y recordaba. Lo apoyó en el borde del arcón y miró a Trini.

—Sujétalo un momento, ¿quieres?

Ella extendió el brazo y sujetó el artefacto. Roberto se puso de espaldas al arcón y, agachándose, pasó los brazos por las tiras, las ajustó todo lo que pudo, respiró hondo y se incorporó. Ya notaba el esfuerzo en los muslos. Aquella cosa pesaba, y él ya no era el de antes.

—Vale, vámonos.

Trini se volvió, le alumbró con la linterna y se rio.

—¿Qué pasa? —preguntó él.

—En qué movidas nos metemos.

—Así la jubilación es más interesante —dijo él—. Tú primero.

Salieron del trastero, bordearon la mesa de billar, pasaron junto a la tumbona y empezaron a subir la escalera que llevaba a la cocina. Trini estaba en el cuarto peldaño y Roberto acababa de poner el pie en el primero cuando se encendieron los fluorescentes del sótano.

Se quedaron inmóviles, cegados un instante. Al levantar la vista, deslumbrados por la luz repentina, distinguieron la silueta de un hombre en lo alto de la escalera, un tipo con *boxers* y camiseta de los Chiefs de Kansas City que los apuntaba con una escopeta.

Roberto intentó buscar a toda prisa una salida, pero no encontró ninguna, sobre todo con aquel *frigorífico* sujeto a la espalda y en su posición, al pie de un tramo de escaleras y enfrente de un tipo que le apuntaba con un arma del calibre doce. Por primera vez desde hacía mucho tiempo, rebuscó en su mente, en su instinto y en su experiencia y no encontró absolutamente nada.

—Eh… —dijo.

El tipo de lo alto de la escalera soltó un suspiro. Mirando a Trini, bajó la escopeta.

—Mamá, por favor…

Ella sonrió.

—Hola, tesoro —dijo mirando al hombre de arriba abajo—. Te veo más gordo.

Era cierto que lo estaba, observó Roberto: la camiseta le quedaba un poco estrecha por la parte de la barriga.

El hombre bajó unos peldaños, con cuidado de no subir la escopeta ni la voz.

—¿Qué estás haciendo?

Trini siguió subiendo las escaleras y Roberto la siguió.

—Oh, nada, solo estaba recogiendo una cosilla —contestó—. Ya me voy. —Luego, acordándose de que no estaba sola, se volvió—. Perdona, Anthony, este es mi amigo Roberto…

Roberto subió otro peldaño y le tendió la mano.

—Ya nos conocemos. Creo que tenías unos tres años.

Anthony le estrechó la mano mecánicamente.

—Ajá. —Miró a Trini—. Janet te mataría. Y a mí también.

Trini hizo como que se cerraba los labios con una cremallera, señaló escalera arriba y Anthony se volvió. Volvió a subir trabajosamente, llegó a la cocina y se apartó para dejarlos pasar. Inevitablemente, vio el enorme artefacto de aspecto militar que Roberto cargaba a la espalda, pero se limitó a poner cara de fastidio y miró para otro lado. Se acercó a la puerta de la cocina, la abrió y les indicó en silencio que salieran. Trini se volvió hacia él cuando estuvieron fuera.

—¿En Acción de Gracias, quizá?

—Quizá. Lo intentaré.

—Te quiero, cielo.

—Yo también a ti, mamá.

La puerta se cerró suavemente. Mientras volvían a cruzar el césped a oscuras, camino del monovolumen, Roberto sintió la necesidad de romper el silencio.

—Parece majo.

—Sí, es un buen chico.

Roberto la miró mientras se acercaban al coche.

—Me preguntaba…

—¿Sí?

—Pues… por el sitio. Donde decidiste guardar esto.

—¿Qué pasa con él?

—Eh… ¿Y los niños?

Trini puso los ojos en blanco.

—Venga ya. Ni que supieran cómo activarlo. Dios, qué cagueta eres.

Roberto dejó correr el asunto. Trini era Trini, y eso era lo que le gustaba de ella.

Diez minutos después estaban aparcados frente a la casa de Trini, cuya labor había concluido. Roberto se había sentado al volante y el objeto número siete ocupaba el asiento de atrás del coche. Hacía treinta y dos minutos que había aterrizado en Kansas.

Trini indicó calle abajo.

—Gira aquí a la derecha, después la segunda a la izquierda y más o menos un kilómetro después verás el carril de incorporación. Luego, todo recto por la 73.

—¿Cuánto se tarda en llegar a Atchison?

—Veinticinco minutos. ¿Seguro que no quieres que…? —dijo, y se interrumpió, acometida por otro violento ataque de tos.

Roberto la miró. La noche la había dejado agotada y ambos sabían que no podía ni debía acompañarle.

—No va a pasarme nada —dijo—. Sigues en forma, ¿sabes?

Ella sacó otro cigarrillo del paquete y lo encendió.

—Intentarás sacar a esos dos, ¿verdad?

Él se quedó pensando un momento.

—No sé si podré.

—Inténtalo, ¿vale?

Roberto la miró.

—Te estás ablandando en el ocaso de tu vida.

Trini sonrió.

—El sol ya se ha puesto, *guapo*[3]. Han salido las luciérnagas. —Dio una profunda calada al cigarrillo y exhaló una gran nube de humo que caracoleó en volutas alrededor de su cabeza en medio del aire quieto de la noche.

Roberto sacó la mano por la ventanilla del coche y se la puso en el hombro. Ella acercó la mejilla a su mano, agradecida por su contacto.

—Llámame cuando quieras —dijo él—. Yo aguanto toda la mierda que me eches.

Ella sonrió.

—Estaría bien.

---

[3] En español en el original. (N. del E.).

VEINTITRÉS

Mary Rooney se había quedado dormida hacía horas en el diván que tenía en su trastero y podría haber pasado allí toda la noche de no ser por los disparos de Mike. No habría sido la primera vez que durmiera en el SB-211; de hecho, últimamente era casi el único sitio donde conseguía dormir a pierna suelta. Había empezado echando una siestecita allí de cuando en cuando, para pasar un rato más con los recuerdos de toda una vida. Pero después de llevar al trastero el diván del cuarto de invitados de casa, había empezado a sentirse la mar de a gusto allí. Las siestas fueron haciéndose cada vez más largas. ¿Dónde, aparte de allí, podía estar en completa calma? ¿Dónde podía estar rodeada por las cosas de sus seres queridos? ¿Dónde iba a sentirse más a salvo? En su apartamento no, desde luego, con la compañera de piso que había aceptado por insistencia de sus hijos, a los que les preocupaba que viviese sola. Hoy, Mary había llegado al trastero con las últimas cosas de Tom, un par de cajas de zapatos llenas de recuerdos y diplomas de cuando estaba en el ejército, y al ponerse a guardar todo aquello en su cajón correspondiente, el paseo por el callejón de la memoria se le había hecho agotador y se había echado a descansar un rato.

Ahora estaba despierta, no había duda. De eso se había asegurado el primer tiro de la pistola. Aquel sitio era una caja de resonancia y el ruido de un disparo era inconfundible. Mary se había incorporado, espabilada de golpe por los seis disparos siguientes, que se encargaron de contestar a la pregunta «¿Lo he soñado?». No, no lo había soñado. Había alguien disparando en la planta de arriba. Pero ¿quién demonios podía haber ido a robar a unos trasteros de alquiler en plena noche y por qué tenía que matar a nadie? Era completamente absurdo.

O quizá, se dijo, fuera uno de esos chalados que se liaban a tiros en cualquier sitio, pero eso era todavía más absurdo, porque ¿lo que querían no era matar a un montón de gente? ¿No se trataba de eso? Ella nunca había visto a más de dos personas en los trasteros.

Se quedó muy quieta los siguientes quince minutos. No se atrevía a salir del trastero, pero tampoco podía volver a dormirse.

Al poco de escucharse el rugido de las motos fuera, oyó voces en el pasillo, muchas voces, y empezó a tramar un plan. Seguramente lo mejor era quedarse allí toda la noche, hasta que se resolviese el asunto. Pero ¿y si había gente en peligro? ¿Qué podía hacer? ¿Qué habría hecho Tom?, se preguntaba. Miró las cosas de su marido, amorosamente ordenadas en los estantes que había encargado por Amazon y que había montado ella misma. Intentó ponerse en su piel.

Porque no cabía duda de que Tom habría hecho algo.

VEINTICUATRO

Allí cerca, Teacake y Naomi habían estado ideando planes desde que habían oído llegar las Harleys. Habían oído los pasos de Mike alejándose por el pasillo, al parecer atraído también por el estruendo, y Teacake había llegado a una conclusión que era imposible quitarle de la cabeza.

—Esto es una movida zombi.

Naomi se mostraba más razonable.

—Vale, en primer lugar los zombis no existen.

—Claro que existen. Son reales al cien por cien.

—No, qué va, Travis. Eso es en la tele. En las películas.

—Sí, y son unas películas y unas series cojonudas, por cierto, pero no hablo de eso. Lo que digo es que los zombis existen de verdad, están inspirados en ese rollo de Haití, eso es de conocimiento público o como se diga. Son muertos a los que se convierte en esclavos con magia. No me creo que no lo sepas. ¿Y tú quieres ser veterinaria?

Ella le miró.

—¿De verdad crees que es eso lo que está pasando aquí? ¿Magia haitiana?

—¿Qué? Joder, no. No soy idiota —contestó él impaciente.

—Entonces, ¿qué quieres decir?

—Lo que digo es que esto es como una de esas movidas zombis, no digo que lo sea exactamente, porque sé que no lo es, ¿vale?, porque estamos en Kansas. Pero, aparte de eso, aquí hay un hongo verde y un rey de las ratas y un ciervo que explota y un tío que te quiere vomitar en la puta boca. —Hizo un gesto para indicar que aquello eran hechos demostrados.

—Sí, ¿y?

—Que esa cosa, sea lo que sea, se está extendiendo. Que *quiere* extenderse. Llámalo como quieras, pero el caso es que esa cosa está aquí, en este edificio, y quiere salir fuera, al mundo. Así que ¿qué vamos hacer al respecto? Dentro de veinte años, cuando tú y yo estemos sentados frente a la chimenea y nuestros bisnietos nos pregunten qué hicimos cuando la gran guerra zombi, ¿qué vamos a decirles? —Naomi abrió la boca para contestar, pero él levantó la mano para detenerla y añadió—: Y sí, ya sé que las cuentas no cuadran en lo de los bisnietos, así que no empieces.

Ella no iba a corregir sus cálculos, sino a señalar que estaba dando por sentado que iban a tener hijos juntos. Pero le parecía fuera de lugar hacerlo, y además era muy dulce que hubiera dicho aquello, así que lo dejó pasar.

—Tenemos que salir de aquí y parar a ese tío antes de que le vomite en la boca a otro —continuó él.

—¿Por qué tenemos que hacerlo nosotros? El tío del teléfono ha dicho que estará aquí dentro de veinte minutos.

—Sí, ¿y quién es ese tío, exactamente? —preguntó Teacake—. ¿Un tío al teléfono que habla como un jefazo? ¿Una señora de Fort Belvoir que tiene que colgarte y vuelve a llamarte desde su móvil? ¿Por qué? Son unos putos aficionados, joder, y están igual de asustados que nosotros. No sé por qué, pero lo están. Vale, si hablas con el Sargento de Hierro o algo así y te dice que viene volando para acá una docena de helicópteros de combate armados con misiles y con *Don't Fear the Reaper* sonando en los altavoces a toda hostia, yo me quedaría esperando a ver qué pasa. Pero no creo que tengamos tiempo de quedarnos aquí sentados confiando en que aparezcan un par de mercenarios y no se los coman antes de salir del coche. Tenemos que salir ahí fuera y hacer algo.

Siguieron debatiendo la cuestión uno o dos minutos más. Teacake ya había escuchado los mensajes de Griffin y sabía que eran él y sus colegas los moteros quienes habían llegado, seguramente para llevarse la mercancía robada. La culpa la tenía él, claro, por no haber estado dispuesto a incumplir las normas: otro ejemplo de que cuando hacías lo correcto, todo se jodía. Naomi y él convinieron por fin en que Griffin y sus amigos, aunque fueran repugnantes, eran seres humanos y no merecían morir. Y que, en caso de que tuvieran que morir, sería fantástico que no difundieran un hongo mortal por el mundo al palmarla. Acordaron que lo más sensato era empezar por una llamada telefónica.

Teacake marcó *Llamar* en la última llamada entrante que tenía de Griffin y esperó. La línea sonó dos veces antes de que contestara Griffin, que empezó a hablar antes de acercarse el teléfono en la boca:

—…mamonazo vuelve a ignorar mis llamadas y te despido cabrón te crees que esto es un puto juego te juro que voy a…

Luego bajó el teléfono, su voz sonó cada vez más lejana y por fin colgó, otra vez con la frase a medias.

Teacake miró el teléfono.

—Vaya.

—¿Qué?

—Siempre me sorprende que sea tan gilipollas.

—¿Te ha colgado?

Teacake asintió y volvió a llamar. Saltó directamente el buzón de voz. Bajó el teléfono, anonadado.

—Tengo que reconocer que esto no me lo esperaba.

—¿Parecía estar bien?

—Bueno, parecía un capullo, así que supongo que era él y que está bien. A ver si conseguimos encontrarle antes de que lo encuentre tu amigo.

—No es mi amigo —contestó ella indignada.

—Vale, el tío con el que tuviste un bebé. Hay que pararle.

Se acercó a la puerta y quitó el pestillo de uno de los lados. Naomi se puso delante del otro. Aún tenía algo que decir.

—Tiene una pistola.

—Una calibre 22. Sí, una calibre 22 puede hacerte polvo, pero el cargador solo tiene diez balas y creo que las ha gastado todas.

—¿Cómo lo sabes? —preguntó ella.

—Porque en estos últimos quince minutos, mientras estábamos aquí sentados, he contado de memoria los disparos. Uno en el pasillo, cuando íbamos huyendo de él. Tres aquí enfrente, cuando me he metido por debajo de la puerta. Y las seis veces que ha disparado contra la puerta después de bajarla. Mira, se ve donde han dado.

Naomi levantó la vista y, en efecto, había seis pequeñas abolladuras en la puerta metálica, dispersas en una zona de cerca de un metro, allí donde se habían incrustado los proyectiles. Estaba impresionada.

—Así que no puede dispararnos, ¿vale? —continuó Teacake—. Solo puede echarnos la pota o explotar, pero si nos mantenemos alejados no pasará nada. Hay que sacar de aquí a Griffin y a los gilipollas de sus colegas y conseguir que el papá de tu niña se quede encerrado dentro…

—Por favor, para de decir eso.

—…y esperar a que llegue la caballería. Si saben lo que se hacen, entonces genial. Habremos salvado al mundo. O al menos al este de Kansas. —Hizo una pausa. Cuando un vendedor sabía que tenía un argumento ganador, siempre lo reservaba para el final y utilizaba la menor cantidad de palabras posible para expresarlo. Teacake sabía que lo tenía, de ahí que hiciera una pausa antes de ponerlo sobre la mesa—. Y también a tu hija —remachó.

Naomi le miró conmovida.

Teacake siguió hablando acerca de lo que más le importaba de aquel asunto. No se dio cuenta de que era lo que más le importaba hasta que estuvo a mitad de su discurso, y entonces comprendió por qué le estaba poniendo tanto empeño, por qué hacía campaña por su derecho a abrir la puerta e ir a arriesgar su vida cuando no tenía ninguna necesidad de hacerlo. Aquello le salió del corazón.

—Mira, ya sé que nos pagan una mierda, pero aquí me contrataron nada más salir de la cárcel, cuando nadie más quería contratarme. Se supone que tengo que cuidar de este sitio y, por una vez en la vida, estaría bien no cagarla. Este es el único trabajo que tengo y sí, es un trabajo de mierda, pero es el único que tengo y que voy a tener. Tú no tienes que venir. Salgo, tú cierras la puerta y luego vuelvo a buscarte cuando esté todo despejado.

Naomi le miró y pensó: «Es curioso. Algunas cosas mejoran vistas de cerca. Como él».

Corrió el otro pestillo de la puerta y juntos la levantaron y salieron al pasillo.

Enseguida vieron que Teacake tenía razón en una cosa: la pistola tenía que estar descargada porque Mike la había dejado allí, en el suelo, donde había estado sentado. Echaron a andar por el corredor. Solo habían dado tres o cuatro pasos cuando sonó el teléfono de Naomi.

Le hizo una seña a Teacake, se paró y contestó en voz baja:

—Sigo aquí.

Era Abigail. Habían pasado diez minutos exactos desde su última llamada.

—Bien. Solo quería asegurarme. ¿Ha cambiado la situación?

Naomi titubeó.

—No exactamente.

—¿Qué quiere decir?

—Hemos salido del trastero.

Abigail se quedó callada un momento, pensando.

—No entiendo por qué han hecho eso.

—Ha llegado más gente. Tenemos que advertirles.

—¿Cuánta gente?

—No lo sé. Vuelva a llamarme. —Colgó y miró a Teacake—. No estaba muy contenta.

Él se encogió de hombros.

—¿Y quién lo está?

LOS ÚLTIMOS TREINTA Y CUATRO MINUTOS

VEINTICINCO

El traslado de las teles iba bastante bien de momento, pero estaba llevándoles más tiempo del que calculaba Griffin. El regateo lo había retrasado todo. Después del trabajo que le había costado venderles por fin las teles a aquellos idiotas, en el último momento el capullo de Ironhead había intentado bajar el precio a setenta y cinco dólares. Y además no lo había hecho en voz baja: se habían enterado todos, y todos querían una rebaja. A Ironhead se le daba bien aquello: por algo le llamaban así, y no solo por la moto que llevaba. Trabajaba en ventas en IRT y negociar era lo suyo, por eso había esperado a que estuvieran en el trastero y, después de echar un vistazo al género, se había dado cuenta de que Griffin estaba en un atolladero. Habían regateado unos minutos, pero Griffin ya tenía dolor de cabeza y no quería ni pensar en que se fueran dejando aquellos trastos allí. Así que había transigido con los setenta y cinco pavos y al final iba a embolsarse 450 dólares en vez de 600, pero, en fin, menos daba una piedra.

Las teles pesaban y eran poco manejables, así que hacían falta dos personas para llevarlas, una a una. Cedric y Wino habían sacado la primera; Cuba y Garbage, la segunda; Shorty y Rev la tercera; y Griffin y el doctor Steven Friedman ya habían hecho dos viajes. Ironhead se las había arreglado de algún modo para hacer el papel de supervisor y estaba apoyado contra el tabique del trastero, fumándose un cigarrillo electrónico, cuando Mike apareció en la puerta.

Se quedó allí un momento, resollando, con la mirada fija en Ironhead, que le echó una ojeada.

—¿Qué cojones quieres?

Mike no respondió, se limitó a mirarle. Ironhead expelió una nube de vapor.

—Te he hecho una pregunta, gilipollas.

Mike siguió sin contestar. Ironhead dio un paso adelante.

—Estás a punto de meterte en un lío, chaval. Aquí no pintas nada, cabrón. O das dos pasos atrás y dejas de mirarme en este puto instante, o te machaco la cabeza contra esa pared. ¿Entendido?

Mike dio media vuelta y miró hacia el fondo del pasillo, no porque se lo hubiera dicho Ironhead, sino porque oía voces. Cedric, Wino, Cuba y Garbage volvían de hacer su primer viaje a la camioneta y venían a por más televisores. Al acercarse vieron a Mike, pero él retrocedió unos pasos para dejarles sitio. Ironhead concluyó que había conseguido intimidar a aquel chiflado que no le quitaba la vista de encima.

—Eso está mejor —le dijo a Mike mientras los otros entraban en el trastero para coger otra tele.

Cuba miró hacia atrás al reconocer al tipo al que había visto un rato antes. La camisa le quedaba aún más estrecha: ya habían saltado dos botones a la altura de la barriga y un par más parecían a punto de correr la misma suerte.

—¿Qué quiere ese tío? —le preguntó a Ironhead—. Le he visto antes.

—Ni puta idea. No te preocupes por él. Tú sigue, que no tenemos toda la noche.

Cedric, que llevaba años viendo a Ironhead comportarse con chulería y ya estaba harto, le espetó:

—¿Y tú cuándo piensas arrimar el hombro, vago de mierda?

—Eh, yo estoy coordinando. Deberías agradecérmelo. Tendría que cobraros comisión por el dinero que os habéis ahorrado gracias a mí.

Oyeron gritos fuera, dos voces lejanas, y miraron otra vez más allá del rarito que seguía mirándolos fijamente, pero no vieron a nadie. Ironhead se volvió hacia los demás y les hizo señas de que se dieran prisa.

—Coged una tele, venga, hay que salir de aquí cagando leches.

Se oyó un sonido bajo, como el de una sábana al rasgarse por la mitad, y se volvieron todos al mismo tiempo. Mike estaba otra vez en la puerta y el sonido procedía de su barriga. Su mucosa estomacal, distendida hasta el límite, se había separado por fin de la pared del estómago y era ahora una masa de gelatina viscosa que flotaba libremente dentro de su abdomen.

Le quedaba menos de un minuto y medio de vida.

Se quedaron todos boquiabiertos, pero solo Ironhead consiguió articular palabra:

—¿Qué cojo…?

Se interrumpió al ver que, de repente, la tripa de Mike se deprimía y su cuerpo expulsaba las entrañas a través de la garganta y de la boca, arrojándolas al exterior a una velocidad de cuarenta kilómetros por hora. Para un coche no es una velocidad muy alta, pero para un vómito sí, mucho: tardó menos de un segundo en recorrer la distancia que separaba a Mike del grupo. No tuvieron tiempo de reaccionar, y las salpicaduras llegaron muy lejos, de modo que el chorro contaminó a todos. Gritaron, retrocedieron y Mike levantó el brazo, bajó la puerta del trastero de golpe y volvió a pasar el cerrojo por el agujero. No sabía muy bien por qué, pero sabía que aún tenía cosas que hacer y no quería que le estorbaran.

La forma evolucionada de *Cordyceps novus* que habitaba dentro de Mike estaba acumulando, una tras otra, experiencias positivas de crecimiento, y ya había aprendido que no le convenía hacer estallar a su organismo anfitrión a la primera oportunidad. La expansión de la masa fúngica que había llevado a cabo Mike a través del vómito había demostrado ser tan eficaz como el estallido del cuerpo en su totalidad y tenía la ventaja añadida de dejarle intacto y con capacidad motora durante al menos sesenta segundos más.

El hongo era un alumno excelente: aprendía deprisa.

Mike oyó gritos y voces procedentes del interior del trastero, pero aquellos individuos estaban encerrados y así debían permanecer un minuto o dos más. A Mike le quedaba poco dentro: se estaba consumiendo y gastándose a toda prisa, y tenía que asegurarse de invertir lo poco que le quedaba en una buena causa.

Los otros humanos.

Dando media vuelta, siguió las voces que había oído momentos antes.

Hacía menos de dos minutos que Naomi y Teacake habían salido del trastero. Naomi había contestado a la llamada de Abigail, le había colgado y habían seguido avanzando con cautela por el corredor. El teléfono volvió a sonar, pero ella no le hizo caso, pulsó el botón lateral y dejó que saltara el buzón de voz. Oyeron voces arriba. Teacake se acercó a un cruce, se asomó a la esquina y miró por el siguiente pasillo, donde estaba el trastero en el que Griffin guardaba los televisores robados.

El trastero quedaba a unos quince metros de distancia, y vio que la puerta estaba abierta de par en par. Mike estaba de pie en la entrada, mirando hacia el interior, y Teacake vio que había gente dentro del trastero, cuatro o cinco personas. Estaban haciendo algo, pero no prestaban atención a Mike, que era lo que deberían estar haciendo. Naomi dobló la esquina en el momento en que Mike empezaba a mover la tripa adentro y afuera. Los dos sabían lo que iba a suceder y gritaron al mismo tiempo a los pobres diablos de dentro del trastero —«¡Cuidado! ¡Apartaos! ¡Salid de ahí ahora mismo!»—, pero era ya demasiado tarde. Solo les dio tiempo a ver cómo se vaciaba el estómago de Mike, arrojando el hongo hacia el interior del trastero. Vieron que extendía el brazo, que cerraba la puerta y la atrancaba y que se volvía hacia ellos.

Los miró un momento.

Luego, echó a correr hacia ellos.

Parecía imposible que su cuerpo en descomposición fuera capaz de correr, pero lo era: avanzó hacia ellos rápidamente, con paso renqueante pero decidido. Estaba ya demasiado cerca para que dieran media vuelta y huyeran, y Teacake se dio cuenta con cierto pesar de que su gran plan heroico no contenía en realidad ninguna idea concreta. ¿Salir del trastero, avisar a los otros, salvar la Tierra? Era una mierda de plan, la verdad, ni siquiera merecía llamarse plan, comparado con un plan como Dios manda. Había convencido a Naomi, aquella chica y madre maravillosa que de verdad tenía un propósito en esta vida, de que abandonara la seguridad de su escondite y se lanzara al peligro sin ninguna estrategia y sin nadie que la protegiese, salvo él, el Supersinplan. Oyó la voz de su padre dentro de su cabeza, diciéndole lo que no había parado de decirle en esos últimos quince años.

«Si no tuvieras la cabeza llena de mierda, la tendrías hueca».

Cuando faltaba apenas un segundo para que Mike los alcanzara, Teacake se agachó, dispuesto a abalanzarse contra él para hacerle al menos un placaje y que Naomi tuviera tiempo de huir. Tensó las piernas, listo para saltar hacia delante.

Naomi fue la primera en oír los disparos, porque sonaron a cosa de medio metro detrás de su oreja izquierda. El estruendo le rompió el tímpano izquierdo y la dejó temporalmente sorda del oído derecho.

La Glock 21SF calibre 45 era la pistola reglamentaria de la Patrulla de Carreteras de Kansas desde 2009. Nadie sabía a ciencia cierta para qué necesitaban tanta potencia de tiro, pero Teacake y Naomi, desde luego, no se iban a quejar de ello esa noche. Seis balas del calibre 45 pasaron zumbando junto a la cabeza de Naomi y por encima del hombro de Teacake y se incrustaron en el pecho de Mike con tal fuerza que revertieron su trayectoria. Le levantaron del suelo, le hicieron retroceder dos metros en el aire y le dejaron caer sobre el suelo de cemento, muerto. Su cuerpo carcomido por el hongo estaba en tan mal estado que prácticamente se desintegró con el golpe.

Naomi, completamente sorda del oído izquierdo y aturdida por el pitido que notaba en el derecho, se volvió y vio a una mujer tras ella, empuñando la pistola todavía humeante.

Teacake se levantó con los ojos como platos.

—¡¿Señora Rooney?!

Mary Rooney bajó el arma reglamentaria de su marido, el arma cuya pérdida denunció al morir su marido en lugar de devolverla y que había traído al trastero en una caja de zapatos ese mismo día.

Apartó los ojos de los restos esparcidos de Mike y los fijó en Naomi y Teacake.

—Ese chico no estaba bien.

Los disparos resonaban aún en el vestíbulo cuando Shorty y Rev dieron media vuelta y echaron a correr hacia la camioneta. La situación no era como para quedarse y tratar de averiguar qué pasaba. Seis disparos como cañonazos que parecían proceder de un arma semiautomática, a unos treinta metros de ti, mientras estabas cargando mercancía robada en tu camioneta en plena noche. Sí, lo mejor era largarse de allí a toda pastilla.

Subieron de un salto a la camioneta, Shorty metió la marcha atrás y pisó el acelerador, y la grava que se levantó dejó una ráfaga de arañazos en las puertas de cristal que daban acceso a los trasteros. Dio un volantazo, la camioneta giró 180 grados y salieron disparados por la carretera de acceso sin mirar atrás.

Griffin y el doctor Steven Friedman, en cambio, no se hallaban en una posición tan ventajosa. Estaban volviendo al trastero, dispuestos a cargar con otro televisor, cuando oyeron los disparos al otro lado de la esquina. El doctor Friedman se encogió y se tapó los oídos, una respuesta biológicamente inútil que le convirtió en un blanco fácil en medio del pasillo, pero los años que había pasado en la Facultad de Odontología no incluían el adiestramiento para salir airoso de trances como aquel.

No como Griffin, que se había encontrado cien veces con un escenario parecido jugando al *School Shooter: North American Tour 2012*, una modificación del *Half-Life 2* que se había descargado de Internet. Reaccionó instintivamente, con alegría: se pegó a la pared y sacó la Smith & Wesson M&P 40C de la pistolera que llevaba bajo la chaqueta. Antes de que dejara de oírse el eco de los disparos, hizo un reconocimiento rápido de la situación, izquierda-derecha-izquierda, y vio que el pasillo estaba despejado, salvo por el doctor Friedman, que seguía agazapado en medio. Dio un paso adelante, agarró al dentista por el cuello de la chaqueta con la mano izquierda y tiró de él hacia la pared.

El doctor Friedman le miró, encogido todavía de terror.

—¿Qué demonios está pasando? —preguntó en voz baja y trémula.

—Tirador activo —contestó Griffin.

Hacía años que no se sentía tan bien.

VEINTISÉIS

Roberto estaba en la carretera estatal 73, apenas a doce kilómetros de Atchison, cuando recibió la llamada de Abigail. Su teléfono móvil seguía metido en la bolsa de Faraday, de ahí que hubiera dejado el portátil abierto sobre el asiento del copiloto usando una tarjeta AT&T para mantenerse conectado a Internet. Se puso el auricular, pulsó la barra espaciadora para contestar y escuchó mientras Abigail le informaba de las novedades.

No estaba seguro de haberla entendido bien.

—¿Han salido? —preguntó—. ¿Cómo que han salido?

—No están dentro del trastero.

—¿Y se puede saber por qué?

—Han dicho que había otras personas dentro de las instalaciones y que tenían que advertirlas.

—Genial. Muy noble por su parte. ¿Cuántas personas más?

—La chica no me lo ha dicho.

—¿No ha podido comunicarse con ella otra vez?

—Lo he intentado cuatro veces. No contesta.

—¿Cuánto tiempo hace de eso?

—Menos de dos minutos.

—¿Y el otro sujeto? —preguntó él—. El infectado, el que estaba en el pasillo.

—Ella no me ha dicho nada.

—¿No se lo ha preguntado?

—Ha sido una conversación muy breve. Me ha colgado. Le he contado todo lo que sé.

—Vale —dijo él pensando—. De acuerdo, de acuerdo —añadió, y repitió todo lo que le acababa de decir Abigail porque era lo que le habían enseñado cuarenta años antes—. Naomi le ha dicho que ella y su compañero han salido del trastero porque han oído llegar a otras personas. No ha dicho a cuántas. No ha podido usted contactar con ella desde entonces. De eso hace dos minutos. ¿Es así?

—Sí, señor.

—¿Sabe usted sus nombres? —preguntó él.

—Sí.

Roberto pensó rápidamente. Valoración de daños, rendimientos decrecientes, balance de riesgos. Evaluar aquella situación de mierda y decidir qué pasos dar para minimizar los daños. Tenía una idea, pero implicaba ampliar el círculo. Podía servir, pero haría falta que la noche estuviera despejada. Bajó la ventanilla, sacó la cabeza y miró hacia arriba. Encima de él el cielo estaba raso, un brillante dosel de estrellas. Vale, había tenido suerte con el tiempo. Volvió a subir la ventanilla.

—Voy a necesitar apoyo aéreo —dijo al teléfono.

Se hizo un silencio al otro lado.

—No creo que sea posible.

—Todo es posible, Abigail, solo que algunas cosas son más posibles que otras.

—Ese tipo de recursos no está a mi alcance.

Roberto, que no pretendía regañarla, suavizó su tono:

—Sé perfectamente qué recursos están a su alcance y cuáles no —dijo. En ese momento tenía una única aliada y no podía permitirse perderla.

—Quiere reconocimiento por satélite —repuso ella como si dijera «Quiere un trillón de dólares».

—Quiero un Global Hawk justo encima, a tres kilómetros de altitud, pero no le daría tiempo a llegar aquí desde Edwards, así que me conformo con un Keyhole. Solo tendrá que desviarlo diez minutos.

—Eso tendría que autorizarlo el fiscal general.

—Sí, si siguiéramos los cauces legales. Pero nuestro enfoque de la situación es un poco más informal.

—Está usted loco. En un sentido operacional, quiero decir. Casi está desvariando.

—No, soy ambicioso, Abigail, y usted también. Vamos, ¿a quién conoce en la NRO?

La NRO, la Oficina Nacional de Reconocimiento, se encargaba de la coordinación de los satélites de vigilancia y la distribución de información dentro de la NSA, la CIA, el FBI y Seguridad Nacional.

—A nadie —contestó ella molesta.

—¿Le importaría cambiar de actitud? Faltan menos de nueve minutos para que llegue a mi destino. —Miró la velocidad y vio que iba a más de 125 por hora. Levantó el pie del acelerador.

Se hizo otro silencio al otro lado de la línea. Luego, Abigail volvió a hablar, todavía con indecisión, aunque a Roberto casi le pareció percibir cómo discurría su mente tratando de resolver el problema.

—Mi amiga Stephani sale con un tipo de la ADF-E.

La Estación Aeroespacial de Datos-Este estaba situada justo al otro lado de Fort Belvoir y era el centro neurálgico de los satélites de vigilancia distribuidos por todo el mundo.

—¿Lo ve? —dijo Roberto—. ¿Ve lo que puede hacer?

—Pero tendría que despertarla… Y él tendría que estar de guardia…

—Tendrán que darse una serie de circunstancias para que las cosas salgan como queremos, no hay duda.

—Volveré a llamarle.

—Espero —dijo Roberto—. ¿Conoce usted a ese tipo personalmente?

—No. Solo le he visto en foto una vez.

—¿Quién es más guapo, él o Stephanie?

—No lo sé. ¿De verdad tenemos tiempo para hablar de eso ahora?

—Stephanie… Digo, Abigail, maldita sea. —Estaba empezando

a cansarse y a ponerse de un humor de perros—. Por favor, conteste a mi pregunta. ¿Quién es más guapo?

—Stephanie es un bellezón. Mucho más guapa que él.

—Entonces estamos de suerte. Despiértela. Ya tiene las coordenadas. Necesito vigilancia aérea dentro de cinco minutos. Si algún individuo infectado sale de ese sitio, tengo que saber cuántos son y adónde van. ¿De acuerdo?

—De acuerdo.

—Y consígame información personal sobre las dos personas que están dentro de los trasteros. Los que están limpios. Historial laboral, helado favorito, lo que encuentre. Puede que lo necesite. ¿Entendido?

—Entendido.

Abigail colgó para ponerse manos a la obra.

Roberto se quitó el auricular y cerró el portátil. Se permitió exhalar un suspiro. Quizá la cosa saliera bien, cabía esa posibilidad. Había olvidado a cuánta gente conocía y lo bien que se le daba sacar lo mejor de quienes no conocía. Cuando aparecían arrugas, él las alisaba. Sencillamente, no había nada que pudiera sustituir a la experiencia. Coges las habilidades adquiridas a lo largo de toda una vida, las aderezas con la sabiduría que da la edad, añades un poco de instinto y una pizca de reflejos —esos no se aprenden, hay que tenerlos de partida— y ya tienes un agente extremadamente eficaz. Qué diablos, quizá no debería haberse jubilado. Llegaría a Atchison en ocho minutos y en menos de una hora habría solventado el problema, se dijo con una sonrisa.

Entonces, el policía encendió la sirena.

Roberto miró por el retrovisor, sintiendo que se le encogía el estómago. El coche patrulla estaba muy cerca y las luces rojas brillaban tanto que le hacían daño en los ojos. Miró el velocímetro. Iba casi a 145 kilómetros por hora. ¿En serio? ¿Había rebasado el límite de seguridad? «Pues sí, eres un verdadero genio, Roberto».

Dio un puñetazo junto al volante y siguió circulando un momento mientras su mente se disparaba en dieciocho direcciones, todas ellas conducentes a un callejón sin salida. El policía hizo sonar la sirena y Roberto dio un respingo al oír su aullido repentino.

No tenía elección. Se desvió hacia la cuneta.

La grava del arcén crujió bajo los neumáticos cuando detuvo suavemente el monovolumen. Miró por el retrovisor por si captaba alguna información útil. El coche patrulla era un sedán de cuatro puertas corriente, seguramente un Chevy Impala. Tenía un puente luminoso rojo en el techo, faros cuadrados con foco alterno y luz LED azul en la parrilla delantera. Pero toda esa información no servía absolutamente de nada.

Mirar hacia atrás sería como reconocer implícitamente su culpa, de modo que Roberto miró por el retrovisor lateral, cuyo ángulo evitaría que las luces del coche patrulla le deslumbraran del todo. El policía no había aparcado tan dentro del arcén como él, de modo que alcanzaba a distinguir su silueta a través del parabrisas. Tenía la cabeza agachada y la radio en la mano. Seguramente estaba comprobando su número de matrícula y esperando una respuesta. Roberto procuró aquietar su respiración mientras barajaba alternativas. Ninguna era buena, pero la peor de todas era salir pitando: a las ondas de radio no había formas de tomarles la delantera. Acabaría metido en una persecución a toda velocidad en la que llevaba todas las de perder.

Pensó en dar marcha atrás y estrellar el monovolumen contra el morro del coche patrulla con la esperanza de reventarle una rueda, pero era igual de posible que fuera uno de sus neumáticos el que reventase, y en ese caso la persecución sería muy corta. Y aunque tuviera suerte y dejara inutilizado el coche patrulla sin dañar el suyo, ello no invalidaba lo de las ondas radiofónicas.

De mala gana, pensó en matar al poli. Pero, aunque se decidiera a asesinar a un agente de policía inocente que solo estaba cumpliendo con su trabajo, no llevaba ningún arma encima. La que tenía más cerca sería la M9 descargada que sin duda habría en el maletero. Trini habría dejado un cargador lleno al lado de la pistola, envuelto en espuma de embalaje, para que pudiera colocarlo en un segundo. El problema era llegar hasta la pistola. Si hacía el menor gesto de acercarse a la parte de atrás del coche, en cuestión de segundos el policía saldría de su vehículo y se parapetaría detrás de la puerta, empuñando su arma.

Y luego estaba lo de matar a un policía inocente, cosa que no había hecho nunca.

Se abrió la puerta del coche policial y salió el agente. Era alto, metro noventa y cinco tal vez, y llevaba en la mano el sombrero de ala redonda. Se detuvo, cerró la puerta del coche y, sin ninguna prisa, se caló el sombrero y se lo ajustó sobre la frente. Genial, encima era un capullo.

Echó a andar hacia el monovolumen. Roberto le observó por el retrovisor lateral, pensando todavía. Era poco probable que un intento de soborno surtiera efecto, y además solo llevaba unos doscientos dólares encima. Cuando el policía llegó a la altura de su ventanilla, se le ocurrió una última idea desesperada. ¿Y si probaba a decirle la verdad?

No funcionaría, ni en un millón de años.

Bajó la ventanilla. El agente le echó una ojeada y se inclinó ligeramente para comprobar que Roberto era el único ocupante del coche.

—Permiso de conducir y documentación del vehículo, por favor.

—¿Iba a más velocidad de la permitida?

Santo cielo, ¿eso era lo único que se le ocurría a él, un profesional experimentado? ¿Lo mismo que decía cualquier conductor al que hubiera parado la policía en toda la historia de la red interestatal de carreteras? ¡¿«Iba a más velocidad de la permitida»?!

—Sí. Permiso de conducir y documentación del vehículo.

—Voy a abrir la guantera —dijo Roberto.

«¿Lo ve? Soy un buen ciudadano. Un tipo responsable, igual que usted. Puede fiarse de mí. ¿Lo ve?».

—Adelante —contestó el agente.

Roberto se inclinó y abrió la guantera sin tener ni idea de qué iba a encontrar dentro. Mientras apretaba el botón de fuera se le ocurrió que muy bien podía haber un arma allí guardada. Trini era muy concienzuda, y sin duda le habría mandado perfectamente equipado para afrontar cualquier situación que se le presentase, incluida la súbita necesidad de un arma de fuego. Vaciló con el dedo en el botón de la guantera y pensó en cómo pueden precipitarse los errores, uno tras otro. Esperó un segundo mientras reflexionaba. Si resultaba que había una pistola en la guantera, la situación podía deteriorarse de golpe.

—¿Señor?

Roberto tenía la cabeza vuelta hacia la guantera, de modo que no podía ver al policía, pero notaba su presencia y oyó el susurro de su camisa cuando movió el brazo. Después se oyó un chirrido de cuero muy sutil y Roberto comprendió que el policía había apoyado la mano derecha en la empuñadura de su arma reglamentaria y la había movido infinitesimalmente para comprobar que no estaba atascada.

Las cosas se estaban torciendo rápidamente. De nuevo, Roberto no tenía elección. Debía abrir la guantera y confiar en su suerte. Pulsó el botón, sonó un chasquido y la portezuela se abrió.

No había pistola. Roberto cerró los ojos y se obligó a respirar. Todo iba bien, de momento. No solo no había pistola, sino que la documentación estaba allí, perfectamente ordenada y envuelta en la típica carpeta amarilla de los coches de alquiler. Roberto cogió la carpeta, se volvió y se la ofreció por la ventanilla al policía.

—Es de alquiler.

El agente cogió los papeles.

—¿Su permiso de conducir?

—Lo tengo aquí, en la chaqueta —dijo levantando la mano junto a la solapa. «¿Puedo?».

—Adelante.

Roberto metió la mano dentro de la chaqueta, sacó su cartera, extrajo el permiso de conducir y se lo ofreció al policía por la ventanilla. El agente lo cogió.

Roberto esperó mientras inspeccionaba la documentación. Tendría que dar unas cuantas explicaciones si Trini había alquilado el coche a su propio nombre, pero eso era lo que menos le preocupaba en esos momentos. De ese apuro podría salir a base de labia. Miró el reloj del salpicadero. Ya había perdido tres minutos. Tenía que volver a ponerse en marcha en menos de dos o la ventana del satélite que había pedido, y que no había ninguna garantía de que Abigail pudiera abrir, se habría cerrado cuando la necesitara.

¿Cómo era posible que todo se hubiera torcido de esa manera en apenas ciento ochenta segundos?

—Gracias, señor Díaz.

Roberto oyó una leve pausa y un ligerísimo acento de desdén cuando el policía pronunció su apellido. Trató de decidir si esa muestra de racismo cotidiano le ayudaba o empeoraba las cosas y concluyó que daba lo mismo. El policía le devolvió la documentación sin hacer ningún comentario sobre los papeles del coche. Trini era una máquina, hasta había puesto el coche a su nombre.

Roberto cogió los papeles.

Cuando el agente fijó su atención en el interior del coche, su mirada se detuvo bruscamente en los asientos traseros. La lona que Trini había echado sobre las cajas de suministros militares no alcanzaba para ocultarlas del todo, y menos aún después de añadir el T-41 con forma de barril cortado en vertical. A cualquiera que tuviera un mínimo de experiencia o que hubiera visto determinadas series de televisión, aquellos bultos le parecerían exactamente lo que eran: armas embaladas.

El policía se sacó una linterna del cinturón y la encendió. No podía inspeccionar un maletero sin permiso o motivo justificado, pero sí que podía echar un vistazo al interior de un coche por una ventanilla abierta. Roberto le miró, aprovechando que estaba distraído para calibrar a su oponente. Pensó fugazmente en abrir la puerta y golpear con ella al agente con fuerza suficiente para derribarle, dejarle sin respiración o incluso darle con el tirador en las pelotas. Si la cosa le salía bien, se lanzaría fuera, desarmaría al poli y le dejaría inconsciente de dos culatazos en la cabeza con su propia arma. Pero era todo muy improbable y seguramente acabaría muerto en la cuneta o encerrado en un calabozo de Kansas mientras un hongo equiparable a la peste negra asolaba el país.

Así que tampoco era tan buena idea.

Entonces, sin embargo, vio el tatuaje. Como el policía tenía que mantener la mano derecha en todo momento cerca del arma, había sacado la linterna con la izquierda y tuvo que estirar el brazo y cruzarlo por delante del pecho para alumbrar la parte de atrás del coche. Hacía calor y llevaba puesto su uniforme de verano, una camisa azul cuya manga acababa justo por debajo del bíceps. Tenía unos brazos enormes, bien trabajados, y al mover la linterna se le subió la manga, dejando entrever cerca de diez centímetros más de piel.

Roberto vio la gruesa X negra que llevaba tatuada en el brazo, en un lugar que, en circunstancias normales, quedaba discretamente oculto bajo la tela de la camisa. Esa noche, sin embargo, en esa postura, el tatuaje quedó al descubierto, iluminado por las luces rojas intermitentes del coche patrulla.

La X estaba formada por dos barras gruesas rematadas en punta. Nada sofisticado ni colorido, solo tinta negra, pero Roberto adivinó que se trataba de un símbolo nacionalista sureño. Las barras evocaban sin duda la Cruz de San Andrés y la X estrellada de la bandera confederada, y probablemente la falta de color y de estrellas era una estrategia para ocultar la ideología ultraderechista del portador del tatuaje en determinadas situaciones en que podía ser inconveniente, como en el caso de un agente de policía estando de servicio.

El agente alumbró la parte delantera del coche, deslumbrando momentáneamente a Roberto al mover la linterna.

—¿Qué lleva ahí, señor... Díaz?

¡Ajá! La pausa había sido más larga esta vez, y el leve énfasis en su apellido confirmó sus sospechas. «Conque eres un racista hijo de puta, ya te he calado. Un nacionalista blanco». Muy bien. Algo era algo. Con eso ya podía trabajar.

—Me has pillado, hermano.

El policía le miró. ¿Hermano? Era empezar muy fuerte, pero, oye, cuando solo tienes una carta que jugar, hay que jugarla con convicción.

—¿Le he pillado en qué, señor Díaz? —contestó el policía impasible. No dejaba traslucir nada.

—Preparándome.

—¿Para qué, señor?

—Para cuando llegue el día.

El agente se quedó mirándole un momento. No hizo ningún gesto que animara a creer a Roberto que iba por buen camino, pero tampoco le pidió que se bajara del coche. Roberto se lo tomó como una señal de que podía continuar, y empujó el resto de sus fichas hacia el centro de la mesa.

—He visto su tatuaje. Si viviéramos en un país libre, supongo que pondría III%, ¿me equivoco?

El agente se limitó a sostenerle la mirada pensativamente.

Durante los siete u ocho últimos años que Roberto había trabajado en la DRTA, se había registrado un brusco incremento de los informes sobre adquisición de armamento por parte de milicias civiles armadas dentro del país. Roberto solía leer solo por encima esos párrafos de los informes diarios de seguridad, dado que su campo de trabajo se hallaba principalmente en el extranjero, pero aun así conocía los nombres de algunos de los movimientos nacionalistas más destacados, entre ellos el de los Three Percenters, un grupo paramilitar norteamericano cuyos miembros juraban resistencia armada contra cualquier intento de limitar la posesión de armas por parte de un gobierno tiránico. El nombre derivaba de la creencia de que solo el tres por ciento de la población de las trece colonias tomó las armas contra Gran Bretaña en la guerra revolucionaria. En realidad, esa cifra se aproximaba más al quince por ciento, pero ¿qué más da ese detalle cuando de lo que se trata es de convencer por los medios que haga falta?

En las filas de los *tresporcientistas* había un nutrido número de agentes de las fuerzas de seguridad. De hecho, en 2013 se suspendió de empleo a un grupo de policías locales de Jersey City por lucir parches en los que se leía *Uno del 3%*. Desde entonces, los militantes que trabajaban en la administración pública procuraban no hacer ostentación de su ideología. El tatuaje de la bandera nacionalista sureña era una marca sutil y bastante extendida entre sus correligionarios.

Roberto no tenía ninguna duda de que el agente simpatizaba con las ideas del movimiento. La única duda era hasta qué punto.

El policía siguió mirándole a los ojos diez segundos más. Roberto le sostuvo firmemente la mirada.

—Se acerca el día, compañero. Este país al que tanto amamos y respetamos necesita que estemos preparados.

El policía encendió de nuevo la linterna y alumbró los cajones de la parte de atrás, echándoles otro vistazo.

Volvió a mirar a Roberto. La cuestión era: ¿le parecía Roberto lo bastante blanco a aquel capullo como para que pasara por alto su apellido? El policía se lo pensó un buen rato.

—Conduce con cuidado, patriota.

Por lo visto, la respuesta era sí. El agente apagó la linterna, dio media vuelta y regresó a su coche aplastando la gravilla con los pies.

Roberto no esperó confirmación. Encendió el motor, arrancó ni deprisa ni despacio y le dio las gracias con un gesto al alejarse.

Mentalmente, volvió a su idea original. «Soy muy bueno en mi trabajo», se dijo.

Siete minutos después estaría en Atchison.

VEINTISIETE

A los treinta segundos de haberle pegado seis tiros en el pecho a aquel tipo tan raro que había estallado, a Mary Rooney se le ocurrió una idea. Acababa de matar a un hombre. El hecho casi irreal de que el muerto hubiera estallado en una neblina de engrudo verde le parecía menos relevante que la realidad objetiva de su situación. Había cometido un asesinato. Bueno, seguramente un homicidio, más bien, dependiendo de cómo se mirase, y además aquel tipo iba a por ellos con malas intenciones. Pero era evidente que estaba desarmado, y ella portaba un arma que, a ojos de la ley, le había sido sustraída al estado de Kansas. No hacía falta ser un estudioso del Derecho para saber que, ante un tribunal, las pasaría moradas.

Naomi se había doblado por la cintura y se tapaba los oídos de dolor. Le salía un poco de sangre entre los dedos. Teacake se volvió hacia la señora Rooney con los ojos como platos.

—Señora Rooney madre mía menos mal ¡¿de dónde demonios ha sacado eso?! —preguntó de corrido, con los ojos fijos en el cañón todavía humeante de la pistola.

—Tengo que salir de aquí —contestó ella.

—No, no, no, no se preocupe, no pasa nada, ha tenido que hacerlo, ese tío estaba infectado con no sé qué mierda zombi, una cosa horrible, hay un ciervo que ha explotado y una cosa asquerosa y muy rara en el sótano, y ese... ese intentaba vomitarnos encima y...

La señora Rooney le miraba estupefacta. Teacake se calló al darse cuenta de lo absurdo que debía de parecer todo lo que decía.

—Tiene razón. Es mejor que se vaya.

Oyeron voces, murmullos, al otro lado de la esquina. A Teacake le pareció reconocer los gruñidos guturales de Griffin. Miró a la señora Rooney, la agarró por los hombros y dijo a toda prisa:

—No salga por delante, vaya por ahí, tuerza dos veces a la derecha y salga por la entrada lateral. Tire eso al río —añadió señalando la pistola que ella llevaba todavía en la mano.

La anciana no se movió.

Al otro lado de la esquina, Griffin levantó la voz.

—¡Estoy armado, hijoputa! —dijo en tono desafiante, pero Teacake notó que le temblaba un poco la voz.

Se volvió hacia la señora Rooney.

—¡Váyase!

—Gracias —dijo ella, y echó a andar en la dirección que le indicaba.

—¡¿Me has oído?! —gritó otra vez Griffin—. ¡Estoy armado! ¡Tengo una pistola!

Teacake le gritó:

—¡Griffin! ¡Tranquilo, hombre, soy yo! ¡Teacake!

—¡Tengo una pistola, gilipollas! —respondió Griffin.

Teacake se agachó junto a Naomi y le separó suavemente las manos de los oídos. Ella le miró. Le dolía toda la cabeza, pero notaba en el lado izquierdo un extraño entumecimiento, un silencio total, pesado, que la desorientaba. El pitido agudo que oía en el derecho neutralizaba el efecto tranquilizador del silencio, y un pálpito doloroso le reverberaba en todo el cráneo. Su visión no estaba afectada. Veía a Teacake delante de ella, mirándola con preocupación. Su boca se movía: le estaba diciendo algo. Naomi no oía ni una sola palabra, pero entendía la expresión de su cara. Estaba tan concentrada en ella que le resultaba sencillo interpretar cada gesto.

Tal vez fuera preferible no oírle en ese momento. Observó sus labios, le miró a los ojos y advirtió hasta el más mínimo cambio de expresión. No sabía qué estaba diciendo, pero sabía lo que quería decirle. Que todo iba a salir bien. Y que no la abandonaría.

Vio que se volvía y que gritaba furioso a alguien que estaba al otro lado de la esquina. ¿Habría llegado ya la policía? Se fijó en la mancha que había dejado Mike en el suelo. Se estaba moviendo, bullía como si todavía estuviera viva. Y avanzaba poco a poco hacia ellos.

Ahora Teacake tiraba de ella para que se incorporase, la instaba a hacer algo. ¿Marcharse? Sí, eso era, quería que se marchara en la otra dirección. Fuese cual fuese el peligro y lo que hubiera que hacer, Teacake no quería que estuviera allí para afrontarlo. Naomi se sintió conmovida, quizá porque solo podía sentirle, y los sentimientos de Teacake estaban llenos de energía. Repetía algo una y otra vez. Ella no sabía leer los labios, pero reconoció el nombre de su hija: Teacake le estaba diciendo que saliera de allí enseguida porque quizá él no importaba ni ella tampoco, pero su hija sí, y tenía que cuidar de ella.

Teacake se giró y volvió a gritar algo hacia atrás. Naomi no oyó lo que decía, pero la persona que había al otro lado del pasillo parecía estar acercándose y estaba claro que había algún peligro. Teacake se volvió y empujó a Naomi en la otra dirección. Ella comprendió por la fuerza del empujón que no aceptaría un no por respuesta. Retrocedió tambaleándose y dobló la esquina, quedando oculta a la vista de la persona que venía por el pasillo.

Esperó allí un momento, escondida, sin saber qué hacer a continuación. Estaba sorda, le dolía tanto la cabeza que tenía la sensación de que iba a partírsele en dos, ignoraba quién estaba al otro lado de la esquina y la única persona que podía explicárselo acababa de decirle con toda claridad que saliera de allí cuanto antes. Se quedó paralizada, dudando.

Un segundo después, al otro lado del pasillo, Griffin dobló la esquina con la pistola en alto. Iba encorvado como un agente de las fuerzas especiales y blandía la pistola de lado a lado como si temiera que alguien se abalanzara sobre él desde algún trastero.

—¡Griffin! —le gritó Teacake desde su extremo del pasillo—. ¡Baja el arma, idiota!

Griffin agarró la pistola con las dos manos y, extendiendo los brazos, le apuntó a la cabeza mientras avanzaba.

—¡Manos arriba!

Teacake levantó los brazos.

—¡Que soy yo, ¿vale?!

Griffin siguió avanzando con las piernas flexionadas y la pistola en alto, imitando inconscientemente los movimientos de su avatar en *School Shooter*.

—¡Tira la pistola!

Teacake levantó la cabeza para mirarse las manos, que tenía vacías.

—¿Qué pistola?

—¡Tírala!

—Griffin, no tengo ninguna pistola, ¿vale?

El doctor Friedman asomó la cabeza detrás de Griffin y evaluó la situación de un vistazo.

—Es cierto, Darryl, no parece que esté armado.

Sin bajar los brazos, Teacake intentó señalar las manchas del suelo donde había estado Mike minutos antes.

—No te acerques a eso, tío.

Griffin se detuvo y miró los restos esparcidos por el suelo. Asqueado, miró a Teacake y le apuntó de nuevo con la pistola.

—¡Al suelo!

—¿Por qué?

—¡Contra la pared!

Teacake, que estaba a punto de tirarse al suelo, se detuvo.

—¿Qué hago?

—¡Obedece!

—No, en serio, ¿quieres que me tire al suelo o que me ponga contra la pared?

Griffin oyó algo a su espalda y se giró con la pistola en la mano. El doctor Friedman, cuya bota derecha había chirriado en el suelo, esquivó por los pelos el cañón del arma. Griffin apuntó a un lado y otro del pasillo frenéticamente y luego se volvió de nuevo hacia Teacake.

—¡¿Dónde está el tirador?! —gritó.

Por fin parecía estar centrando un poco su lista de exigencias.

—Se ha ido —respondió Teacake, mintiendo solo en el sentido de que no era un tirador, sino una tiradora—. Se ha largado en cuanto ha dejado de disparar.

Griffin volvió a mirar los restos de Mike.

—¿Quién es ese?

—Es lo que intento decirte —contestó Teacake dando un paso adelante.

—¡No te acerques!

Teacake suspiró y se detuvo. La noche había sido rara, luego emocionante, después aterradora y, ahora que había intervenido Griffin, era simplemente exasperante.

—No sé quién es. Tenía una enfermedad o algo así. Es contagioso. Mortal. Está a punto de llegar el ejército, joder. O por lo menos un tío que es del ejército o… ¿Puedo bajar las manos ya?

—¿Has llamado a la policía?

—Sí. Más o menos. A la DTRA.

—¿Qué demonios es eso?

Antes de que Teacake pudiera contestar, un fuerte golpe procedente de la derecha sobresaltó a Griffin, que se volvió bruscamente. El doctor Friedman agachó a toda prisa la cabeza para esquivar el arma cuando Griffin apuntó al trastero que había justo a su lado.

—¿Qué es eso?

Se oyeron voces procedentes del trastero, puños que aporreaban la puerta. Griffin reconoció las voces.

—¡¿Ironhead?! ¡¿Qué cojones haces, tío?!

Siguieron oyéndose gritos, la puerta se sacudía, aporreada desde dentro, y Griffin se fijó en el candado que colgaba abierto del pasador. Bastaba para mantener la puerta cerrada pero no estaba enganchado del todo, de modo que, si la puerta seguía sacudiéndose de esa manera, acabaría por descolgarse.

Griffin apuntó de nuevo a Teacake.

—¡¿Por qué los has encerrado ahí dentro?!

—No he sido yo, ha sido ese tío. —Teacake señaló los residuos de Mike.

235

Griffin arrugó el ceño mientras su cerebro reptiliano intentaba procesar todo aquello. Sin dejar de apuntar a Teacake, se fue acercando al trastero.

Teacake dio un paso hacia él.

—No abras, tío.

Griffin se paró, apuntándole.

—¿Por qué no?

—Están infectados.

El doctor Friedman salió de detrás de Griffin, comprendiendo que quizá pudiera tomar parte en la conversación, después de todo.

—¿Infectados? ¿De qué?

—¡Y yo qué cojones sé! —exclamó Teacake, que estaba a punto de perder la paciencia—. ¡De una cosa muy chunga! Por última vez, ¡¿quieres hacer el favor de bajar el arma?!

Griffin le miró entornando los ojos. Había un muerto en el suelo, sus amigos estaban encerrados en un trastero y allí no había nadie más que Teacake. No, no iba a bajar el arma, ni hablar. Se apartó dos pasos del trastero y le hizo señas de que se acercara a la puerta.

—Ábrela —dijo.

Teacake le miró. No había forma de razonar con aquel merluzo. Echó un vistazo a la puerta. Vio el candado colgando. Chirriaba al rozar con el pasador mientras los de dentro seguían aporreando la puerta y pidiendo que les dejaran salir.

—Ni hablar —dijo.

—¡Obedece! —gritó Griffin dando un paso hacia él con la pistola.

Al moverse, su índice sudoroso se tensó sobre el gatillo, que había ajustado para que tuviera la máxima sensibilidad, y disparó sin querer una bala que rozó el borde de la oreja izquierda de Teacake, haciendo brotar un chorro de sangre, antes de rebotar en dos puertas metálicas e ir a incrustarse en la pared de cemento.

Teacake gritó de dolor y se llevó la mano a la oreja.

—¡¿Qué coño haces, tío?! —gritó.

Retiró la mano, atónito, y vio que la tenía manchada de sangre.

Parecía, más que una herida de bala, un corte con una cuchilla de afeitar, pero era una herida de bala. Griffin le había disparado, el muy cabrón le había pegado un tiro.

—¡Me has disparado! —le espetó.

—¡Le has disparado! —constató el doctor Friedman.

Griffin intentó ocultar que había sido sin querer. Tardó un momento en borrar de su cara una expresión de pasmo y luego, tensándose, volvió a apuntar a Teacake con la pistola.

—¡Y volveré a dispararte si no abres la maldita puerta! ¡Los de ahí dentro son amigos míos!

Y además eran sus clientes, pero no se molestó en señalar ese detalle. A su modo de ver, aún quedaba una oportunidad, aunque fuera minúscula, de sacar de allí el resto de los televisores antes de que se presentara la policía, o el ejército, o quien fuese. Había todavía 450 dólares sobre la mesa, y pensaba llevárselos a casa.

Teacake necesitaba tiempo para pensar. Se limpió la sangre de la oreja en los pantalones y se acercó a la puerta tan despacio como pudo sin dejar de mirar a Griffin, que seguía apuntándole con la pistola con una expresión cada vez más desquiciada —nunca había disparado a nadie— y al doctor Steven Friedman, que iba retrocediendo para alejarse un poco de Griffin. Miró el candado, allí colgando, abierto. Los ruidos de dentro, que habían cesado unos segundos después del disparo, volvían a oírse: voces frenéticas, golpes en la puerta, gente exigiendo que la dejaran salir en un tono cada vez más angustiado.

Teacake se aproximó. Alargó la mano hacia el candado. Lo agarró.

Desde el otro lado del pasillo, se oyó gritar a una mujer:

—¡Eh, Griffin!

Griffin se giró y entonces todo sucedió a la vez. Del extintor que sostenía Naomi a menos de diez metros de distancia salió un chorro de espuma que dio en la cara a Griffin y al doctor Friedman, cegándolos momentáneamente. Griffin meneó la pistola a ciegas y disparó otro tiro por accidente.

Teacake cerró de golpe el candado y el doctor Friedman, harto de las mamarrachadas de Griffin, le agarró la mano con la que sostenía la pistola y trató de quitársela antes de que matara a alguien.

Teacake aprovechó la ocasión. Dio media vuelta y echó a correr por el pasillo hacia Naomi. Ella se volvió cuando llegó a su lado, soltó el extintor, le agarró de la mano y echaron a correr por el otro pasillo, en dirección a la puerta lateral por la que acababa de escapar Mary Rooney.

Junto a la puerta del trastero, Griffin consiguió desasirse y dio al doctor Friedman un empujón tan fuerte que le hizo caer de culo.

—¡¿A ti qué cojones te pasa?! —le gritó al dentista mientras se quitaba la espuma de los ojos.

Se volvió hacia la puerta del trastero y toqueteó el candado. Se oían golpes frenéticos dentro y las voces empezaban a cambiar, cada vez más agudas y apremiantes. Se palpaba el pánico dentro del trastero, la situación estaba cambiando allí dentro, sucedía algo y no era nada bueno.

—¡Ironhead! —gritó Griffin—. ¡Tú tienes mi llave! ¡Tienes mi llave, imbécil!

Se oyó un forcejeo dentro del trastero y un cuerpo se estrelló con fuerza contra la puerta. Griffin retrocedió tambaleándose. Otra cosa chocó contra la puerta, algo pesado, otro cuerpo quizá, y la puerta se abolló hacia fuera. El forcejeo pareció intensificarse, se oían gritos y voces acompañados por sonidos extraños: un gorgoteo bajo, un chapoteo húmedo, el estrépito de una Samsung Premium Ultra 4K rompiéndose en mil pedazos.

Luego, todo quedó en silencio.

Griffin y el doctor Friedman miraron la puerta un momento, desconcertados.

—¿Ironhead? —preguntó Griffin en voz baja.

No hubo respuesta.

—¿Cedric?

Nada.

Entonces, sin embargo, la puerta se elevó unos centímetros. Una sombra se desplazó dentro. Y con un suave arañar de metal sobre cemento, una llave apareció por la rendija.

—¿Griffin? —preguntó Ironhead desde dentro en tono calmado.

Griffin no respondió.

—¿Estás ahí, Griffin?

Griffin cogió la llave. Miró al doctor Friedman.

La voz de Ironhead volvió a llegarles desde el otro lado de la puerta, acompañada por una risa suave.

—No pasa nada, hombre. Solo que ha habido un poco de lío aquí dentro.

No contestaron.

—¿Hola? ¿Griffin?

Griffin vaciló.

—¿Estás ahí?

Griffin y el doctor Friedman se miraron sin saber qué hacer.

—¿Griff? —repitió Ironhead—. ¿Griff?

Griffin se volvió hacia la puerta. Llevaba treinta y un años esperando a que alguien le llamara por el apodo que había elegido para sí mismo. Oírlo fue como un bálsamo para su espíritu.

Metió la llave en la cerradura.

VEINTIOCHO

Roberto contestó al teléfono al primer pitido.

—Estoy a un minuto y medio.

—Creía que habría llegado hace seis minutos —contestó Abigail, sorprendida.

—He tenido un contratiempo, pero ya está resuelto. Estoy justo al oeste del río Misuri, a punto de tomar White Clay Road. ¿Alguna novedad?

—Conseguí hablar con Stephanie.

—¿Y?

—El tío de la ADF-E se llama Ozgur Onder. No está de guardia ahora mismo.

—Mierda.

Pero Abigail no había terminado.

—Es aún mejor —dijo—. Está en la cama con ella, en casa de Stephanie. Y puede redirigir un KH-11 desde su portátil.

Roberto cerró los ojos y le prometió a Dios que, si aquello salía bien, no volvería a pronunciar Su nombre en vano. Al menos, a partir del día siguiente.

—¡Dios, eso es fantástico! —exclamó—. ¿Está dispuesto a hacerlo!

—No le ha hecho mucha gracia, pero está en ello. Por lo visto ya lo había hecho otra vez, para impresionarla. En su tercera cita, grabó un vídeo de ellos delante de su casa saludando al cielo.

—Nuestra seguridad nacional está en buenas manos. Espero que el tipo consiguiera echar un polvo.

—Eso parece.

Roberto aminoró la marcha cuando los faros del coche alumbraron un largo camino de grava que se abría en un claro entre los árboles, más adelante.

—¿Tenemos ya imágenes?

—Sí. Quedan nueve minutos antes de que perdamos visión orbital y el control pase a Canberra.

—¿Ha salido alguien del edificio?

—Una persona, hace poco más de un minuto. Una mujer de sesenta y tantos años. Conduce un Subaru Outback antiguo. ¿Quiere el número de matrícula?

—Si es capaz de conducir, no me preocupa. Que se vaya. Si alguien se marcha a pie, necesito saberlo inmediatamente. —Tomó el camino de grava y se acercó a la cresta de una loma. Vio las luces de los trasteros brillando más allá de la loma. Aminoró la velocidad—. Estoy ya en la carretera de acceso. ¿Tiene conexión directa con Ozgur?

—Sí, señor.

—No la pierda. Necesito que me informe inmediatamente de cualquier novedad. —Fue a quitarse el auricular para poner fin a la llamada, pero se le ocurrió otra cosa—. Oiga, Abigail…

—¿Sí, señor?

—Sabe lo que tengo que hacer, ¿verdad?

—Sí, señor, lo sé.

—¿Y le parece bien?

Ella se quedó callada un momento.

—Leí su informe, señor.

Había gente joven muy valiosa por ahí. Roberto confiaba en que pudieran llegar a viejos. No estaba tan mal ser viejo. Siempre y cuando estuvieras con la persona adecuada. Pero más le valía no pensar en Annie en esos momentos. Si tirabas del hilo, se deshacía el jersey entero y uno no hacía lo que tenía que hacer.

—Dígame rápidamente qué ha averiguado sobre las personas que hay dentro —dijo.

241

Abigail le explicó lo que sabía, Roberto tomó nota mental de todo y se dispuso a colgar.

—Tendré que usar mi móvil, lo que significa que Jerabek sabrá que estoy aquí y seguramente le picará la curiosidad. Tenga cuidado.

—Siempre lo tengo, señor.

Roberto colgó. Más allá de la cresta de la loma, vio la entrada principal de los trasteros, sobresaliendo de la ladera de la montaña como un belfo. Más arriba, a su derecha, vio un coche aparcado junto a la carretera con el maletero abierto. Mala señal. Le pareció distinguir un ligero resplandor fosforescente en el maletero, y rastros de aquella misma sustancia en la falda de la montaña, más allá del coche. Era un resplandor muy tenue y quizá se equivocara, pero tenía la sensación de que no.

Abajo, en el camino de acceso, había un Honda Civic y media docena de Harleys aparcadas frente a la entrada. Roberto apagó las luces y detuvo el coche a treinta metros de distancia. Estaba a medio camino entre la entrada y el coche con el maletero abierto.

Respiró hondo, soltó el aire lentamente y salió del monovolumen.

VEINTINUEVE

Teacake y Naomi abrieron de un empujón la puerta lateral del edificio, torcieron a la derecha y corrieron hacia el aparcamiento.

—¡Mi coche está aquí mismo! —gritó él.

Naomi oyó apenas su voz entre el pitido que notaba en el oído derecho. Con el izquierdo seguía sin oír nada. Corrieron junto al costado del edificio y las luces de la parte de arriba de la pared, provistas de sensor de movimiento, fueron encendiéndose a medida que avanzaban. Doblaron la esquina, pasaron junto a las motos y estaban a punto de llegar al Honda de Teacake cuando se encendió un faro halógeno y una voz gritó en tono autoritario, a unos quince metros de distancia:

—¡ALTO!

La orden estaba clara y la voz era de las que no admiten discusión, de modo que se pararon automáticamente y, dando media vuelta, levantaron las manos.

Ambos dieron un respingo cuando el potente haz de la linterna los deslumbró. Había otra luz procedente del mismo sitio: un rayo rojo y fijo. Teacake bajó la mirada y vio el punto rojo del láser sobre su pecho, a la altura del corazón. Mientras miraba, el láser se desplazó hacia Naomi y apuntó a su torso.

Oyeron crujir la grava cuando el hombre se acercó a ellos con cautela. Al aproximarse y hacerse visible, se guardó la pistola en el cinturón, pero siguió apuntándoles con el arma. Llevaba unas gafas verdes, grandes como ojos de búho, apoyadas sobre la frente y sostenía un M16 con mira telescópica.

Naomi fue la primera en hablar.

—¿Roberto? —preguntó casi gritando, puesto que casi no se oía a sí misma.

Él se detuvo.

—¿Naomi?

Teacake se limpió la sangre de la oreja herida.

—¿Te importa? —dijo señalándose el pecho, donde el puntito rojo había vuelto a posarse—. ¡Estoy hasta las narices de que me apunten con armas, joder! ¿Vale?

Roberto bajó el rifle.

—Y tú debes de ser el otro.

Teacake echó un vistazo al aparcamiento, al camino de acceso y a la ladera.

—¿Dónde está el resto de tu equipo, tío?

Roberto tardó un momento en contestar.

—Solo estoy yo.

—¿Solo tú? —gritó Naomi.

Roberto miró a Teacake.

—¿Por qué grita?

—Disparos. Un 45, junto al oído. Creo que oye un poco por el oído derecho.

Roberto miró el edificio.

—¿Quién hay armado ahí dentro?

—Hasta ahora, todos menos nosotros.

Roberto asintió en silencio y confió en que Trini hubiera hecho bien el equipaje.

Lo bueno del monovolumen era que las dos puertas laterales podían abrirse con el mando a distancia, y el portón de atrás también. A Teacake no le había impresionado mucho el Mazda blanco cuando Roberto los llevó hasta él —«Será una broma, mandan a un solo tío ¿y en un puto Hyundai?»—, pero había cambiado de idea en cuanto se abrieron las puertas y vio los cajones militares que había dentro. El primero que abrió Roberto contenía un traje NBQ cuidadosamente doblado cuyo casco los miraba como una máscara de *Scream*. Los siguientes contenían equipamiento estándar de los Navy Seals: chaleco táctico, cuchillo Ka-Bar, subfusil Heckler & Koch, rifle de precisión, media docena de cargas explosivas para retirar puertas de hierro que pudieran interponerse en su camino, y sobres de comida precocinada en número y variedad sorprendentes. Trini era muy madre, y le preocupaba que los demás pasaran hambre.

Pero no hay nada tan llamativo como un arma nuclear. Naomi se fijó de inmediato en la mochila en forma de bidón cortado por la mitad, y enseguida comprendió por su evidente origen militar y su extraña forma que aquel era su as en la manga.

—¿Qué demonios es eso? —preguntó, pero Roberto no respondió y comenzó a armarse.

Teniendo en cuenta todo lo que había sucedido durante las cuatro o cinco horas anteriores, apenas tuvo que contarles nada. Les dijo lo que sabía sobre el hongo, y ellos ya estaban al tanto de su poder destructor. Después de que Roberto se asegurara de que no estaban infectados, mantuvieron un breve debate durante el cual les ofreció la posibilidad de marcharse, pero el peso de la realidad zanjó enseguida la discusión: había ya siete humanos infectados dentro del edificio. Ellos tres —tres de las escasísimas personas del planeta que habían visto el *Cordyceps novus* en acción con sus propios ojos— eran los únicos que entendían la necesidad de erradicarlo de inmediato. Y Roberto no podía estar en dos sitios a la vez. Para ejecutar su plan, tenía que haber alguien arriba, asegurándose de que ningún cuerpo infectado salía del edificio, mientras los otros dos bajaban al subsótano 4.

—¿Bajar ahí otra vez? —preguntó Teacake—. ¿Estás loco? ¿Para qué?

Roberto se inclinó hacia el interior del coche y tiró de la mochila, notando otra vez aquella punzada de dolor. ¿Cuánto tiempo iba a tardar en aprender que inclinarse como no debía y tratar de levantar pesos era mala idea desde un punto de vista ortopédico? Esta vez, el dolor partió de la articulación sacroilíaca y se extendió por la pierna derecha como una quemazón que le llegó hasta el dedo gordo del pie. Pasados unos segundos, tras protestar, sus músculos lumbares aflojaron un poco la presión sobre la columna vertebral. Pero ya habían dejado clara su opinión. Roberto dobló las rodillas y arrastró con cuidado la mochila hasta el borde del maletero. Entonces se detuvo y se quedó pensando un momento. No había forma de escapar a la realidad. Podía intentar esquivarla todo lo que quisiera, que aun así acabaría dándole un puñetazo en la cara. Decidió afrontarla de una vez.

Se volvió y miró a Teacake y Naomi.

—Vais a tener que encargaros de colocar el dispositivo.

Naomi, que ya casi había recuperado por completo el oído derecho, le oyó claramente y miró el artefacto.

—¿Qué tipo de dispositivo es este? —preguntó.

—Puedes considerarlo una bomba grande.

—¿Cómo de grande? —preguntó Teacake.

Roberto contestó sin rodeos.

—Cero coma tres, cinco, diez u ochenta kilotones. Con alcance regulable.

Naomi cerró los ojos al ver confirmados sus miedos, pero Teacake prefirió hacerse el sorprendido.

—¡¿Es un arma nuclear?! —exclamó—. ¿Una puta bomba de maletín?

—No, no es una bomba de maletín —contestó Roberto, irritado, mientras se abrochaba el chaleco táctico—. ¿Qué clase de fuerzas de infantería llevan maletines?

—Colega, tú ya sabes lo que quiero decir. Es un…

—Sí, lo es —le interrumpió Roberto, y miró a Naomi—. Preguntaste si teníamos un plan de emergencia. Pues es este. Ya habéis visto cómo se extiende el hongo. Lo rápido que es, lo lejos que llega y lo letal que es. Algunos otros y yo llevábamos treinta años pensando en esto. Tomamos precauciones. Hicimos los preparativos necesarios. Esta es la única manera.

Teacake miró a Naomi, que parecía tranquila, aunque él no podía creer lo que estaba oyendo.

—Vamos a matar a todo el mundo en el este de Kansas.

—No vamos a matar a nadie. La explosión se producirá a decenas de metros de profundidad. Esta zona quedará irradiada, sí, y va a venderse muchísima agua embotellada por aquí durante los próximos veinte años, pero aun así no habrá efectos atmosféricos y el problema estará resuelto. En cuanto se aclare todo el asunto, nos darán una medalla. Esperemos que no sea póstuma.

—Estás como una cabra —repuso Teacake.

—No. Tiene razón.

Roberto sonrió a Naomi mientras se sujetaba el cuchillo Ka-Bar al muslo. Le había parecido una chica muy inteligente cuando había hablado con ella por teléfono. Se alegraba de no haberse equivocado. Se volvió hacia Teacake y le miró de arriba abajo.

—¿Cuánto peso puedes levantar a pulso?

—No sé. ¿Noventa kilos?

Roberto pareció poco convencido.

—¿Qué pasa? ¿Es demasiado?

—Ya veremos —dijo Roberto—. Vais a llevar esto al subsótano 4 y a activar el mecanismo de detonación. Os enseñaré cómo. Yo me quedaré arriba y me encargaré de eliminar a cualquier organismo infectado que intente escapar de la zona antes de la detonación.

—¿De «eliminar»? —preguntó Naomi, a pesar de que ya sabía a qué se refería.

—Voy a matarlos —contestó él—. Voy a ejecutar a personas cuyo único crimen ha sido verse expuestas a un hongo letal. ¿Preferís hacer mi parte del trabajo o la vuestra? —No contestaron. Roberto añadió—: Después de activar el temporizador, tendréis entre ocho y trece minutos para volver aquí, subir al monovolumen y alejaros al menos un kilómetro.

—¿Entre ocho y trece minutos? —preguntó Naomi.

—El tiempo de detonación es inestable si no se utiliza una conexión mecánica.

Teacake estaba estupefacto.

—Joder, entonces, ¡¿podría estallar en cualquier momento?!

Roberto le miró y repitió en tono neutro:

—El tiempo de detonación es inestable.

Teacake miró la mochila con incredulidad.

—¿Qué les decían a los pobres diablos a los que mandaban por ahí con estos chismes?

—«Decidles a vuestros padres que los queréis».

—¿Y aun así lo hacían? ¿Se hacían saltar por los aires?

—No, Travis, nadie saltó por los aires. Estas bombas nunca se usaron. Si no, lo habrías estudiado en el colegio. Pero había gente dispuesta a detonarlas porque creía que el futuro del mundo dependía de ello. Igual que ahora. —Cogió el subfusil Heckler & Koch, le puso un cargador y se irguió en toda su estatura, tratando de impresionar a Teacake—. Marinero Meacham, ahora mismo solo cuento contigo y, francamente, es más de lo que esperaba. Estuviste en un submarino balístico, así que no eres ningún tonto y al menos sabrás lo básico, si no fumaste demasiados porros durante la instrucción. Sospecho que eres mucho mejor soldado de lo que cabe suponer por el licenciamiento en condiciones honorables que te dieron. Venga, Squid, ¿por qué no me lo demuestras esta noche?

Travis le miró asombrado.

—¿Cómo sabes que...?

—Sabíamos vuestros nombres de pila y dónde trabajabais, no son secretos de Estado. —Roberto miró a Naomi—. Sé que tiene usted una hija en casa, señorita Williams. Pero esa mochila pesa veintiséis kilos y Travis no puede bajarla solo por la escalera de tubo, al menos con garantías. ¿Sabe disparar? —Ella asintió, más o menos. Roberto sacó una Glock 19 de un cajón abierto, le puso el cargador y se la ofreció a Naomi por la culata—. Travis tendrá las manos ocupadas, así que usted se encargará de cubrirle. Lleva un cargador con doce balas, aquí está la palanca del seguro del gatillo y aquí la aleta del seguro manual. Tiene que pulsar ambas para apretar el gatillo. Hay que apretar el gatillo para cada disparo, pero los seguros no vuelven a activarse a no ser que aparte el dedo del gatillo, ¿entendido?

Ella asintió cogiendo la pistola. Era la primera vez que empuñaba un arma de fuego. Siempre las había odiado por principio. Aún las odiaba.

—No voy a disparar —dijo.

—Lo hará si es necesario —respondió Roberto.

—Lo dudo —repuso ella.

—Cuando se dispara a alguien —prosiguió Roberto—, hay que apuntar al pecho, es el blanco más grande. Espere a estar lo bastante cerca y no fallará. Dos disparos al pecho y después, cuando el adversario esté en el suelo, otro en la cabeza. Nada más. O sea, cuatro personas por cargador. Cuente los disparos. Cuando le queden menos de tres disparos, cambie el cargador. ¿Entendido?

Ella asintió.

Roberto los miró a ambos.

—Puede que hayan empezado la noche siendo guardias de seguridad con el salario mínimo, pero van a acabarla como miembros de un equipo Luz Verde. Lo mejorcito de América. Ahora, pónganse los trajes.

TREINTA

En ese momento había en la Tierra cuatro colonias distintas de *Cordyceps novus*, cada una de ellas con su tasa de crecimiento particular, sus características cromosómicas y sus ambiciones de expansión. A gran profundidad, en el subsótano 4, la colonia primigenia o, mejor dicho, la colonia primigenia *norteamericana*, se hallaba en fase de multiplicación, aunque su crecimiento se había estancado desde su expansión por el pasillo que había más allá de la celda en cuyo interior había escapado del tubo de muestras. En cuanto a nutrientes orgánicos, las ratas que había infectado y amalgamado eran, con mucho, su fuente de combustible más abundante, pero esa fuente se había agotado. El rey de las ratas se hallaba ya en estasis, la fase previa a la descomposición y la desintegración. Una cepa tributaria avanzaba lentamente por el suelo de cemento seco, hacia un charco de agua que había debajo de las rezumantes cañerías del techo que formaban el sistema de refrigeración, pero aún no había llegado a él. Era difícil predecir cómo reaccionaría el hongo una vez que alcanzara el charco, dado que nunca antes se había encontrado con agua en estado puro, sino solo como componente del cuerpo humano. Cabía suponer que iba a gustarle, pero todavía le quedaba un largo trecho por recorrer.

Esta colonia de *Cordyceps novus* era un poco como Reno, Nevada: antaño popular, pero limitada por su posición geográfica y su clima. Un sitio al que ninguna persona seria querría ir.

Arriba, en la ladera de la montaña, detrás del monovolumen de

Roberto, estaba la segunda colonia, la que CCn-1 había fundado hacía algo más de quince horas. Dicha colonia había tenido su germen en el maletero del coche de Mike, donde todavía conservaba una fuerte presencia. Pero tras la partida del ciervo y del Señor Scroggins, el hongo había tenido que contentarse con nutrirse de toallas viejas, acero, goma y otros alimentos poco apetecibles.

La avanzadilla fundada por el Señor Scroggins al estallar en lo alto del árbol había tenido más éxito. Se había esparcido en todas direcciones y sus salpicaduras habían caído a tierra en un radio de hasta veintidós metros desde el tronco del árbol. En esos momentos prosperaba en el suelo húmedo del bosque, extendiéndose a una velocidad media de entre noventa centímetros y un metro veinte por hora. Era un entorno casi ideal para el hongo, pero la falta de portadores con movilidad autónoma limitaba su expansión. Solo hacía falta un coyote solitario o una ardilla desafortunada para que el hongo floreciera en todo su esplendor, pero de momento tenía que contentarse con crecer allí, lentamente pero sin pausa. Aun así, no había forma de saber hasta dónde podía extenderse si disponía de tiempo suficiente.

Esa colonia era como la ciudad de Los Ángeles: lenta, inevitable y dañina para todo el mundo.

La tercera colonia, la de la planta principal de los trasteros, era la menos próspera de todas. Esparcido por las paredes y el suelo de cemento, el cuadro de Jackson Pollock que había sido antaño Mike Snyder se hallaba en estado casi inerte, al menos según el cómputo del tiempo humano. La colonia no estaba muerta, ni siquiera se hallaba en estado de latencia, pero su crecimiento se había ralentizado hasta hacerse casi imperceptible. El suelo y las paredes eran de cemento Portland del que se usa habitualmente en la industria, compuesto en su mayor parte por cal, sílice y alúmina, tan nutritivos para un hongo en crecimiento como un bocadillo de arena. Con todo, el *Cordyceps novus* tenía experiencia en entornos adversos: si había conseguido salir de un tubo de muestras, sin duda se las arreglaría para salir de aquel pasillo. Bullía, rebuscaba y avanzaba tanto como podía, pero el crecimiento exponencial que había experimentado al penetrar en el cuerpo de Mike había pasado hacía tiempo. Tal vez tuviera suerte y encontrara una veta de siderita en el suelo de cemento dentro de diez años o así, y pudiera disfrutar de un nuevo esplendor, pero hasta entonces avanzaría con parsimonia.

En términos urbanos, aquella tercera colonia era Atlantic City: antes floreciente, ahora muerta.

En cuanto a la cuarta colonia… Esa era otra historia.

En 1950, Shenzhen, China, era un pueblo de pescadores con tres mil habitantes. En 2025, vivirán allí veinticinco millones de personas. En términos de crecimiento incontrolado y peligroso, no hay ningún lugar comparable en el planeta. Salvo lo que estaba sucediendo en la unidad B-413 de los Trasteros Atchison.

Desde el momento en que el chorro de vómito proyectado por Mike había traspasado la puerta abierta del trastero, el hongo había encontrado abundantes nutrientes orgánicos con los que alimentarse. Las salpicaduras habían alcanzado a los cinco ocupantes del trastero, pero a Cedric, Wino y Garbage el chorro les había pillado con la boca abierta. En su caso la infección fue inmediata y el hongo se introdujo en el sustrato complejo de sus sistemas biológicos con ímpetu y determinación. Su crecimiento fue inmediato y exponencial. Ironhead y Cuba, que no tenían cortes, grietas u orificios a través de los que las moléculas pudieran penetrar sin esfuerzo, tardaron unos minutos más en infectarse. El *Cordyceps novus* tuvo que recurrir al Benceno-X para abrirse camino a través de sus poros, lo que le costó un poco más de tiempo.

Pero a los pocos minutos se desató dentro de aquellos cinco organismos un festival fúngico que no podía detenerse ni limitarse. El hongo entró en la fase más productiva de su historia, aumentando alegremente su biomasa gracias a la tasa de carbono y nitrógeno perfectamente equilibrada del cuerpo humano, con una ratio de 12:1. Empezó con un patrón acelerado de crecimiento, expansión y expulsión dentro de Wino, cuya tasa de alcohol en sangre le proporcionaba glucosa adicional. Mientras, al otro lado de la puerta, Griffin ordenaba a Teacake que quitara el candado, Wino se hinchaba, chillaba y estallaba dentro del trastero, para estupefacción de sus compañeros.

Cedric y Garbage fueron los siguientes: se hincharon y estallaron uno detrás de otro, medio minuto después. Ironhead y Cuba, que iban algo más retrasados, gritaron de horror.

Pero entonces sucedió algo inusitado: el crecimiento en los dos últimos huéspedes humanos se ralentizó. Adrede. Puede que el hongo percibiera la provisión limitada de tejido humano y el espacio reducido del trastero. O puede que notara que las paredes del trastero, a las que estaba en buena parte adherido, tenían escaso valor alimenticio, o incluso que conservara una especie de memoria celular del exitoso resultado de la ralentización de su proceso de maduración dentro del organismo de Mike. Fuera cual fuese el motivo, aminoró su ritmo de crecimiento, antes desenfrenado, y los procesos biológicos que consumían el cuerpo y la mente de Cuba y Ironhead, los últimos humanos vivos dentro del trastero, se desaceleraron. Ello implicaba si no intencionalidad, sí al menos una forma de señalización endocrina aérea: la capacidad de las células para transmitir información e instrucciones más allá de sus membranas. Por primera vez desde sus contactos iniciales con el ser humano en el desierto australiano, el *Cordyceps novus* había modificado su mecanismo de control.

El hongo que surcaba a toda velocidad el cerebro de Ironhead y Cuba captó el mensaje y frenó su desarrollo. Permitió a los encéfalos conservar parte de su autonomía, pero destruyó casi por completo la amígdala, sede del miedo y la angustia. Como resultado de ello, Ironhead y Cuba creían que todo iba a bien. Que seguían al mando de la situación.

—No pasa nada, hombre —le dijo Ironhead a Griffin a través de la puerta—. Solo que ha habido un poco de lío aquí dentro.

Griffin giró la llave y abrió la puerta del trastero.

TREINTA Y UNO

Un traje NBQ completo pesa en torno a cuatro kilos y medio; el depósito de oxígeno y el sistema de respiración, otros diez; y la unidad T-41 que Teacake llevaba sujeta a la espalda, casi veintisiete. Es decir, que con cada paso que daba Teacake acarreaba un peso adicional de más de cuarenta kilos. Empezaron a dolerle los hombros casi en cuanto se puso la mochila, cuyas tiras se le clavaban en la piel a pesar del traje; después de los primeros diez pasos empezó a notar una quemazón en los muslos, y cuando llegaron a la puerta principal del edificio sudaba a chorros por el cuello y dentro del traje. Naomi llevaba menos peso encima, pero la responsabilidad de ser la única vigilante, sumada al esfuerzo de tener que volverse continuamente de un lado a otro con el voluminoso traje, hacían que tuviera que invertir casi tanto esfuerzo como él. La pistola que llevaba en la mano le pesaba como una piedra.

Se habían puesto los trajes rápidamente, con ayuda de Roberto. La perspectiva de tener que volver a bajar por la escalerilla embutidos en aquellos monos les resultaba casi inimaginable, pero intentaban no anticiparse a los acontecimientos. Roberto se aseguró de que los trajes estuvieran bien cerrados a la altura de las muñecas, los tobillos, la cara, el cuello y la cintura y les enseñó a utilizar la radio bidireccional de los auriculares. Coqueteó fugazmente con la idea de conectar su móvil por Bluetooth a sus auriculares, pero descartó esa posibilidad. De todos modos, poco podía hacer para ayudarlos desde arriba. Les había enseñado a armar y activar el T-41, cuyo mecanismo de detonación era bastante simple. Había sido diseñado para que lo activaran soldados sometidos a una enorme presión operativa, y llevaba la sencillez integrada en su núcleo. La sencillez, y un combustible fisionable capaz de desatar una reacción nuclear en cadena.

No había un tercer traje para Roberto. Teacake le había preguntado por qué había llevado dos, y Roberto se había limitado a mirarle inexpresivamente.

—Por la misma razón que llevo dos de todo lo demás. ¿Y si uno se rompe?

Jamás entendería a ciertas personas.

Sin más explicaciones, les deseó suerte, les dijo que se dieran prisa y los mandó al edificio. Los vio alejarse juntos hacia la puerta principal igual que un padre observa a su hijo entrar en la residencia de estudiantes por primera vez, pensando en las mil cosas que debería haberles dicho, en los millones de consejos que podía haberles dado, y siendo consciente al mismo tiempo de que era ya demasiado tarde para eso. Sabía que tendría que haber sido él quien llevara el paquete, quien lo bajase al subsótano 4 y, si era necesario, quien esperara allí para asegurarse de que la detonación se efectuaba debidamente, como habían planeado Trini, Gordon y él hacía treinta años. Y sabía también, con absoluta certeza, que no podía hacerlo. Aceptar esa realidad y confiar en dos chicos de veintitantos años a los que conocía desde hacía quince minutos era la decisión más difícil que había tenido que tomar en toda su vida. Pero no tenía elección.

Naturalmente, se había reservado una salvaguarda. Un plan de contingencia para el plan de contingencia. Esa parte no se la había confiado a Teacake y Naomi. Ellos ya tenían suficiente información, más de la que podían asimilar, de hecho. El resto lo sabrían cuando fuera necesario.

Los vio abrir las puertas y entrar en el edificio. Después, fijó su atención en el aparcamiento. Lo siguiente era asegurarse de que nadie iba a ninguna parte. Sacó el cuchillo de la funda que llevaba sujeta al muslo y empezó por el Honda Civic de Teacake, aparcado en el lado derecho. Hundió la hoja en el neumático trasero derecho e hizo una raja de unos quince centímetros en la goma. Con un solo pinchazo el aire tardaría demasiado tiempo en escaparse y el coche podría salir del aparcamiento, aunque fuera renqueando. En cambio, con una raja de buen tamaño, todo arreglado. El neumático se desinfló y Roberto hizo lo mismo en la otra rueda trasera. El chasis bajó unos centímetros. Si alguien intentaba mover el coche, para cuando quisiera dar la vuelta los neumáticos se habrían desinflado del todo, las llantas se apoyarían en el suelo y el eje se partiría antes de salir del aparcamiento.

Inutilizar las Harleys era más fácil: solo tuvo que rajar una rueda de cada moto. Tal vez podrían haber salido del aparcamiento con la rueda trasera pinchada, pero si la pinchada era la delantera, se rompería la horquilla. Nadie saldría conduciendo de aquel lugar a menos que se llevara su Mazda, y para eso primero tendrían que matarlo y arrancarle las llaves de la mano.

Había rajado las ruedas de cuatro motos y le quedaban otras tres cuando sonó su móvil. Tocó el auricular que llevaba en el oído para contestar.

—Tiene visita —dijo Abigail.

Roberto se incorporó bruscamente y miró a su alrededor.

—¿Dónde?

—Al otro lado de la esquina del edificio. Diez segundos. Varón, se mueve deprisa, emite una señal calórica de gran tamaño.

Roberto se volvió y se desplazó rápidamente hacia su izquierda, hacia la puerta principal, para ver con claridad el extremo este del edificio. Sacó el subfusil de la funda de la cadera y quitó el seguro con el pulgar derecho. Con la mano izquierda se bajó las gafas termográficas, que se activaron con un zumbido, mostrándole un paisaje de vívidos tonos morados y naranjas. No necesitaba las gafas por falta de luz. Veía bien con la que había, y de pronto apareció un chorro de luz al otro lado de la esquina del edificio, al encenderse las lámparas con sensor de movimiento, activadas por el individuo que corría hacia él.

Lo que necesitaba Roberto era detectar el calor. Al ponerse las gafas un rato antes e inspeccionar la ladera de la montaña, había visto que las salpicaduras de hongo esparcidas por la zona despedían un cálido resplandor rojizo, y que había rastros de ese mismo color en el maletero abierto del coche abandonado de Mike. El hongo crecía en esas zonas, y las reacciones químicas del crecimiento generaban calor. Si podía ver ese calor, podía evitar entrar en contacto con el hongo y detectar de inmediato si un humano estaba infectado. Sería agradable no tener que matar a personas inocentes. En la medida de lo posible.

Sintió un pinchazo en los ojos al ver el súbito fogonazo amarillo que produjo la luz al otro lado de la esquina. Todos los conos de su retina se despertaron al mismo tiempo. Aún no se había acostumbrado cuando el sujeto dobló la esquina corriendo y se dirigió hacia él. A través de las gafas no parecía un ser humano, sino un enorme pedazo de hierro al rojo vivo.

Aquello despejaba la incógnita de la infección.

—¡Quítame esto de encima! —gritó el hombre.

Roberto no se detuvo a preguntarse cómo era posible que aquel tipo vestido con ropa de motero estuviera completamente cubierto de hongo mutante y siguiera en posesión de sus facultades mentales. Sencillamente, apuntó, apretó el gatillo y le metió cinco balazos en el pecho al doctor Steven Friedman.

El subfusil Heckler & Koch tiene retroceso corto, es decir, que el cañón se desplaza hacia atrás bruscamente, acciona el resorte y hace que la parte de atrás del ánima baje y se desenganche de la corredera. Es un tirón brusco y su efecto sobre el tirador suele mitigarse apoyando la mano en el agarre delantero para estabilizar el arma. Como dispuso de muy poco tiempo de reacción y había usado la mano izquierda para bajarse las gafas y activarlas, Roberto se vio obligado a disparar con una sola mano, lo que en sí mismo no era nada importante: solo tenía que apoyar el codo derecho en la cadera para reducir el movimiento incontrolado. Había hecho esa maniobra decenas de veces en el campo de tiro y en situaciones de combate.

Pero no la había hecho nunca a la edad de sesenta y ocho años.

Su cuerpo absorbió la inercia de los tres primeros retrocesos sin contratiempos, pero al cuarto su espalda se rebeló. El calambre fue repentino y feroz, sus músculos lumbares se contrajeron y enviaron una alerta roja a través de su sistema nervioso. El retroceso del quinto disparo —que el cerebro de Roberto ordenó antes de que le diera tiempo a apartar el dedo del gatillo— fue la gota que colmó el vaso.

Un dolor abrasador prendió en su espalda y se extendió por sus extremidades inferiores. Le fallaron las piernas y se desplomó un segundo después de que cayera abatido el doctor Friedman. La diferencia era que los problemas del dentista se habían acabado para siempre y los de Roberto acababan de empezar. Cayó de lado y quedó tendido de espaldas, indefenso, mirando las estrellas. Supo de inmediato, como se saben esas cosas, que aquello no era un tirón: se había roto algo por la mitad. Podía ser un ligamento o un tendón, o quizá un disco intervertebral. Lo que fuese daba igual.

Lo importante era que no podía moverse.

TREINTA Y DOS

Unos minutos antes, frente a la unidad B-413, Griffin había quitado el candado de la abrazadera de la puerta, girado el tirador y subido la puerta del trastero. El doctor Friedman y él retrocedieron involuntariamente. La imagen que se ofreció a sus ojos era horrenda —dentro del trastero había tres cadáveres, o sus restos apenas reconocibles—, pero lo que más les impresionó fue el hedor. Las reacciones químicas intensas producen olores intensos, densas nubes de moléculas fétidas que invaden los conductos nasales y se adhieren a los sensores olfativos. El olor nauseabundo que salía del trastero en oleadas era palpable y parecía un ser vivo. Durante unos segundos, dominó por completo sus otros sentidos.

El *Cordyceps novus*, subido a bordo de los cuerpos de aquellas dos personas conocidas anteriormente como Ironhead y Cuba, salió tranquilamente del trastero y sonrió.

—¿Qué hay, Griff? —preguntó Ironhead.

Cuba guiñó un ojo al doctor Friedman.

Los no infectados miraron a los infectados con horror. Aunque Ironhead y Cuba tenían una expresión tranquila, incluso cordial, no había duda de que estaban contagiados. Un extraño color había teñido sus caras, y sus vientres habían empezado a hincharse, aunque más despacio y con menos virulencia, puesto que el hongo había modificado su mecanismo de expansión. Aun así, su química orgánica se estaba alterando rápidamente y bajo la piel de su cara, su cuello y sus manos se percibía movimiento: un pulular, un bullir del torrente sanguíneo evidente a simple vista.

El doctor Friedman, que había visto muchas encías podridas y molares en descomposición a lo largo de su vida, nunca había visto nada parecido. Retrocedió gritando. Temiendo dar la espalda a Ironhead y Cuba, no se dio cuenta de que avanzaba hacia los restos de Mike Snyder, que formaban una capa viscosa y resbaladiza sobre el suelo y la pared del pasillo, detrás de él. El doctor Friedman pisó su borde y resbaló. Cayó, se giró en el aire y aterrizó de bruces sobre aquel limo verdoso. Gritó de nuevo, levantó las manos y miró con espanto las manchas de hongo. Sacudió las manos tratando de desprenderse de aquella sustancia pegajosa, sin conseguirlo. Apoyó las manos en el suelo para levantarse, le resbaló la mano derecha y cayó de lado, se tumbó de espaldas y se impulsó hacia arriba para incorporarse.

Cubierto por delante y por detrás de hongo, miró a Griffin y a los otros dos con los ojos desorbitados y la boca abierta, mudo de horror.

Griffin, que todavía tenía la pistola en la mano derecha, se giró y le apuntó con ella. Entonces, al darse cuenta de que había dejado de apuntar a Ironhead y Cuba, se giró de nuevo hacia ellos.

—¿Qué cojones está pasando qué cojones qué cojones…? —fue lo único que acertó a decir.

Cegado por el pánico, el doctor Friedman dio media vuelta y echó a correr. Los otros le cortaban el paso hacia la salida principal, pero había visto correr a Teacake y a Naomi en la otra dirección, lo que significaba que tenía que haber una entrada lateral en algún sitio. Corrió con todas sus fuerzas por el pasillo, dobló la esquina y vio una señal luminosa de salida al fondo. Corrió hacia ella todo lo rápido que pudo. Levantó la mano derecha y miró el hongo mientras corría. El hongo también se había puesto en movimiento, envolvía sus dedos y penetraba en sus poros, ensanchando las aberturas de su piel y abriéndose paso hacia el interior de su organismo.

Mientras corría, vio una puerta al fondo, la puerta cuyo cristal había roto Mike poco antes. Corrió hacia ella, consciente únicamente de que, si conseguía llegar a su Harley, podría ir a algún lugar seguro, quitarse aquella cosa pringosa de encima y descubrir qué demonios estaba pasando. Tal vez se fuera derecho al hospital.

Cruzó la puerta y, al salir al aire de la noche, se sintió un poco mejor. Corriendo aún con todas sus fuerzas, dobló a la derecha y siguió el lateral del edificio. Los sensores de movimiento activaron las luces a su paso. Notaba un extraño calor que se extendía por su pecho. Quizá fuera solo el esfuerzo físico, se dijo. Luego, sin embargo, tuvo la clara e inquietante sensación de que algo se movía por su cuero cabelludo. Era como si llevara tupé y el tupé hubiera cobrado vida y se moviera por su cráneo a voluntad. «Sí, derecho al hospital», pensó mientras se acercaba a la esquina del edificio. «Me voy al hospital, está decidido. ¿Dónde estoy? ¿Cuál es el más cercano? Ah, sí, el Waukesha Memorial, en la 18, me voy derecho allí, pero… Mierda, no sé si todavía podré conducir», se dijo al notar que una especie de neblina empezaba a extenderse por su cerebro.

Dobló la esquina, seguro ya de que no podría conducir la Harley en su estado (qué demonios, si apenas podía conducirla estando en pleno uso de sus facultades). Así que, cuando vio al tipo allí de pie, a aquel tipo que llevaba unas gafas tan raras y sostenía algo en la mano derecha, sintió alivio. «Este tío puede ayudarme, este tío puede hacer algo».

—¡Quítame esto de encima! —le gritó al hombre de las gafas.

Luego, aquella cosa que sostenía el tipo con la mano derecha escupió fuego unas cuantas veces, algo pesado y caliente se incrustó en su pecho y sintió que empezaba a caer. «Qué raro», pensó mientras se desplomaba. «Creo que acaban de dispararme, pero ¿por qué se ha caído también el tío de la pistola?».

El doctor Friedman cayó al suelo y, durante los escasos segundos que le quedaban de vida, vio que de su mano derecha brotaban una especie de setas verdes. Sabía que se estaba muriendo.

«Casi mejor así», pensó.

TREINTA Y TRES

Teacake y Naomi estaban en mitad de la escalera tubular cuando Teacake se dio cuenta de que iba a tener que hacer el resto del camino prácticamente a ciegas. Era una lástima, porque entrar en el edificio y avanzar hasta el ascensor había sido más fácil de lo que esperaban. Al oír gritos procedentes del pasillo, cerca del trastero de Griffin, giraron a la izquierda, avanzaron por un pasillo paralelo y consiguieron llegar al ascensor sin contratiempos.

Teacake había insistido en bajar primero por la escalerilla, porque el T-41 pesaba como un muerto y ya le temblaban las piernas, saturadas de ácido láctico, antes de apoyar el pie en el primer escalón. No tenía ninguna confianza en poder llegar hasta abajo sin resbalar y caerse, y la mochila era tan grande que rozaba la pared del tubo. Si se caía y Naomi estaba debajo, la arrastraría hasta el fondo. Y eso no podía permitirlo.

El traje dificultaba el descenso. Los guantes le quedaban grandes y las manos le bailaban dentro, lo que le impedía agarrarse con firmeza a la escalera. Pasar de un peldaño a otro requería toda su concentración y una pizca de suerte. La mochila arañaba la pared, produciendo una fricción que frenaba su avance, y cada movimiento era más dificultoso de lo necesario. Pero lo peor de todo eran las máscaras empañadas.

El esfuerzo de cargar con esos cerca de cuarenta kilos de más había sido agotador, y ya iba sudando copiosamente cuando empezaron a bajar la escalerilla. Pero el problema no era el sudor, que solo

262

era incómodo. El problema era que su respiración trabajosa había empañado la máscara de plástico. El sistema de recirculación de oxígeno del traje había sido diseñado teniendo en cuenta cierta cantidad de condensación, pero no tanta. Los diseñadores no habían previsto que el portador del traje tuviera que soportar un ejercicio físico intensivo, y el sistema de ventilación no podía compensar los niveles de calor y CO_2 que desprendía Teacake.

—No veo —le dijo a Naomi a través de la radio.

—¿Qué? —contestó ella.

—¡Que no veo! —gritó él.

«Genial», pensó. «Uno ciego y el otro sordo. Esto va a ser pan comido».

Naomi, de hecho, también estaba pasando apuros. Bajar agarrándose con las dos manos ya le había resultado difícil sin el traje, pero además tenía que llevar en la mano una Glock 19 con el cargador lleno. Bajaba cada peldaño agarrándose con la mano izquierda mientras con la derecha sostenía la pistola, de modo que era su brazo izquierdo, el más débil, el que hacía todo el trabajo, y lo tenía ya tan entumecido que casi no lo sentía.

Y luego estaba el oído. Seguía sorda del oído izquierdo, y el pitido del derecho, aunque había disminuido, se intensificaba cada vez que se activaba la radiofrecuencia. Era como si el traje tratara adrede de silenciar todo lo que decía Teacake elevando el nivel del pitido para distorsionar sus palabras y volviendo a bajarlo cuando se callaba.

Aun así, la segunda vez que gritó «¡No veo!», Naomi lo oyó con bastante claridad y respondió a gritos:

—¿Por qué?

—Por el sudor. Se ha empañado. ¿Tú ves?

—Sí. Bastante.

—¿Cuánto queda? —preguntó él.

Naomi se detuvo y, pasando el brazo izquierdo por varios peldaños de la escalerilla, se inclinó hacia atrás y hacia la derecha todo lo que pudo y aguzó la vista, mirando por el borde de la máscara.

—Unos cincuenta escalones. Puede que menos.

—Vale.

Teacake siguió bajando.

A Naomi comenzó a temblarle violentamente el brazo izquierdo y comprendió que iba a tener que arriesgarse y cambiarse la pistola de mano. Subió el brazo derecho y lo metió por detrás de los peldaños para pasarse la pistola a la mano izquierda. La pistola chocó con un peldaño y se le resbaló de la mano. Naomi extendió bruscamente el brazo y consiguió sujetarla contra la pared. Ya no la tenía agarrada, sino atrapada por presión.

Teacake oyó el ruido y le preguntó algo por la radio, pero Naomi solo oyó un pitido. Sin hacerle caso, fijó los ojos en la pistola, que sostenía precariamente contra la pared de cemento del tubo. Alargó los dedos de la mano izquierda, consiguió meter uno por el guardamonte del gatillo y apartó el brazo derecho. La pistola giró sobre sí misma, sostenida únicamente por su dedo índice derecho. Naomi volvió a agarrarse con firmeza a la escalera, con el brazo derecho ya libre, y sacó lentamente el izquierdo de detrás de la escalera.

Asió la culata de la pistola con la mano izquierda y apartó ese brazo de la escalera. La sangre volvió a regar su bíceps izquierdo, llevándose el ácido acumulado. Cerró los ojos, aliviada. Miró hacia abajo. Teacake estaba unos diez peldaños por debajo de ella. Continuó descendiendo.

TREINTA Y CUATRO

Tumbado de espaldas, Roberto miraba al cielo. «Por esto era», se dijo. «Por esto no he llevado la mochila. Por si pasaba esto. Dios, cómo odio tener siempre razón».

No había tantas estrellas como antes; unos gruesos nubarrones las habían tapado oscureciendo la noche. Contempló el firmamento y se preguntó si el satélite seguiría apuntando hacia allí, si aquel chisme estaría justo allá arriba en ese instante. ¿Estarían Ozgur Onder y su novia, Stephanie, viéndole en ese preciso momento en el portátil de Ozgur, sentados en la cama, preguntándose por qué demonios el que había disparado estaba tumbado panza arriba sin hacer nada?

Tener razón no le servía de consuelo, teniendo en cuenta su posición actual. Al principio solo había notado un entumecimiento de cintura para abajo, pero pasados uno o dos minutos el hormigueo se había disipado en parte, dando paso a un dolor agudo y paralizador en la parte inferior del cuerpo. Levantarse estaba descartado, igual que gatear, rodar o cualquier otra forma de moverse que se le ocurriera. Estaba tumbado boca arriba con la cabeza cerca de la entrada principal del edificio y, si se giraba hacia la izquierda —lo que solo conseguía soportando una punzada de dolor infernal—, veía el cadáver del doctor Friedman en el suelo, a metro y medio o dos metros de él.

«Vale», pensó. «Muy bien». Contó sus respiraciones para tranquilizarse. «Estoy aquí ahora. Estoy aquí ahora».

Seguía llevando puestas las gafas termográficas y veía que la

265

espesa capa de hongo que cubría el cadáver pululaba llena de vida. Aquella supuración ya se estaba apartando del cuerpo para explorar su entorno, pero su avance parecía haberse frenado al tocar la grava del suelo. Se había frenado, pero no se había detenido del todo.

Roberto oyó una especie de trino allí cerca y escudriñó sus alrededores. El auricular Bluetooth se le había caído y yacía a metro y medio de distancia, brillando con un suave resplandor azul. Alguien estaba llamando. Sería Abigail para decirle: «¿Qué haces ahí, hombre? ¿Por qué no te levantas?». Pero desplazarse metro y medio por la grava para contestar al teléfono estaba fuera de su alcance.

Giró la cabeza de nuevo, estiró el cuello hacia atrás, clavó el cráneo en la grava todo lo que pudo y torció los ojos para echar un vistazo a la entrada del edificio. Lo veía, boca abajo, pero lo veía. Las luces de dentro estaban encendidas y oía gritos y voces alteradas. No parecía haber nadie cerca de la puerta, y de todos modos no estaba seguro de qué haría si salía alguien.

Miró al suelo y vio el subfusil a unos treinta centímetros de su mano derecha. Treinta centímetros. Doce pulgadas. Quizá pudiera alcanzarlo. Clavó los dedos en la grava, se armó de valor y extendió el brazo todo lo que pudo. Su torso se movió un par de centímetros y gritó de dolor. Se le nubló la vista, empezó a ver doble y sintió que estaba a punto de desmayarse.

Luego, sin embargo, se le aclaró la vista, y estaba un par de centímetros más cerca.

Levantó los ojos y observó las tres Harleys todavía intactas, apoyadas en sus patas de cabra, esperando a sus pilotos.

«De aquí no sale nadie».

Volvió a clavar los dedos en la grava, repitió el movimiento, volvió a gritar y sintió que casi se sumía en la oscuridad.

Casi. Pero no del todo. Aún le faltaban veintidós centímetros.

Alcanzaría el arma o se desmayaría en el intento.

En el pasillo, frente al trastero B-413, Griffin se había olvidado del doctor Friedman en cuanto el dentista había doblado la esquina.

Apuntó con la pistola a Ironhead y Cuba, blandiéndola de uno a otro, frenético.

—¡No os acerquéis a mí cabrones no os acerquéis! —logró espetarles, aunque ellos no hacían intento de aproximarse.

Cuba levantó las manos y dijo:

—Tranquilo, hombre.

—Sí, venga, Griff —terció Ironhead en tono conciliador—. Estamos todos en el mismo barco.

Griffin miró el trastero. Las paredes, el techo, el suelo y las cajas de televisores estaban cubiertos de pegotes de hongo.

—¡¿Qué barco?! ¡¿De qué coño de barco hablas?! ¡¿Qué cojones está pasando?!

Ironhead dio un paso adelante con los brazos en alto.

—Tienes razón, amigo mío —dijo con calma—. Aquí está pasando algo muy extraño. Y tú ni siquiera estabas ahí dentro.

—Ha sido horrible —añadió Cuba, y lo decía en serio.

«No pasa nada», le decía su cerebro. «Va todo bien. Lo mejor es que salgáis todos de aquí».

—¿Y si nos vamos? —sugirió.

—¡Sí, ya lo creo que nos vamos a ir, joder! ¡Vosotros primero! —dijo Griffin señalando con la pistola—. ¡Id delante!

—Claro, hombre, no hay problema —dijo Ironhead.

Se volvió y miró a Cuba, indicó con la cabeza hacia la salida y echó a andar en esa dirección. Ella le alcanzó enseguida.

Ironhead estaba muy tranquilo. Hacía tiempo que no se sentía tan bien. «Ese tipo que tienes detrás está loco», le decía su cerebro. «No hagas nada que pueda molestarle. Se le ha ido la olla. Tú sigue andando».

Siguieron avanzando. Al llegar a la esquina, Griffin miró hacia atrás y vio las salpicaduras del pasillo y la masa viscosa que rezumaba del trastero. Aquello no tenía pies ni cabeza, era inútil tratar de entenderlo, solo quería marcharse. Se volvió hacia la salida y observó a Ironhead y Cuba mientras caminaban delante de él. Tenían algo en la nuca, o mejor dicho *dentro* de la nuca. Su piel parecía moteada y se movía como si algo palpitara debajo. A Griffin no le importaba lo que hicieran aquellos dos una vez que salieran de allí. Él pensaba montar en su Fat Boy e irse todo lo lejos de allí que pudiera. Si alguien se interponía en su camino, le pegaría un tiro.

Delante de él, Ironhead y Cuba mantenían la calma. No pensaban mucho, pero los pocos pensamientos que tenían eran nítidos y cristalinos. El *Cordyceps novus* aprendía deprisa y había perfeccionado su técnica con enorme eficacia en las últimas veinticuatro horas. El impulso obsesivo de trepar que tan efectivo había sido como medio de escapar del subsótano 4 había resultado mucho menos útil en el caso del Señor Scroggins, cuyas entrañas habían estallado en lo alto de un árbol, con escasos resultados. Mike Snyder, en cambio, había demostrado las posibilidades de dispersión mucho mayores del movimiento lateral, y las minicolonias de hongos que habían brotado en seres humanos solo tenían que encontrar otros huéspedes semejantes para asegurarse un nivel máximo de dispersión y reproducción.

Aunque no pueda pensar en esos términos, ni pensar en absoluto, un hongo sabe lo que funciona y lo que no, y opta por lo uno con tanto vigor y determinación como descarta lo otro. Escalar casas y árboles estaba descartado. Lo que le convenía era extenderse entre la población humana.

Ironhead y Cuba se sentían completamente en paz, centrados en una única meta: marcharse.

«Id a la ciudad», les ordenaba su cerebro. «Marchaos de aquí, id a la ciudad. Donde haya más gente».

Doblaron otra esquina. Algo más allá vieron las luces fluorescentes del vestíbulo. Se encaminaron hacia ellas.

TREINTA Y CINCO

Se oyó un golpe sordo cuando la bota de Teacake chocó con el suelo del subsótano. Esta vez tampoco había visto el último escalón. Se bajó de la escalerilla y se aplastó todo lo que pudo contra la pared del tubo, pero ni así consiguió dejar espacio para Naomi.

—Espera —dijo.

Naomi dio un respingo al oír el chirrido de la radio. No distinguió lo que le había dicho, pero captó su significado. Se detuvo y, girándose, miró hacia abajo. Vio a Teacake al fondo, pero la mochila en forma de medio barril era tan grande que a duras penas podía girarse en el sitio, y mucho menos moverse para dejarle hueco. Y abrir la mochila y activar el artefacto en un espacio tan reducido estaba descartado.

—Vas a tener que abrir la puerta —dijo al micrófono.

Teacake respondió con un chirrido inarticulado y furioso, pero Naomi entendió perfectamente lo que quería decir: no pensaba abrir aquella puerta bajo ninguna circunstancia. Naomi, dando por sentado que había dicho eso, respondió:

—¡No tienes sitio para quitarte esa cosa!

Teacake la miró a través de la máscara empañada de su traje. Veía el borrón blanco de su traje y su brazo extendido señalando la gruesa puerta metálica. Se volvió y probó a sacudir la cabeza con la esperanza de que las gotas de sudor que se le desprendieran de la cara abrieran surcos en el vaho. Funcionó, más o menos, y una estrecha cinta quedó despejada: lo justo para que distinguiera dónde estaba la palanca que accionaba el mecanismo de cierre. Extendió el brazo y la agarró. De no haber llevado puestos los guantes del traje NBQ, habría notado de inmediato el calor y ni loco habría abierto la puerta. Pero a través del grueso material plástico no notó la diferencia de temperatura.

Al otro lado de la puerta, la situación había cambiado drásticamente en los últimos diez minutos. El rastro de hongo que había ido avanzando lentamente desde el deteriorado amasijo del rey de las ratas había alcanzado el charquito de agua del suelo, debajo de una de las tuberías de refrigeración. En toda su historia como especie y en todas sus mutaciones, el *Cordyceps novus* nunca se había topado con H2O en estado puro. Desde su nacimiento dentro de un depósito de oxígeno herméticamente cerrado, durante su breve infancia en el árido desierto australiano y en el transcurso de sus recientes experiencias dentro del torrente sanguíneo de diversos individuos humanos, el agua había sido siempre una sustancia poco frecuente y muy diluida. Incluso cuando la había encontrado en abundancia dentro de un mamífero, estaba corrompida por otros elementos y su poder esencial se hallaba muy limitado.

En cuanto logró romper la tensión superficial de las moléculas de agua del borde del charco, el hongo experimentó un florecimiento profundo y espectacular. Floreció en el charco como una flor en primavera vista a cámara rápida, subió en cuestión de segundos por el reguero que bajaba por la pared y atacó con ahínco el recubrimiento exterior de la tubería. Se extendió a lo largo de la tubería en ambas direcciones, creciendo en volumen y goteando al suelo en grandes pegotes pululantes. Allí donde entraba en contacto con la tubería, comenzaba a trabajar con denuedo desplegando grandes cantidades de Benceno-X, cuyos ácidos eran capaces de carcomer el acero y horadar el conducto para liberar el agua que circulaba dentro. Tras perforar la tubería, el Benceno-X dejaría paso al hongo, que se extendería como un fuego incontrolado a través de la tubería, llegaría a la capa freática y, de allí, al río Misuri.

Al propagarse las reacciones químicas, la temperatura subió en el pasillo y alcanzaba ya los veintisiete grados centígrados cuando

Teacake accionó la palanca de la puerta. El mecanismo se puso en marcha, los cerrojos se descorrieron y la puerta se abrió hacia dentro.

—Madre mía —dijo al echar un vistazo a aquel invernadero en el que el hongo crecía a ojos vistas. Fragmentos aerosolizados y esporas pendían y se arremolinaban en el aire, por todas partes.

La voz de Teacake llegó a Naomi como un agudo chirrido a través del auricular, pero ella veía lo mismo que él y no tenía ningún interés en quedarse a contemplarlo. Le hizo darse la vuelta y gritó:

—¡Desabróchate las tiras delanteras!

Teacake comenzó a desabrochar trabajosamente las correas de cuero para quitarse el T-41 de la espalda, activarlo y salir de allí a toda prisa. Las hebillas de abajo se abrieron con facilidad, y sus hombros parecieron flotar cuando Naomi levantó la mochila por detrás. Teacake se inclinó hacia delante, lleno de alivio, y por un momento se sintió como si volara. Oyó el ruido sordo que hizo la mochila al caer al suelo de cemento y, dejándose caer contra la pared del tubo, miró con incredulidad la masa borboteante de hongo que cubría las paredes y el suelo del pasillo. Oyó el chasquido del cuero y el susurro de la lona cuando Naomi abrió la mochila como les había enseñado Roberto.

—¡Hijo de puta! —exclamó ella.

Teacake se apoyó en la pared y se dio la vuelta. Naomi estaba de rodillas, inclinada sobre la mochila abierta. Una maraña de correas, cuerdas y hebillas caía por los lados de la mochila. Pegadas al interior de la tapa había pegatinas de advertencia en cantidad suficiente para asustar hasta al kamizake más decidido. Colocados sobre el fondo acolchado de la mochila había dos tubos de aspecto anticuado, uno al lado del otro. Cada tubo tenía una cajita cuadrada al lado —un generador de neutrones— y, en un extremo, una cápsula roja, la «bala» que se incrustaría en el núcleo fisible del tubo. Había también un puñado de cables que conectaba las cápsulas explosivas con un aparato que se parecía sospechosamente a un interruptor puesto del revés. Daba la impresión de que la bomba podía activarse manualmente si era necesario, pero también estaba conectada mediante una red de cables a un pequeño temporizador digital.

El problema era el temporizador. Estaba programado para que la explosión se produjera pasados cuatro minutos y cuarenta y siete segundos.

Y la cuenta atrás ya había empezado.

Naomi miró a Teacake.

—¡Ese cabrón lo ha puesto en marcha!

TREINTA Y SEIS

Arriba, el cabrón confiaba sinceramente en que ya hubieran llegado al fondo, abierto la mochila y visto el temporizador. Odiaba haberles hecho eso, pero lo cierto era que no había elección. Parecían fuertes y en buena forma física y, si habían aguantado hasta entonces sin palmarla, era razonable suponer que tendrían suficientes recursos para salir de allí a tiempo. Roberto lo creía de verdad.

O quizá había decidido creerlo, sencillamente.

En cuanto a él, la cosa no pintaba bien. Por fin había conseguido tocar con la mano la culata del subfusil, pero seguía sintiendo que estaba a punto de perder el conocimiento cada vez que se movía. El dolor que había experimentado al arrastrarse treinta centímetros por la grava le era completamente desconocido, un malestar tan agudo que no lo creía posible. Aun así, había conseguido poner la mano encima de la pistola y con un último esfuerzo sobrehumano la levantó del suelo, apuntó temblorosamente a las tres motocicletas que aún no había inhabilitado y apretó el gatillo. El subfusil Heckler & Koch podía llevar cargadores de quince, treinta o cuarenta cartuchos, pero Roberto ignoraba cuál tenía puesto en ese momento. Era imposible que Trini le hubiera puesto cargadores de quince, pero el cargador de cuarenta era unos cinco centímetros más largo, lo que dificultaba el manejo del arma, de modo que Roberto habría apostado a que Trini le había puesto el de treinta.

Los dos primeros disparos impactaron contra la parte delantera de la primera moto, que cayó casi al lado de la segunda. Como esta estaba más lejos, Roberto cerró un ojo y apuntó a la rueda trasera, pero la moto estaba de lado y el ángulo no era bueno. Tuvo que disparar tres veces para asegurarse de que la había inutilizado y, cuando por fin cayó la moto, dejó a la vista la tercera, la que estaba más lejos. Las gafas termográficas no servían de nada puesto que la máquina no despedía calor, de modo que Roberto disparó cuatro veces apuntando a lo largo de la Harley para asegurarse de que la dejaba inservible. Si no se había equivocado al contar, había efectuado catorce disparos y le quedaban dieciséis balas por si alguien salía por la puerta.

Oyó voces detrás de él. Estiró de nuevo el cuello, clavando el cráneo en la grava, y vio la puerta del vestíbulo del revés a través de las gafas de imagen térmica. Parpadeó para quitarse el sudor de los ojos y distinguió varias figuras que avanzaban hacia allí: un hombre y una mujer delante y alguien detrás. Corrían, alarmados por los disparos.

El hombre y la mujer estaban infectados. Despedían un intenso resplandor rojo. No era tan vívido como el del doctor Friedman, pero estaba claro que el hongo mutante había hecho presa en ellos. La persona que iba detrás tenía un aspecto normal, pero la posición de su brazo sugería que portaba una pistola. Roberto respiró hondo, contuvo la respiración y, soltando un gruñido de dolor, se puso el subfusil sobre el pecho. Apretando los dientes tan fuerte que pensó que iba a romperse una muela, tiró del arma y se la colocó sobre el hombro izquierdo, intentando alejarse todo lo posible el cañón del oído. Aun así, quedó bastante cerca, a unos quince centímetros como mucho.

La puerta del vestíbulo se abrió hacia dentro. El hombre, que precedía a la mujer, era un blanco perfecto, brillaba con un intenso color rojo. Era casi imposible errar el tiro. Roberto era consciente de que, en cuanto disparara, los otros empezarían a dispersarse, de modo que iba a tener que disparar en tres ráfagas muy cortas y precisas, en lugar de en una sola más larga. Apretó el gatillo en cuanto el primer individuo salió por la puerta.

El pecho de Ironhead estalló. Cayó hacia atrás y chocó con Cuba. Mala suerte para Roberto, que perdió de vista a su segundo blanco y tuvo que esperar un momento mientras volvía a apuntar. Encontró rápidamente el blanco cuando Cuba se movió hacia un lado, apoyándose contra el quicio de la puerta, cargada con el peso muerto de Ironhead, que había caído sobre ella. Tres tiros habían bastado para eliminar a Ironhead. Cuatro más deberían bastar para quitar de en medio a Cuba.

Dos de ellos dieron en el blanco, pero el retroceso del arma desencadenó un espasmo de dolor espantoso en la espalda de Roberto. Le tembló la mano y desvió la pistola. Los otros dos disparos dieron en el marco de la puerta, rompiendo la bisagra inferior y haciendo saltar chispas de la superficie metálica. Una de las balas rebotó y cayó al suelo a escasos centímetros de la cara de Roberto.

Ironhead y Cuba cayeron hacia atrás, fuera de su línea de fuego, pero los escasos segundos que había tardado en volver a apuntar dieron al tercer individuo tiempo para huir. Griffin había echado a correr hacia el mostrador de recepción y ya estaba casi allí. Roberto contuvo la respiración y le disparó, tembloroso, en el momento en que saltaba por encima del mostrador. Contó siete tiros. Todos ellos se desviaron del blanco y fueron a incrustarse en el pladur roto que había detrás del mostrador. Ninguno alcanzó a Griffin. Aquel cabrón tenía suerte: se había librado por los pelos. Consiguió saltar el mostrador ileso y parapetarse al otro lado, donde de momento estaría a salvo.

Mierda. Según sus cuentas, Roberto había usado veintiocho balas. O sea, que le quedaban dos en el cargador. Había un hombre armado detrás de un mostrador de madera que le tapaba por completo, y él seguía sin poder levantarse del suelo.

La situación distaba mucho de ser ideal.

Roberto pestañeó al notar que algo salpicaba los cristales de las gafas. Miró al cielo y un par de gotas de agua aparecieron en su campo de visión, acompañadas por el ronco retumbar de un trueno a lo lejos.

Estaba empezando a llover.

Al oír un ruido a su izquierda, giró la cabeza y miró el cadáver del doctor Steven Friedman. Los glóbulos verdes de hongo se estaban inflando sobre su carne muerta, como activados por la lluvia. El *Cordyceps novus* recibía la lluvia con irrefrenable alegría. La materia micótica, repleta de energía, chorreaba del cadáver del dentista y se extendía por el camino de grava, aprovechando el tenue manto de agua que estaba tendiendo la lluvia.

Y avanzaba hacia Roberto.

TREINTA Y SIETE

Teacake y Naomi habían pisado manchas de hongo activas cuando estaban en el corredor principal del subsótano 4. Habría sido imposible evitarlo, incluso si hubieran sabido que el Benceno-X tenía la capacidad adaptativa de carcomer las gruesas suelas de goma de unas botas. Ese proceso estaba teniendo lugar en las plantas de sus botas mientras subían frenéticamente por la escalera tubular. Ellos no lo sabían, pero disponían de menos de un minuto para quitarse los trajes antes de que el Benceno-X concluyera su labor y el hongo pudiera abrirse paso hasta su piel.

Pero esa no era la única carrera contrarreloj en la que estaban inmersos. Tras descubrir que el temporizador del T-41 ya estaba activado, lo único que les quedaba por hacer era subir a toda prisa la escalerilla y salir de allí. Teacake estaba furioso, maldecía a Roberto a cada paso. A Naomi, en cambio, le parecía que había actuado de la manera más lógica. Tenían un tiempo limitado para cumplir su tarea, Roberto no podía arriesgarse a que en el último momento fueran incapaces de activar el dispositivo y había tomado una decisión razonada. En realidad, solo los necesitaba para que transportaran la bomba y la colocaran, y había calculado que tenían más posibilidades que él de llegar rápidamente allá abajo. Y, lo que era más importante, podían volver a subir mucho más deprisa que él. En términos tácticos, era lo más lógico.

Teacake casi subió volando por la escalera, con casi treinta kilos menos encima. Naomi, que seguía llevando la pistola en la mano, iba un poco más despacio, pero solo unos doce peldaños por detrás de él. Al mirar arriba, vio el circulito de luz de la entrada del tubo, donde habían quitado la tapa de la alcantarilla. Subían rápidamente, contando para sus adentros los segundos. Sabían que les quedaban, como máximo, tres minutos para subirse al coche y alejarse lo suficiente de la explosión subterránea como para tener alguna posibilidad de sobrevivir.

Aunque no tuvieran ni idea de qué demonios iba a pasar cuando la bomba estallara.

Teacake llegó arriba y se encaramó al borde de la abertura con la agilidad de un perro saliendo de una piscina. Se lanzó al suelo, se tumbó de espaldas y, bajándose la cremallera del traje a la altura del cuello, se arrancó el casco. El soplo repentino de aire fresco fue genial, pero mejor aún fue volver a ver con claridad. Se apartó de la boca del pozo para dejar sitio a Naomi y empezó a quitarse el traje, bajándoselo por el torso y las caderas.

Naomi salió del agujero unos segundos después y lo primero que vio fue la masa viscosa y verde que impregnaba las suelas de las botas de Teacake. Gritó, horrorizada, pero Teacake solo oyó su voz amortiguada dentro del casco. Aun así, entendió lo que quería decirle —tenía algo en las botas— y no se molestó en mirar: retorciéndose, se quitó atropelladamente el traje y las botas contaminadas. Naomi gritó aún más fuerte dentro de su máscara y esta vez Teacake la oyó.

—¡¿Qué haces?! ¡No puedes quitártelo!

—¡Con esto puesto nunca saldremos de aquí! ¡Quítate el tuyo!

Ella comprendió que tenía razón: con los trajes costaba caminar, cuanto más correr. Salió del todo del agujero y se quitó el casco. Teacake, que ya se había desembarazado de su traje, se apartó de él y se acercó a Naomi. Procurando no tocar sus botas, le arrancó el traje tan deprisa como pudo. Ella apartó el traje a puntapiés, se levantó y echaron a correr por el pasillo en calcetines.

Abajo, la cuenta atrás del temporizador marcaba menos de dos minutos.

Pero, mientras corría, Naomi volvió a oír dentro de su cabeza la voz de Roberto.

«El tiempo de detonación es inestable», había dicho.

TREINTA Y OCHO

Fuera del edificio, la lluvia arreciaba y el hongo avanzaba burbujeando por la grava, a solo unos pasos de Roberto. A través de las gafas de visión térmica, lo veía como una espuma de un blanco cegador, avanzando derecha hacia él. Volvió la cabeza y miró de nuevo la entrada del vestíbulo. El tirador seguía parapetado detrás del mostrador, pero no era eso lo que preocupaba a Roberto en esos momentos. Tenía una idea. Fijó la mirada en la puerta de entrada, cuya bisagra inferior estaba dañada por uno de sus disparos fallidos. La puerta colgaba torcida, sostenida únicamente por la bisagra superior. Estaba diseñada para abrirse hacia dentro y Roberto estaba tendido justo delante de ella. O al menos eso esperaba.

Echó un vistazo al hongo, que bailoteaba alegremente bajo la lluvia. Estaba ya a unos treinta centímetros de su mano izquierda, y Roberto respiró hondo y acercó un poco más el brazo al cuerpo. El movimiento le produjo una punzada de dolor que le llegó hasta la pierna izquierda e hizo que se le contrajera el pie, lo que a su vez le causó otra oleada de dolor. Pero así dispondría de unos segundos más.

Volvió a mirar la bisagra de arriba de la puerta, levantó el cañón del subfusil, apuntó lo mejor que pudo y rezó por haber contado bien las balas.

Sí, las había contado bien.

Los dos proyectiles que quedaban en el cargador atravesaron la bisagra metálica arrancándola del marco y la puerta de cristal se desplomó como una pieza de dominó, derecha hacia él. Roberto cerró los ojos cuando la pesada puerta cayó y se estrelló sobre su cuerpo. Gritó al torcérsele el cuerpo bajo el impacto del grueso cristal, pero aprovechó aquel instante de pura agonía para arrastrarse a su derecha todo lo que pudo, de modo que la puerta quedara apoyada sobre él en ángulo.

Su borde izquierdo se hundió en la grava y el cristal quedó apoyado sobre su brazo, su cadera y su pierna del lado izquierdo, como el alero de un tejado. Ahora, la puerta formaba un escudo que se interponía entre el hongo y él.

Y justo a tiempo. El hongo trepó por el marco de la puerta y se extendió sinuoso por el cristal, justo encima de Roberto. El Benceno-X se puso en marcha de inmediato, tratando de descifrar esta nueva barrera con base de silicona y descubrir cómo traspasarla.

Roberto no había ganado mucho tiempo, pero menos daba una piedra.

Dentro del vestíbulo, Griffin asomó la cabeza por encima del mostrador. No sabía quién había fuera, pero había oído los suaves chasquidos que indicaban que se había quedado sin munición. A Griffin le importaba muy poco que aquel tipo viviera o muriera, solo quería largarse de allí antes de acabar muerto como todos los demás. Había visto las Harleys destrozadas, de modo que sabía que de ese modo no podría escapar, pero quien estuviese allí fuera tenía que haber llegado de algún modo. O sea que llevaría encima las llaves de un coche.

Griffin se incorporó, levantó la pistola y avanzó hacia el vano de la puerta. Pasó por encima de los cuerpos de Ironhead y Cuba intentado no mirarlos y apuntó al tipo que estaba debajo del cristal de la puerta. El muy imbécil no había conseguido acertarle con un arma automática y, disparando desesperado, había arrancado la puerta del marco y se la había echado encima. «Menuda cagada, cabrón».

Griffin salió al exterior y miró a derecha e izquierda para asegurarse de que no había nadie más allí. Vio el cadáver del doctor Friedman cubierto con aquella misma espuma asquerosa que había salpicado todo el interior del trastero. Se estremeció: Teacake tenía razón, aquello era una especie de movida zombi, y tenía que salir de allí cagando leches. Echó otro vistazo a las motos, comprobó que estaban todas inservibles y entonces vio el monovolumen aparcado un poco más allá. Debía de ser del tirador atrapado debajo de la puerta.

—¡Eh, cabrón! —dijo, y Roberto giró ligeramente la cabeza para mirarle.

Griffin se acercó un poco, con la pistola temblando delante de él. Mataría a aquel tipo si tenía que hacerlo. Mataría a cualquiera que se interpusiera en su camino. Se detuvo y miró con recelo la pus verde que avanzaba por el cristal, unos centímetros por debajo de la cara del tipo.

Roberto seguía mirándole. No dijo nada, aunque sus ojos parecían pedir ayuda. «¿Y a mí qué?», pensó Griffin. «Y una mierda voy a ayudarte. Aquí el que no corre vuela». Se agachó y metió bruscamente la mano dentro del bolsillo derecho del pantalón de Roberto, buscando las llaves del coche.

Roberto gritó de dolor. Griffin no se inmutó: todos los demás habían muerto y él no pensaba correr la misma suerte. Palpó el mando del coche y tiró de él. En cuclillas todavía, se volvió y apuntó a Roberto a la cabeza. Lo último que le hacía falta era que aquel tipo sobreviviera por algún milagro y le señalara con el dedo delante de un tribunal diciendo: «Ese es, señoría, ese fue el que me dejó abandonado para que muriera». No estaba seguro de si eso era delito, pero ¿para qué arriesgarse?

—¡No me mires! —le espetó, y extendió el brazo apuntando al centro de la frente de Roberto.

—¡Griffin! —gritó una voz de mujer a su espalda, y Griffin se volvió.

Era ella, la tía buena. Había vuelto. También iba armada, pero no se molestaba en apuntarle, había bajado la pistola.

—¡Tenemos que salir de aquí!

Griffin la miró con frialdad.

Bueno, pues ¿sabes qué? Que a ella también iba a tener que cargársela, y a ese mierdecilla de Teacake también, porque no pensaba arriesgarse ayudando a ningún cabronazo más que seguramente estaba ya infectado. En una situación de vida o muerte, hay que ir a por todas, hasta el final. Y, además, aquella tía ¿le estaba amenazando o no con la pistola? Tenía que quitar de en medio a aquellos dos. Si eso le convertía en una mala persona, se la traía floja.

Se incorporó bruscamente, pero el cañón de la pistola, que estaba justo debajo de la puerta, se trabó en el borde del cristal. Fué solo un segundo, pero unido a la fuerza con que se levantó bastó para que bajara la pistola y apuntara al suelo. El movimiento imprevisto de la mano hizo que Griffin tensara los dedos y disparara un tiro al incorporarse.

Directo a su pie.

Soltó un alarido al sentir una llamarada de dolor y comenzó a saltar a la pata coja. Perdió el equilibrio, comenzó a hacer aspavientos con los brazos y cayó de costado, del lado derecho. La pistola quedó atrapada debajo de su cuerpo con el cañón apuntándole al pecho, el peso de su torso le aplastó los dedos y la pistola volvió a dispararse. Esta vez, la bala le atravesó el corazón.

Así, Darryl Griffin se convirtió en el último de una larga lista de *Homo sapiens* muertos no por *ser* gilipollas, sino por *hacer* una gilipollez.

Teacake se asomó y vio la espuma verde sobre el cristal, justo encima de la cara de Roberto. Se acercó corriendo a la puerta caída, metió los dedos debajo del borde y la levantó, liberando a Roberto.

—¡Tiene las llaves del coche en la mano! —les gritó Roberto.

Naomi arrancó el mando de la mano izquierda de Griffin y miró a Roberto.

—¡Levántate!

—No puedo. Llevadme a rastras.

Pensando que le habían disparado pero sabiendo que no había tiempo para pararse a pensar en ello, le agarraron cada uno de un brazo y le arrastraron, gritando, por el corto camino de entrada, hasta el monovolumen. A Roberto se le habían caído las gafas de visión térmica, pero ya no las necesitaba para ver las excrecencias del hongo. Mientras Teacake y Naomi cargaban con él, vio que el suelo del bosque estaba iluminado por zarcillos de un verde fluorescente que se extendían rápidamente bajo el aguacero.

Llegaron al monovolumen y le arrojaron a la parte de atrás, haciéndole gritar de nuevo. Teacake montó de un salto junto a Roberto, Naomi se sentó al volante y puso en marcha el motor.

—¡Habías activado el temporizador! —le gritó Teacake a Roberto.

—Sabía que podíais salir a tiempo.

—¡Qué ibas a saberlo!

—Pero habéis salido.

—¡Sí, pero no lo sabías!

—Pero habéis salido.

Naomi puso la marcha atrás, pasó el brazo sobre el asiento y, pisando a fondo el acelerador, retrocedió.

—Callaos, chicos —dijo.

Llegó a lo alto del camino de acceso, giró el volante y dio media vuelta tan bruscamente que Teacake y Roberto estuvieron a punto de caerse por la puerta todavía abierta.

—¿Cuánto tiempo tenemos? —le preguntó a Roberto.

Él volvió la cabeza con esfuerzo y miró el cronómetro que había puesto en marcha en su reloj al activar la bomba. Marcaba 1:07 y seguía contando.

—Debería haber estallado hace un minuto.

Naomi cambió de marcha y enfilaron a toda velocidad White Clay Road, camino de la carretera estatal. De momento, nadie dijo nada.

Por fin, Naomi rompió el silencio.

—Bueno. El temporizador era inestable. Tú mismo lo dijiste.

—Sí —contestó Roberto.

Siguieron avanzando, sin notar nada: ni luz brillante, ni un temblor de tierra, ni fuego, ni azufre. Nada.

—¿Cómo vamos a saber que ha estallado? —preguntó Teacake.

—Lo sabrás —contestó Roberto.

Miró de nuevo su reloj: 1:49.

Naomi conducía deprisa. Circulaban en silencio, esperando.

Cada segundo parecía durar una eternidad, y la vívida imaginación de Teacake volvió a ponerse en marcha. Le dio tiempo a imaginar tres posibles escenarios, a cual más verosímil. En el primero, el T-41 no hacía explosión. Las tuberías del sótano cedían al asalto del *Cordyceps novus* en cuestión de minutos y el hongo crecía a lo bestia, se extendía llevado por el agua de las tuberías, llegaba a la capa freática y, por fin, al río Misuri. En cuestión de días, el poderoso cauce fluvial se convertía en una alfombra de materia fúngica verde y sólida que se extendía irrefrenable por las tierras limítrofes, rescribía las leyes de la vida en el planeta y desencadenaba la Sexta Extinción, una masacre de inmensas proporciones que acababa con toda la vida humana y animal en la Tierra.

Una idea poco halagüeña.

En el segundo escenario, Teacake se imaginó que las cargas de explosivos funcionaban como debían y la bomba estallaba como estaba previsto. Pero unas cuantas decenas de metros de profundidad eran poca cosa para una bomba nuclear y, en esta versión de los hechos, Teacake imaginó que la explosión hacía estallar el suelo y se elevaba hacia el cielo formando una enorme seta, como las que había visto en el cine y en la tele. La nube radioactiva se desplazaba hacia el este empujada por los vientos dominantes, extendiendo la enfermedad y la muerte por la mitad oriental de Estados Unidos.

Había que reconocer que esta posibilidad no era tan espantosa como la primera, pero tampoco era como para tirar cohetes.

El tercer escenario era su favorito, y por él rezaba ahora a un Dios en el que no creía. En esa versión, las cargas explosivas estallaban —mejor tarde que nunca—, y en los tubos metálicos se iniciaba el proceso de compresión nuclear y la consiguiente reacción en cadena, que producía un calor de entre 50 y 150 millones de grados Fahrenheit. El subsótano y las capas de roca más próximas a la bomba se evaporarían al instante, formando un cráter que se tragaría el resto del edificio.

Todos los muebles arrumbados, los pertrechos de casas que nunca volverían a ocuparse, los cachivaches inservibles de un millar de personas infelices, los televisores Samsung robados, las siete cajas de la señora Rooney llenas con los boletines de notas y las tarjetas de felicitación de sus hijos, las cuarenta y dos tazas de café y tarros para lápices que había hecho en su taller de cerámica entre 1995 y 2008, sus siete bolsas de deporte de nailon repletas de periódicos con los principales acontecimientos de la historia mundial, y hasta su estuche de vinilo de *Los vigilantes de la playa* con los 6500 dólares en efectivo que tenía ahorrados para el día que los bancos quebrasen De Verdad... Todo eso, todos los trastos metidos en cajas en los trasteros, muchos de ellos olvidados hacía tiempo, todo ese montón de mierda, todo se derretiría, se hundiría en el cráter y formaría una chimenea de cascotes y desperdicios que se inflaría y se elevaría.

Teacake imaginó que el cráter perfectamente redondo se abría en el suelo y engullía el edificio entero y la ladera de la montaña, a su alrededor, en cuestión de segundos, como si fuera la caja de un ascensor gigantesco, como si Dios hubiera pulsado el botón de bajada y llamado a todas aquellas cosas a sumirse en la Madre Tierra para reconfigurarlas, reconstituirlas y utilizarlas algún otro día para un fin más elevado. El hongo quedaría incinerado, pensó Teacake, erradicado de la faz de la Tierra definitivamente, y al disiparse la explosión se elevaría una nube inofensiva de polvo y tierra, que sería lo único que quedara de los Trasteros Atchison y de aquella noche de mierda.

Y, al final, dos minutos y veintiséis segundos más tarde de lo previsto, eso fue exactamente lo que ocurrió.

DESPUÉS

TREINTA Y NUEVE

El globo de nieve volvía a estar en el armario. Roberto había actualizado el teléfono de emergencia y le había puesto una batería nueva, por si acaso. Ambas cosas estaban guardadas en el armario secreto de la cocina y la mayoría de los días Roberto rezaba porque no volvieran a salir de él. Otros días, en cambio, los días en que se sentía especialmente orgulloso de sí mismo, reflexionaba sobre lo bien que se le daba su trabajo y se decía que era una lástima haber aparcado para siempre esas capacidades.

Las atenciones que le había dedicado el gobierno justo después del Acontecimiento Atchison, como se lo conocía universalmente en los medios, habían sido muy halagüeñas. Durante las primeras horas tras la explosión, Jerabek había intentado jugar la carta del agente traidor y terrorista, pero Roberto era demasiado listo para dejar que se saliera con la suya. Había archivado su libro blanco sobre el hongo en tres sitios para asegurarse de que no fuera destruido sin alcanzar amplia difusión e, inevitablemente, se había filtrado a la prensa. Abigail, cuyo nombre real era Abigail —en fin, no podía acertar en todo—, había demostrado ser una defensora decidida de la verdad y una jugadora sagaz en aquella partida con el gobierno. En menos de veinticuatro horas la verdadera historia había salido a la luz y ellos eran sus héroes. Las falsedades acerca de tejemanejes secretos dieron paso rápidamente a conversaciones serias en torno a la planificación necesaria para luchar contra posibles invasiones biológicas hostiles y a un intenso debate acerca del valor inmobiliario de los barrancos del río Misuri, lo que abrió la veda a la especulación.

Roberto estaba sentado ahora en el porche trasero de su casa, en Carolina del Norte, en la mecedora que tan bien le iba para la espalda. No se había recuperado del todo, ni mucho menos, pero al menos ya había pasado por el quirófano y se hallaba en esa fase dulce del segundo Percocet del día, así que de momento no tenía dolores. Estaba mirando a Annie, que trabajaba en el jardín. Le encantaba el sombrero de ala ancha que llevaba su mujer para protegerse del sol, el que se había comprado en el viaje a la isla de Harbour. Le encantaban las botas de goma azules con las que iba de acá para allá por el jardín, compradas en el Clarks de Kensington High Street en 2005. Le encantaba cómo se echaba Annie hacia atrás después de escardar y podar una zona, cómo observaba lo que había hecho y pensaba si era suficiente o si tenía que seguir. Invariablemente, llegaba a la conclusión de que aún tenía que podar un poquito más y volvía a ponerse manos a la obra. Le encantaba observarla. Su silueta era para él la silueta del hogar, y nunca se cansaba de admirarla.

Su teléfono móvil sonó junto a la mecedora. Roberto lo miró y sonrió al reconocer el número.

—Sigues saliendo fatal en la tele —dijo al contestar.

—Sí, ya lo sé, ¿vale? —contestó Teacake—. Ni siquiera sé por qué hago esa mierda.

—Yo sí. ¿Cuánto te pagan?

Teacake se rio.

—Cinco de los grandes.

—Te estás vendiendo barato.

—No te llamo por eso. ¿Se puede saber qué cojones es esto, cabrón?

—Vas a tener que concretar un poco.

—Aviso de cancelación de antecedentes penales. Me ha llegado por correo. ¡¿Qué cojones es esto, tronco?!

—Exactamente lo que dice ahí, Travis. —Ya nadie le llamaba Teacake, y él no lo echaba de menos—. Que han invalidado tu condena y sellado para siempre tu expediente delictivo —continuó Roberto—. Es como si nunca hubiera existido.

—¡¿Cómo coño lo has hecho?!

—No es tan difícil.

—¡Joder, pues gracias, tío! ¡Joder!

—Tienes que aprender alguna otra palabra. Ya sabes, para cuando quieras poner énfasis en algo.

—He probado otras, tío. Y ninguna funciona tan bien. En fin, gracias.

—De nada.

—Y, oye…, ten cuidado con los analgésicos. Te lo noto en la voz. Se te traba un poco la lengua.

Roberto sonrió.

—Lo tendré.

—Son un peligro, tío. Te lo digo yo.

—Lo sé, amigo mío.

—Hasta luego, tronco.

—Hasta luego, Travis.

Roberto colgó y siguió observando a su mujer trabajar en el jardín. «Estoy aquí, ahora».

Travis se guardó el teléfono en el bolsillo y volvió a coger a Naomi de la mano. Sarah corría delante de ellos. Iban al parque. Él miró a Naomi y pensó que aquel era tan buen momento como otro cualquiera. Habló con voz suave y vacilante al principio. Luego fue cobrando ímpetu.

—Pues, eh, lo he estado pensando mucho y no es algo que diga o haya dicho muchas veces, y no quiero que parezca que soy un tío que sabe mogollón de toda esta movida y tal, pero, bueno, ya sabes, teniendo en cuenta lo que ha pasado y cómo están las cosas, en fin, seguro que ya sabes lo que voy a decir, y no, la verdad es que no puedo decir que lo haya dicho nunca, o quizá sería mejor decir que puedo afirmar rotundamente que no lo he dicho nunca antes, en toda mi vida, pero, en fin, ya sabes, el caso es que te quiero.

Naomi no respondió. Siguió caminando con la vista fija adelante, vigilando a su hija, que recorrió a la carrera los últimos quince metros de acera y, cruzando la arena del parque, se fue derecha hacia los columpios.

Travis miró a Naomi con el ceño fruncido. No esperaba que le contestara que ella también le quería, pero tampoco se esperaba aquello. ¿Ignorarle y mirar al frente? ¿Qué gilipollez era aquella? ¿Tanto la había asustado? Entonces se acordó.

Le soltó la mano y se puso del otro lado, del lado de su oído bueno, con el que podía oír. La miró.

—Te quiero —dijo.

Ella le oyó por fin y se volvió para mirarle.

—Yo también te quiero —dijo, y le besó.

«¡Ay! ¡Qué buenos son los besos cuando está uno sobrio», pensó Travis.

Y con ella.

AGRADECIMIENTOS

Muchas gracias a todos los que han contribuido a sacar este libro de mi cabeza y a ponerlo en manos del lector: Zachary Wagman, Dan Halpern, Laura Cherkas, Miriam Parker, Sonya Cheuse, Meghan Deans, Allison Saltzman y Will Staehl de Ecco; Mollie Glick, Brian Kend, Richard Lovett y Danial Mondanipour de CAA; David Fox; Mike Lupica; y el doctor Andrei Constantinescu, que fue de enorme ayuda con los datos científicos. Si le he echado demasiada fantasía, no es culpa suya.

Por su ánimo y su lectura de los primeros borradores, gracias también a Melissa Thomas, John Kamps, Howard Franklin, Gavin Polone, Will Reichel y Brian DePalma. Gracias en especial a mi hijo Ben por su sentido onírico de la narración y su vibrante creatividad, que me acompañaron en cada paso del camino; a mi hijo Nick, por su entusiasmo contagioso y su lectura de las primeras páginas que escribí, que fueron de incalculable ayuda; a mi hijo Henry, por hacerme partícipe de su exuberante amor por la ciencia en general y por el *Ophiocordyceps* en particular; y a mi hija Grace, que me enseñó que hay otro género ahí fuera y que además suele ser alucinante. Gracias a los cuatro por comprender que papá pueda dedicarse a inventar cosas horribles y aun así ser un buen tipo.